나는
자폐 아들을 둔
뇌과학자입니다

Der Junge, der zu viel fühlte: Wie ein weltbekannter Hirnforscher und sein Sohn unser Bild von Autisten für immer verändern
by Lorenz Wagner

Copyright © 2018 Europa Verlag GmbH & Co. KG, München

Korean translation copyright © 2020 Gimm-Young Publishers, Inc.
Korean edition is published by arrangement with Literarische Agentur Kossack, Hamburg through BC Agency, Seoul.

Der Junge, der zu viel fühlte

나는
자폐 아들을 둔
뇌과학자입니다

아들의 자폐를 통해
새로운 세계를 발견한
어느 뇌과학자의 기록

로렌츠 바그너
김태옥 옮김

김영사

**나는
자폐 아들을 둔
뇌과학자입니다**

1판 1쇄 발행 2020. 5. 22.
1판 2쇄 발행 2022. 9. 12.

지은이 로렌츠 바그너
옮긴이 김태옥

발행인 고세규
편집 이한경 디자인 조은아 마케팅 백미숙 홍보 반재서
발행처 김영사
등록 1979년 5월 17일(제406-2003-036호)
주소 경기도 파주시 문발로 197(문발동) 우편번호 10881
전화 마케팅부 031)955-3100, 편집부 031)955-3200 | 팩스 031)955-3111

값은 뒤표지에 있습니다.
ISBN 978-89-349-9278-3 03850

홈페이지 www.gimmyoung.com   블로그 blog.naver.com/gybook
인스타그램 instagram.com/gimmyoung 이메일 bestbook@gimmyoung.com

좋은 독자가 좋은 책을 만듭니다.
김영사는 독자 여러분의 의견에 항상 귀 기울이고 있습니다.

로미를 위하여

차례

I 수수께끼

II 사냥

III 깨달음

일러두기

현재 자폐증은 아스퍼거 증후군 등 다른 자폐 관련 장애와 통합되어 자폐 스펙트럼 장애로 명칭이 변경되었다. 그러나 저자는 자폐 스펙트럼 장애와 자폐증의 구분 없이 Autismus로 표기하였다. 이 책에서는 저자의 의도를 명확히 전달하기 위해 이를 자폐증으로 번역하되, 다른 장애를 포괄하는 의미일 때만 자폐성 장애, 자폐성 증상 등으로 번역하였다. 같은 이유로 Autist 등은 자폐성 장애인, 자폐증 환자 대신 자폐인, 때에 따라 자폐성 아동 등으로 번역하였다.

I

수수께끼

당신의
아이인가요?

"이 아이가 당신 아들인가요?"
"예, 왜 그러시죠?"
"쟤가 무슨 짓을 했는지 모르실 거예요……."

자동차는 천천히 멈췄고 카이는 바퀴가 덜컹거리는 소리를 들었다. 차는 집 가까운 곳에 섰다. 차 문이 열리고 젊은 남자가 튀어나왔다. 그는 보닛을 열고 그 아래로 들어갔다. "이런 젠장! 하필 오늘 같은 날!"

카이는 마당에서 나왔다. 때는 오전이었고 집 앞 거리는 텅 비어 있었다. 이곳으로 자동차가 들어오는 일은 아주 드물었다. 카이는 누나들과 함께 '천국과 지옥'이라 불리는 포장도로에서 놀곤 했는데, 지나가는 사람은 자전거로 등교하는 대학생이 대부분이었다. 부모님, 누나 둘과 함께 사는 카이의 집은 캠

퍼스 내에 있었다. 대학교를 둘러싼 캠퍼스에는 일본식 정원, 불꽃나무, 연못, 조각상, 벤치 등이 있었고 해가 긴 날엔 새가 지저귀는 소리를 들으며 시간을 보낼 수 있었다.

"안녕하세요. 저는 카이예요."

남자는 카이에게 눈길도 주지 않았다.

"차가 고장 났나요?"

"그래." 남자는 내뱉듯이 대꾸했다. 이제 학교는 어떻게 가야 한단 말인가. 그는 이 빌어먹을 동네에 갇혀서 제시간에 도착하지 못할 처지였다. 하필 시험이 있는 날이라니. 지각하면 탈락이다. 결석으로 처리될 테니까.

카이는 뒤돌아서 뛰어갔다.

남자는 다시 차에 타 시동을 걸어봤지만 차는 잠시 덜커덕거리다 도로 멈췄다.

이때 카이가 다시 돌아왔다. 쟤는 도대체 뭘 하려는 거지? 카이는 무언가를 손에 쥐고 있었다.

"여기요." 카이는 말했다. "우리 엄마 차 키예요."

"뭐라고?"

"우리 차를 쓰세요."

남자는 놀란 눈으로 카이를 쳐다봤다. 그리고 열쇠를 받았다.

***

카이는 사람들을 좋아했고 사람들도 카이를 좋아했다. 이미 두 살 때부터 아빠의 손에서 빠져나와 사람들에게 달려가곤 했다. 행인, 우체부, 또 벤치에 앉아 아침 햇살을 즐기는 노인에게. 카이는 아무 말 없이 팔을 벌려 사람들의 다리를 끌어안았다. 처음에는 깜짝 놀라던 사람도 카이가 검은 눈동자를 반짝이며 자신을 올려다보면 미소를 짓곤 했다. 카이는 손으로 대화를 나눴고 환하게 빛났다. 카이는 나이 든 사람들에게 따스함을 전했다. 마치 햇살이 그러하듯이. 그들은 레호보트로 이사 온 지 얼마 되지 않은 이 작은 아이에게 이끌려 이내 벤치에 앉아버리곤 했다.

카이는 여름이 시작되던 1994년 6월 21일, 독일 하이델베르크에서 태어났다. 일 년 중 해가 가장 긴 날이었다. 카이의 엄마는 스무 시간의 진통을 견뎌야 했다. 그녀에겐 가장 오래 걸린 출산이었다. 아나트가 진통을 하고 있을 때 헨리는 복도에서 서성거렸다. 그들에게는 이미 칼리와 리노이라는 두 딸이 있었다. 이제 남자 형제가 생길 차례다. 정말 기뻤던 순간이다.

산파가 카이의 발을 위로 들어 올렸을 때 그들은 웃을 수밖에 없었다. 머리카락이 풍성한, 크고 무거운 아이. "자, 옷을 입히자. 곧바로 유치원에 보낼 수 있을 거야."

아기들은 태어날 때부터 웃는다. 천사의 미소라고 불리는 웃음. 그 웃음을 통해 자신이 전적으로 의지하는 부모에게 다가간다. 엄마 아빠에게 이 미소는 아이에 관한 첫 번째 기억일 것이다. 하지만 헨리는 카이가 웃었는지에 대한 확신이 없다. 그가 기억하는 것은 좀 달랐다. 카이는 태어날 때부터 머리를 치켜들려 했다. 그리고 커다란 눈을 반짝였다. 카이의 눈동자는 소리와 빛을 따라다니며 줄곧 움직이고 있었다. 경보 센서처럼 말이다.

헨리는 의사였고 병원에서 아이들을 돌봤다. 하지만 이런 눈빛은 본 적이 없었다. 카이는 거의 의도적으로 보고 싶은 것을 봤다. 그건 불가능한 일이었다. 아기의 시력은 생후 몇 개월에 걸쳐 발달한다. 아기들의 눈에는 색깔이나 모양 등 모든 것이 뒤섞여 보인다. 무언가가 자기에게 다가오는지만 정확히 구분한다. 부모의 얼굴이나 엄마의 가슴 따위. 그러나 카이는 마치 볼 수 있는 것처럼 행동했다.

카이의 동공은 쉼 없이 움직였다. 헨리는 두려움을 느꼈다. 의사들은 머리를 맞댔다. 지금껏 이런 아이는 본 적이 없었다. 그들은 신중히 검사했다. 결과가 나오는 순간 걱정은 사라졌다. 카이는 호흡, 맥박, 긴장도, 외모, 반사작용 등으로 구성된

아스퍼거 검사에서 10점 만점을 받았다. "다 괜찮습니다"라고 의사가 말하는 순간 헨리의 두려움은 자랑스러움으로 바뀌었다. 그는 아나트에게 "카이는 여기서 가장 성숙한 아기야"라고 말했다. "우리 아들은 특별해."

하지만 아나트는 안심할 수가 없었다. 그래서 더욱 신중하게 아들을 돌보았고 6개월이 됐을 때 카이의 눈에서 변화를 포착했다. 콕 집어서 말할 수는 없었지만 느낌이 그랬다. 헨리는 알아차리지 못했다. 의사 역시 "훌륭한 아이예요"라며 칭찬했다. "거봐." 헨리는 아나트에게 말했다. "아무 문제없어."

그렇게 마크람 가족의 시간은 흘러갔다. 풀밭에선 붕붕카에 이어 세발자전거가 돌아다녔고 집 안에는 웃음소리와 즐거운 소리가 가득했다. 그들은 영어, 히브리어, 독일어를 모두 사용했다. 헨리는 남아프리카공화국, 아나트는 이스라엘 출신이다. 헨리는 뇌과학자였으며 일 때문에 하이델베르크에 왔다. 일찍이 신경학자로 이름을 날렸고 박사학위 논문 치고는 비중 있는 주제를 다루며 알고자 하는 것에 대한 답을 찾았다. 노벨 의학상 수상자인 베르트 자크만이 헨리를 막스플랑크연구소로 초청했다. 헨리 역시 언젠가 노벨상을 탈 수도 있는 일 아니겠는가.

헨리의 가족은 하이델베르크를 좋아했다. 알록달록한 집, 좁고 구불구불한 골목, 네카어강, 그리고 성. 주말엔 아스파라거스를 자르고 사과를 따고 스케이트를 탔으며, 휴가 때는 파리, 로마, 코펜하겐 등으로 유럽 전역을 여행했다. 헨리가 카이를 포대기에 업고 도시를 돌아다니면 아이들은 그 옆을 즐겁게 뛰어다녔고 아나트는 사진을 찍었다. 가족에게는 걱정거리 하나 없는 가장 평화로운 시간이었다.

***

그들은 2년 동안 하이델베르크에서 살다가 이스라엘 쪽으로부터 초청을 받았다. 박사후연구원Post-Doc이었던 헨리 마크람은 자크만의 기대를 충족했다. 그는 신경세포가 어떻게 서로 소통하는지를 연구했으며 세계 전역의 실험실에서 사용하게 된 방법을 개발하기도 했다. 헨리는 불과 서른다섯 살에 그 유명한 와이즈만연구소에 들어가 교수가 되었으며 실험실을 차리고 독자적인 연구팀을 이끌게 됐다.

카이는 행복한 아이로 자라났다. 곱슬머리에 눈이 커다란 카이가 웃을 때마다 코에 주름이 잡혔다. 말을 할 때는 앞니 사이에 벌어진 틈이 눈에 띄었다. 카이는 종종 그 나이대의 아이들이 하지 않는 말을 하곤 했다. 이웃들은 카이를 '정말 특별한 아이'로 여겼다.

헨리와 아나트도 아들이 하는 행동을 보고 즐거워하거나 감동을 받아 어쩔 줄 몰라 하곤 했다. 카이는 그들에게 의문점 하나를 던졌다. 카이는 꼭 필요한 말만 하는 편이었지만 인사는 아주 중요하게 생각했다. 누구에게나 "안녕하세요. 저는 카이예요"라고 먼저 말을 건넸다. 상대방이 인사를 하거나 그냥 웃어주기만 해도 카이는 그 사람의 얼굴과 옷을 기억하고 자신의 친구 목록에 올려뒀다. 그리고 며칠 뒤 그 잠깐의 만남에 대해 이야기할 때는 엄마 아빠가 친구들을 이미 까맣게 잊었다는 사실을 놀라워하며 분홍색 꽃이 달린 모자를 쓰고 있던 여자나 신발 끝에 얼룩이 묻어 있던 남자에 관해 설명하곤 했다. 목소리는 커졌고 볼은 발갛게 달아올랐다. 카이가 생각하기엔 그랬다. 어떻게 이걸 잊어버릴 수가 있지?

카이가 더 심각해지는 경우는 친구들에 대해 부정적인 이야기를 할 때였다. 모자에 달려 있던 꽃 색깔이 너무 촌스러웠다는 식의 이야기 말이다. 그럴 때면 카이는 울며 소리를 지르기 시작했다. "그런 말은 하면 안 돼요!" 헨리와 아나트는 웃었지만 카이가 옳다는 것을 알고 있었다.

유치원 선생님들 역시 모두 카이를 기억했다. 그리고 나이가 들어서도 카이에 대해 이야기했다. 카이는 어린이집에서 노인처럼 뒷짐을 지고 테이블마다 돌아다녔다. 그는 그림을 그리는 것보다 보는 것을 좋아했다. 친구에게 놀자고 할 때는 말로 물어보는 대신 손으로 몸을 잡았다. 손아귀 힘이 어찌나 셌던지 간혹 이 행동은 아이들을 놀라게 했다. 아이들은 카이가 자신을 밀어버리려 한다고 여겨서 카이를 되밀기도 했다. 카이는 놀랐지만 울지는 않았다. 상처가 생기거나 멍이 들더라도. 카이는 아픔을 드러내는 일에 서툴렀다.

누나들은 카이를 상냥하게 대했고 있는 그대로 받아들였다. 단지 가끔 놀라워할 뿐이었다. 누나들은 엄마 아빠가 <u>으스스</u>한 책을 읽어주는 것을 좋아했다. 하지만 카이는 〈곰돌이와 비키의 모험〉*이나 '차펠필립'**만으로도 겁을 집어먹었다. "그만!"이라고 소리치며 책을 쳐내고 도망가 버렸다. 카이에게는 그것이 이야기가 아니라 현실이었다. 아기 사슴 밤비의 엄마가 죽은 것을 두고 카이가 밤새 운 뒤로 가족들은 잠자리에서 책을 읽어주는 일을 그만두는 것이 모두를 위해 최선이라고 합의했다.

이런 식의 일은 수없이 많았다. 이웃들은 카이에 대해서 이

• 스페인에서 제작한 애니메이션. 곰돌이와 비키가 모험을 거쳐 엄마 아빠에게 돌아간다는 이야기다. 한국에서도 방영된 적이 있다. — 옮긴이
•• 1844년 독일의 정신과 의사 하인리히 호프만이 지은 동화책 《더벅머리 페터Struwwel Peter》의 주인공 이름. 주의가 산만한 아이를 이르는 말로 쓰이며, 말썽쟁이 아이에게 나쁜 일이 일어나는 장면을 통해 생활 예절 등을 가르치는 내용이다. — 옮긴이

야기를 하고, 웃고, 궁금해했다. '애들은 애들일 뿐이야'라고 헨리는 생각했다. 모두가 자신의 세계에서 살고 있다. 카이가 공상에 잠기고, 세세한 것에 주목하고, 사람들을 좋아하고, 그들에게 다가가는 것은 좋은 일이었다. 아나트는 정원에 앉은 카이가 지나가는 사람들에게 말 거는 것을 주방의 열린 창문 사이로 엿들을 수 있었다. "들어와서 우리 엄마하고 커피 한잔 하시겠어요?" 카이는 안타깝게 생각했지만 다행히도 그들은 거절했고, 아나트는 어질러진 주방에 앉아 있는 시간을 방해받지 않을 수 있었다. 하지만 그날은 달랐다.

초인종이 울렸다. 아나트는 문을 열었다. 젊은 남자가 서 있었다. 뭘 사고 싶지는 않았다.

"이게 아주머니 열쇠인가요?"

"네?"

"아드님이 저한테 줬는데요."

"뭐라고요?"

"제 차가 고장이 나서요. 아, 그러니까 아드님이……."

"카이!"

5분 뒤 그들은 함께 차 안에 앉아 있었다. 아나트가 운전을 했고 학생은 무릎 위에 가방을 둔 채 시계를 봤다. 제시간에 도착할 수 있을 것 같았다. "아주머니가 아니었다면 큰일 날 뻔했어요."

"저 대신 카이에게 고마워하세요."

"정말 특별한 아이군요."

아나트는 고개를 끄덕였다.

모든 것을
바꾸어놓은
아이

헨리가 아무리 위대할지라도
단지 연구자일 뿐이었다면 실패했을 것이다.
카이를 통해 그는 이해하기 시작했다.

카이는 달랐다. 의사들은 차후에 카이가 자폐증이라고 결론 내릴 것이다. 물론 카이는 단지 자폐증이 아니라 그 이상의 존재였다. 카이는 그냥 카이다.

예전에는 5,000명당 한 명이 자폐인이라고 보고되었다. 미국 보건복지부의 조사에 따르면 요즘에는 68명 중 한 명이 자폐인이다. 연구자들은 자폐증을 전염병에 비유한다. 카이가 다른 아이들과 다를지 몰라도 혼자는 아니다.

헨리는 세계적으로 유명한 뇌과학자다. 카이가 자기만의 세계로 들어갔을 때 그 역시 다른 부모들처럼 무력했다. 그리고 이렇게 자문했다. 자폐증이란 무엇인가? 내 아이를 어떻게 도울 수 있을까?

그는 15년 동안 연구를 거듭했다. 그의 연구 결과는 우리가 자폐증에 대해 알고 있다고 믿었던 사실들을 뒤집어놓았다. 그리고 다른 뇌질환에 대해서도 새롭게 바라보는 계기를 마련했다. 헨리가 아무리 위대할지라도 단지 연구자일 뿐이었다면 실패했을 것이다. 카이를 통해 그는 이해하기 시작했다. 모든 것을 바꾸어놓은 아이 말이다.

***

새벽 네 시. 헨리는 이불을 젖힌다. 그리고 침실에서 나와 복도를 지나 주방으로 가 커피를 내린다. 조심스럽게. 모두가 자고 있다. 노트북을 연다. 그의 얼굴이 액정의 빛으로 파랗게 빛나고 눈은 아직 반쯤 감겨 있으며 머리는 부스스하다. 몇 주 전 포르투갈에서 단식요법을 했던 그는 수척해졌다. 커피를 마시고 이메일을 읽는다.

"헨리 씨에게"라고 샌드라가 메일을 보냈다. "제게는 자폐증이 있습니다. 당신의 이야기를 접했을 때 감정이 벅차올랐어요. 누군가가 제 삶을 글로 적었거든요. 아기였던 때 이후로 처음이에요. 제 가족들은 저를 지원해주지 않습니다……."

"샌드라 씨에게"라고 헨리는 적는다. "저는 당신이 어떤 일들을 겪었는지 알아요……"

그는 또 다른 메일을 읽는다. 자폐인, 혹은 그들의 친지나 동료로부터 온 메일을. 그는 학자만이 이해할 수 있는 숫자의 나열을 바라본다. 그리고 자정까지 작업했던 발표문을 연다. "우리는 눈으로 본다고 생각합니다"라고 그는 적었다. 생텍쥐페리가 《어린 왕자》에 마음으로 본다고 적었던 것과는 반대로. 헨리는 그렇게 생각하지 않았다. 세상을 보는 시선을 결정하는 것은 뇌였다.

우리의 머릿속에 있는 띠로 달을 한 바퀴 두를 수 있다. 100억 개의 신경세포와 100조 개의 연결. 놀라운 시스템이다. 그리고 600종의 장애가 있다. 자폐증, ADHD(주의력결핍 과잉행동장애), 우울증, 알츠하이머병, 파킨슨병, 조현병. 이런 장애는 서로 어떻게 연결되어 있을까?

헨리는 매일 새벽 네 시에 이 질문을 던진다. 그는 확신했다. 살아 있는 동안 답을 찾을 수 있을 것이다. 인류는 뇌를 해독하고 재구성할 것이다. 10년 전에 답을 찾기 위한 한 프로젝트가 시작됐다. EU(유럽연합)는 10억 유로를 지원했다. 이는 게놈 해독이나 달 착륙보다 더 큰, 역사적으로 가장 위대한 학문적 성과가 될 것이다. 인간은 스스로에 대해 이해할 수 있을 것이다.

칼라하리에서 온 아이가 역사를 쓰는 학자가 될 수 있을까?

***

헨리는 남아프리카공화국에서 자랐다. 그는 부모님과 함께 할아버지의 농장에서 살았다. 가족들은 부유했고 대대로 칼라하리에 뿌리를 박고 살았으나 삶은 녹록지 않았다. "사바나는 거저 주는 것이 없어. 모든 것을 다 네가 얻어내야 하지." 할아버지는 말씀하셨다. 헨리는 걷기도 전에 소젖 짜는 일을 맡았다. 해 뜨기 전 일어나지 않으면 할아버지는 채찍을 쥐고 헨리의 방으로 가서 집 밖으로 쫓아냈다.

할아버지는 보어인이었고 아흔다섯 살이라는 나이에도 허리를 꼿꼿하게 세워 말을 타고 사바나를 누볐다. 그는 말수가 적었고 누구에게 뭔가를 그냥 주는 일이 없었으며 스스로에게도 역시 혹독했다. 헨리에게는 농장에서 함께 지내는 삼촌이 다섯 명 있었는데 그들은 맨손으로 사냥을 했다. 삼촌들은 "이리 와, 헨리"라고 부르며 지프에 올라타곤 했다. 헨리는 열 살 정도부터 운전을 해야 했다. 맨발로 운전대에 올라타면 햇볕이 따갑게 내리쬐고 흙먼지가 치솟았다. 삼촌들은 수평선 쪽을 가리켰다.

"저기! 영양 보이지?" 그들은 소리쳤다.

그리고 헨리가 페달을 밟았다. 잔디와 수풀이 옆으로 휘날려 지나갔고, 바람은 눈을 따갑게 했다. 속도계는 50킬로미터를 가리켰다. 헨리가 영양 옆으로 차를 바짝 붙였을 때 삼촌 한 명이 뛰어내려 영양의 뿔을 잡았다. 영양 한 마리는 350킬로그램까지 나간다. 뛰어오르는 탄성과 세차게 잡는 힘으로 인해 영양의 목이 부러졌다. 헨리가 차를 세우자 곧 흙먼지가 가라앉았고, 삼촌들은 영양을 싣고 그 자리에서 도살했다. 그들은 위스키를 마셨고 헨리에게도 병을 들이댔지만 그는 고개를 저었다.

헨리는 그날 삶이 낯설다고 느꼈다. 일찍 일어난 것 외에는.

헨리의 엄마는 영국인이었다. 그녀는 칼라하리에서 소외감을 느꼈다. 그러나 이곳 생활에는 긍정적인 면도 있다고 생각했다. 헨리가 어린 시절을 자연에서 보냈기 때문이었다. 낮에는 너른 세상을 보고 밤에는 별과 가까이 지낼 수 있었다. 헨리가 성장하고 목소리가 굵어질 즈음 그녀는 생각했다. 어린 시절은 지나갔어. 이곳은 헨리에게 더 이상 줄 것이 없어. 헨리를 농부로 만들 수는 없어. 엄마는 헨리를 나탈 지역의 다반에 있는 사립학교로 보냈다. 그곳은 남아프리카공화국의 반대편 끝에 있었다.

헨리에게는 작별하는 일이 쉽지 않았다. 그는 가족과 풍경과 농장을 그리워했다. 그러나 시간이 지날수록 공부가 재미있어졌다. 집에 가는 일은 점점 줄어들었다.

***

헨리에게는 농장에서 살지 않는 삼촌이 한 명 더 있었다. 그는 상냥한 사람이었고 책 읽기를 즐겼다. 헨리는 그를 좋아했다. 그런데 삼촌이 언제부턴가 변하기 시작했다. 말수가 줄어들고 눈빛이 어두워졌다. 가족들은 침묵했다. 헨리가 열다섯 살이 되던 어느 날 엄마가 헨리를 불렀다. "존 삼촌이 죽었어." 엄마는 말했다. "자살했어." 헨리는 울음을 터뜨렸다. 그는 삼촌의 머릿속에 무슨 일이 있었는지, 무엇 때문에 힘들었는지 이해할 수 없었다. 도서관으로 가서 답을 찾으려 했다.

책에는 뇌의 무게가 1.3킬로그램이라고 적혀 있었다. 뇌의 표면은 부드럽다. 정육점에서 파는 간처럼 말이다. 색깔은 분홍빛이며 광택이 있다. 신경세포가 죽으면 회색빛을 띤다. 주름이 많고 그 사이로 미세한 혈관이 지나간다. 뇌는 아주 단정하고 정갈해 보였다.

우리의 뇌는 전기로 작동한다. 헨리는 놀라워하며 계속 읽어나갔다. 뇌처럼 일할 수 있는 컴퓨터가 있다면 수억 유로의 전기를 소비할 것이다. 전기는 뇌 속에서 쉴 없이 돌아다니고 깜박거린다. 장미를 볼 때 상을 만드는 것은 눈이 아니다. 시신경이 전기 신호를 보내야 뇌가 모든 정보를 연결할 수 있다. 색깔, 잎, 줄기, 가시를 모두 합친 것이 장미다. 그러고 나서 뇌는 평가한다. 아름답다. 좋은 향이 난다. 하지만 조심하라. 찔릴 수 있다!

뇌는 보고 생각하게 할 뿐 아니라 감정을 느끼도록 만든다. 헨리는 이에 관해 모든 것을 알고 싶었다. 삼촌은 왜 그렇게 우울했을까? 도대체 인간은 어떻게 느낌이라는 것을 가질까? 열다섯 살의 헨리는 이런 의문이 자신의 삶을 결정하게 되리라고는 생각하지 못했다. 삼촌의 죽음뿐만 아니라 아직 태어나지 않은 아들까지 그 의문에 숨겨져 있었다.

감정은 편도체와 대뇌피질이라는 뇌의 두 영역에서 발생한다. 기제는 아주 단순하다. 당신이 뱀을 보면 눈은 편도체로 뱀의 생김새에 관한 신호를 보낸다. 편도체는 몸에 경고를 보낸다. 심장은 뛰기 시작하고 피는 끓어오르고 몸은 도망갈 것인가 싸울 것인가를 두고 갈등한다. 두려움이라는 감정은 아직 인식하지 못한다.

감정은 신호가 대뇌피질에 도달했을 때 비로소 생겨난다. 대뇌피질로 가는 길은 편도체보다 넓다. 이성과 본능은 한패가 된다. 대뇌피질은 모든 세부사항을 인지하고 평가한다. 뱀에게 독니가 있는가? 위협하는가? 다음으로 대뇌피질은 기억을 끄집어낸다. 이런 경험이 이전에도 있었나? 그러고 나서 편도체에 결과를 보낸다. 텔레비전에서 보았던 뱀꾼이 부리는 뱀일 뿐이다. 맥박이 느려지고 차분해지면서 당신은 뱀에게 다가간다.

대뇌피질과 편도체 사이의 통로에 장애가 생기면 감정 역시 장애가 발생한다. 실험한 결과에 따르면 대뇌피질이 없는 고양이는 쉽게 움츠러든다. 이때 쓰다듬으면 하악 하는 소리를 내지만 그 이유는 알지 못한다. 이 고양이는 감정이 없다. 하악 소리는 반사작용일 뿐이다. 학자들은 이를 '가상 분노'라고 부른다.

사람의 경우 피니어스 게이지의 일화가 유명하다. 기차가 미국 전역을 뒤덮었을 때 그는 선로 작업을 하고 있었다. 발파 구멍을 뚫어 그 속에 모래를 채우고 불을 붙이는 일이었다. 한번은 모래를 깜박했다. 장전된 화약을 다져 넣으려 했을 때 폭발이 일어나 3센티미터 두께에 1미터 길이의 쇠막대기가 튀어올랐다. 쇠막대는 그의 두개골을 아래에서 위로 관통했다. 의사였던 존 할로는 위쪽으로 튀어나온 쇠막대를 제거했다. 게이지는 사고 당시 의식이 온전했다. 몇 주 뒤에는 작업에 복귀했다. 그는 말하는 데 문제가 없었고 후각과 청각이 정상이었으며 걸을 수 있었고 기억도 온전했다. 그러나 성격이 달라졌다. 인기 있고 원만했던 그는 다혈질로 변했다. 사람들에게 욕을 하고 스스로를 통제할 수 없었다. 할로 박사는 쇠막대가 대뇌피질을 관통하면서 공감에 관한 영역을 파괴했다고 추측했다. 근래의 학자들은 그의 의견에 동의한다. 대뇌피질과 편도체는 감정, 즉 사람의 성격을 관장한다. 통로에 장애가 생기는 따위의 작은 오류조차 균형을 파괴한다.

헨리는 점점 더 책에 빠져들었고 존 삼촌이 우울했던 이유를 이해하기 시작했다. 문제는 세상이 아니라 그의 머릿속에 들어 있었다. 헨리에게는 일종의 위안이었다. 그가 이 사실을 미리 알았다면 존 삼촌은 아직 살아 있었을지도 모른다. 헨리는 삼촌을 이해하며 뭔가 할 수 있는 일이 있으리라고 말했을 것이다. 헨리는 의사가 되기로 결심했다. 뇌를 다루는 의사 말이다. 전기와 화학을 이해하는, 그리고 기쁨과 슬픔을, 삶과 죽음을 결정하는 의사.

그는 자연과학 분야에서 우수한 성적을 받았고 대학입학시험을 거친 뒤 케이프타운에 있는 대학에 들어갔다. 일반의학과 정신의학 전공으로.

수표

헨리가 위로 살금살금 기어 올라갔을 때
할아버지가 그를 방으로 불렀다.
할아버지는 헨리에게 수표를 주며
"자, 가렴"이라고 말했다.

───────────────────

100여 년 전 베를린에는 파울 에를리히라는
유능한 의사가 한 명 있었다. 환자들은 그를 좋아했다. 그는 항
상 환자들에게 좋은 말을 해주었고 다른 의사들이 난처해할 때
도 희망을 선사할 만한 방안을 갖고 있었다. 에를리히는 시대
를 앞서간 인물이었다. 그는 여성이 남성보다 수입이 적은 것
에 대해 공개적으로 비판했다. 의학 분야에서는 새롭고 전례
없는 방법을 도입했다.

당시는 격변의 시기였다. 세계는 산업화 과정에 있었다. 기
차와 컨베이어 벨트가 규칙을 마련했다. 증기와 전기, 물리학

과 화학 같은 새로운 기술과 학문이 인간의 삶을 바꾸어놓았
다. 세상은 달라지고 있었으나 의학은 기존의 태도를 고수했
다. 결핵, 디프테리아, 콜레라, 매독 따위의 전염병은 여전히 신
이 내린 징벌로 여겨졌다. 이러한 상황에 변화를 가져오기 위
해서는 용기와 선구자적 정신이 필요했다. 경제 분야에서 록펠
러와 밴더빌트, 포드가 그랬던 것처럼 의학 분야에도 그런 이
들이 나타났다. 로베르트 코흐, 에밀 폰 베링, 그리고 파울 에를
리히가 그들이었다. 그들은 진취적인 학문이 응용하고 있는 지
식과 새로운 기술을 시험해보고자 했다. 그래서 병원 침상에서
실험실로 돌아왔고 현미경과 화학의 축복에 힘입어 전염병이
신의 징벌도 아니고, 신의 명제가 땅에서 솟아 나온 것이라 여
겨지던 증기의 결과물도 아니며, 단지 생물체가 유발한 것이라
는 사실을 발견했다. 바로 세균이었다.

  에를리히가 실험실에 처박혔을 때 동료 학자들의 대다수가
그의 작업을 주시하고 있었다. 그들은 이 새로운 마술놀이를
미더워하지 않았다. 화학! 세포의 색깔! 에를리히가 가장 오래
물들어 있다*고 빈정거리곤 했다. 그러나 에를리히는 동요

---

* 원문은 Ehrlich whrt am lngsten으로, '정직이 가장 오래간다Ehrlich frbt am lngsten'는 속
  담을 차용한 언어유희. — 옮긴이

없이 현미경 앞에 몸을 숙이고 실험을 진행하여 조직세포를 눈에 보이도록 만드는 화학물질을 발견해냈다. 그는 아직 알려지지 않은 혈액세포인 백혈구를 찾아냈고 면역학자가 되어 1908년 노벨상을 받았다.

병원 동료들은 에를리히가 환자들에게 소홀하다며 비난했다. 당시는 연간 5만 명의 아이들이 디프테리아로 목숨을 잃을 때였다. 그러나 에를리히는 병을 고치는 것이 아니라 예방하는 것이 자신의 책무라고 보았다. 병원체가 활동 자체를 못 하도록 말이다. 그중 에를리히는 '독'이라고 불렀던 것을 '항독제'를 통해 무력화하려고 했다. 말하자면 그는 예방접종을 시도했던 것이다.

사고방식이 새로웠던 또 다른 학자 에밀 폰 베링은 에를리히의 지식을 차용하여 백신인 디프테리아 항독제를 개발했다. 단기간에 아동 사망률이 절반으로 줄었다. 이 혈청은 훼히스트라는 염료공장에서 생산되었으며 병에는 '베링과 에를리히에 따라서'라는 스티커가 붙었다. 불과 1년 후 예방률은 75퍼센트에 달했다.

에를리히는 인체에 유해하지 않으면서 미생물만 죽일 수 있는 '마술구슬'에 대한 연구를 계속했다. 그는 동물실험을 했다. 화학을 응용한 의학이라고? 학자들은 고개를 저었다. 에를리히는 자선병원으로부터 출입금지 조치를 받았다. 그러나 몇 년 뒤 그들은 '마술구슬'의 효과를 인정할 수밖에 없었다. 매독 예방백신이나 항암제 따위가 그것이었다. 파울 에를리히는 의학에 새로운 이정표를 세웠고 의약품 연구에도 새로운 바람을 일으켰다. 지금까지도 의학과 약학은 에를리히가 정립한 두 가지 원칙에 따라 세포를 관찰하고 동물에게 실험을 한다.

***

너무나도 지루했다. 헨리는 더 이상 견딜 수가 없었다. 처음에는 매일 학교에 가서 딱딱한 강의실에 앉아 사람의 몸과 뇌에 관해 배우는 일이 즐거웠다. 병원에서의 실습도 흥미진진했다. 이를테면 소아과 병동이 그랬다. 아이들을 무척이나 좋아하는 헨리는 자녀를 다섯 명쯤 갖고 싶었는데, 그건 배우고 연구하는 일 이외의 시간과 아내만 있으면 되는 일이었다.

헨리는 기본적인 것들을 다 익혔다. 이제 새롭고 흥미진진하며 미래를 보여줄 뇌 구조를 세부적으로 알면 된다. 적어도 그렇게 희망했다. 그러나 교수들이 칠판에 쓰고 프로젝터로 쏘아서 보여준 것들은 실망스러웠다. 인간이 뇌에 대해 아는 것은 매우 미미했다. 생각과 감정의 미스터리를 밝혀내기 위한 작업들은 그다지 과감하지도 않았다. 수업에서도 이미 증명된 내용을 이해하는 것이 전부였다. 새로운 발견은 없었다. 항상 기존의 지식을 올바르게 적용하는 것이 목표였다.

신경학자로서의 삶이 고작 증상을 묻고 책에서 찾은 병명을 말해주는 것뿐인가. 자, 이 병을 치유하는 다섯 가지 약이 있습니다. 첫 번째 약을 처방해서 듣지 않는다면 두 번째 약을 처방하고…… 세 번째…… 네 번째…… 그리고 다섯 번째 약까지. 약효가 없는 이유를 제대로 아는 경우는 드물다. 치료가 아니라 증상 완화만을 약속할 수밖에 없는 상황도 있다. 알츠하이머병, 파킨슨병, 조현병, 자폐증 등은 모두 완치되지 않는다.

헨리는 딴짓을 하기 시작했다. 복도를 따라 걷다가 실험실로 들어가는 것을 더 즐겼다. 무언가를 발견한 자들의 구역으로. 그는 그 낯선 세계를 사랑했다. 행복감에 들떠 눈이 반짝였다. 그는 포름알데히드 냄새를 맡으며 연구자 정신과 모험심을 느꼈다. 박사과정생들과 교수들은 에를리히의 염색된 세포 속으로 빨려 들어갔고, 장기와 유기체를 탐색했으며, 헨리는 거기에 대고 "안녕하세요" 하며 인사를 건넸다. 동료들은 인사를 받아줬고 헨리는 고개를 까닥이며 뭔가 그럴듯한 말을 꺼냈다. 다음 날도 그다음 날도 이런 일이 반복되었다. 그리고 언제부턴가 헨리는 그중 일부가 되어 있었다. 연구 가운을 걸치고 네프론을 분리했다. 네프론은 콩팥의 기본 단위로 몸속에서 물을 걸러주는 역할을 한다. 헨리는 그것을 스펀지처럼 말려서 식염수를 넣고 현미경으로 들여다보며 네프론이 염분을 걸러내는 과정을 관찰했다. 얼마나 즐거운 일이었는지 모른다. 다른 사람이 의사가 된다면 그는 연구자, 그것도 기초적인 것을 연구하는 사람이 되어야 했다. 예전에 디프테리아, 결핵, 매독, 콜레라가 있었다면 오늘날엔 파킨슨병과 ADHD, 우울증 그리고 자폐증이 있다. 헨리는 신경세포를 박사논문 주제로 삼았다. 그것들이 어떻게 서로 소통하는지에 대해 연구할 것이다. 이 단순한 질문 속에 인류의 영원한 과제가 들어 있다. 우리는 과연 누구인가?

하지만 그는 일단 기초연구로 잘 알려진 대학으로 자리를 옮겨야 했다. 몇몇 교수가 이스라엘에 있는 와이즈만연구소를 추천했다. 세계적으로 영향력 있는 연구소였다. 세 명의 노벨상 수상자를 배출했고 암과 다발성경화증을 치료하는 주요 약물을 개발했다. 미래를 향해 열려 있는 손꼽히는 연구소 중 하나였다. 이곳에는 슈퍼컴퓨터가 있었다. 헨리는 장학금까지 신청해서 받게 되었다. 칼리하리 사막에서 온 헨리 마크람은 이제 스물여섯 살이었다. 그는 당당하게 집으로 향했다.

무척이나 반가운 아들, 예고 없는 방문. 미리 알았다면 엄마는 파이를 구웠을 것이다. 게다가 어찌나 수척해졌는지. 제대로 먹지 않았던 것일까. 뇌에도 영양이 공급되어야 한다. 일만 하고 살 수는 없다. 모두가 저녁 식사 자리에 모였다.

"저는 이스라엘로 갔어요." 헨리가 말했다.

가족들은 먹다 말고 물었다. "뭐라고?"

"와이즈만연구소로요."

"뭐?" "어떻게?" "어디로?" "이스라엘? 거기서 뭘 하려는 거야?" "거기 위험하진 않니?" "안 돼! 넌 여기 있어야 해!"

"연구를 하고 싶어요." 헨리는 말했다. "와이즈만연구소는 권위 있는 곳이에요."

"왜 연구를 해?" "네가 의사가 될 거라고 생각했는데, 사람들에게 도움을 주고 싶어 했잖아." "하루 종일 연구실에 처박혀 있는 건 사는 게 아니야" "가족들은 어떻게 먹여 살릴 거야? 학자는 수입이 적잖아. 알고 있을 텐데⋯⋯."

헨리는 그렇게 말도 안 되는 일에는 절대로 비싼 등록금을 지원해주지 않겠다는 부모님의 생각을 듣고만 있어야 했다. 말하자면 장성해서 자부심을 갖고 집으로 돌아온 자식들이 순식간에 다시 어린아이로 졸아든 상황을 헨리 역시 겪고 있는 것이었다.

헨리는 식사가 끝난 뒤 시무룩해져서는 2층에 있는 자기 방으로 들어갔다. 누군가 헨리를 불렀다. 할아버지였다. 채찍을 들고 새벽부터 헨리를 침대에서 쫓아내고도 별다른 말을 건 넨 적이 없었던 할아버지. 그는 평생을 농장에서 보냈고 그곳을 한 번도 떠난 적이 없었다. 할아버지는 헨리를 방으로 불러 수표를 줬다. "자, 가렴." 그렇게 딱 한마디만 했다. 하지만 어떤 말보다도 사랑이 가득 담겨 있었다.

헨리는 그 뒤로도 할아버지가 도움을 준 이유를 알 수 없었다. 물어볼 타이밍을 놓쳐버렸기 때문이다. 몇 년 뒤 신속히 연구 성과를 이룬 뇌과학자가 되어 집으로 돌아왔을 때 모든 가족이 그를 자랑스럽게 맞이했다. 하지만 할아버지는 세상을 떠나고 없었다. 자신의 수표가 어떤 일을 이루어냈는지 전혀 알지 못한 채. 헨리는 할아버지에게 와이즈만연구소에서 세상을 보는 눈이 어떻게 바뀌었는지 얘기할 기회가 없었다. 정말 이야기하고 싶었는데 말이다. 대뇌피질에 대한 지식이 어떻게 심화됐는지도. 대뇌피질에는 인간을 인간으로 만드는 거의 모든 요소가 담겨 있었다. 이성, 기억, 감정. "우리의 뇌는 우주와 같아요"라고 그는 말했을 것이다. 뇌는 칼라하리 사막 위에 떠 있는 별만큼이나 수많은 세포를 갖고 있다.

인간의 생각과 감정은 뉴런의 수보다 뉴런들이 소통하는 방식에 달려 있다. 어린아이의 뇌가 자랄 때는 신경세포의 수가 아니라 세포 간의 연결 개수가 많아지는 것이다. 이 연결에 장애가 생기면 아이는 다르게 성장한다.

뉴런은 듣고 보고 느끼는 모든 것을 전달한다. 오래된 라디오에서 흘러나오는 음악, 베란다에 있는 전등의 불빛, 할머니가 짜주신 털양말의 깔깔한 감촉. 불을 켜면 뉴런은 흥분한다. 양말을 신으면 그중 몇몇은 터지기도 한다. 하지만 라디오에서 음악이 흘러나오면 뉴런은 잠잠해진다. 빛이든 촉감이든 소리든 뉴런은 항상 다르게 반응하며 상이한 신호를 보낸다.

그러나 별과는 달리 뇌라는 우주에는 개입을 할 수 있다. 음악이 흐르는 동안 신호 전달 과정에서 윤활제 역할을 하는 아세틸콜린을 뉴런에 떨어뜨리면 잠잠해져 있던 뉴런은 다시 살아난다. 작은 변화로도 충분히 세상을 인식하는 방식을 바꿀 수 있다.

헨리는 연구자로서 자신만의 눈으로 뉴런을 들여다본다. 진실은 단순히 존재하는 것이 아니라 만들어진다. 물론 책상은 책상이다. 하지만 세상이 알록달록한지 창백한지, 밝은지 어두운지, 즐거운지 슬픈지는 모두가 다르게 느낀다. 어떤 사람은 화가 나면 얼굴이 붉어지지만 또 다른 사람은 얼굴이 창백해진다. 그 이유는 연구자들도 모른다. 단지 객관적인 세상이 존재하지 않는다는 사실만 알 뿐이다. 우리가 같은 세상에 살고 있다는 것은 네가 보지 못하는 것을 내가 보고, 네가 느끼지 못하는 것을 내가 느낀다는 의미일 뿐이다.

할아버지는 분명히 크게 웃으며 말했을 것이다. "네 삼촌이 위스키를 마셨다면 세상이 달리 보였을 거야." 연륜은 삶을 좀 덜 심각하게 받아들이도록 만든다. 하지만 헨리는 할아버지가 좀 더 진지하게 들었을 법한 이야기를 알고 있다. 현미경을 통해 세상을 보는 것은 칼라하리의 밤하늘을 보는 것과 크게 다르지 않다. 뉴런과 시냅스로 이루어진 세계를 현미경으로 들여다본다. 마치 우주로 나가는 것처럼 무한대로 들어서면 거친 빛 속에서 별들이 서로 엉키고, 빛의 가닥이 그 주위를 감싸며 그것을 통해 소통하는 것을 볼 수 있다. 그리고 별들이 뭔가 하고 싶은 말이 있다면 바깥에 등불을 켠다. 그러면 당신의 주변으로는 커다란 불꽃이 피어나고, 다양한 색깔과 불빛으로 이루어진 그 폭발은 새 떼처럼 뇌 속을 지나간다. 이는 기적처럼 놀라운 일이다.

그리고 헨리는 할아버지에게 당신의 도움으로 이 세계에서 자리 잡을 수 있는 방법을 배웠다고 말하고 싶었다. "저는 부시맨들이 칼라하리를 읽듯이 이 풍경을 읽어요. 그들은 언덕에 올라 사바나를 내려다보며 우리가 볼 수 없는 것을 보죠. 날씨가 어떻게 될지, 위협될 만한 것이 있는지, 몇 킬로미터 밖에 사자가 있다는 사실까지 전체를 아우르면서 봐요. 그리고 제가 현미경을 통해 보는 일도 그와 다르지 않아요. 거의 아무도 볼 수 없는 것을 보거든요. 하지만 커다란 전체는 아직 알지 못해요. 거기까지는 아직 갈 길이 남아 있어요." 그러면 할아버지는 고개를 끄덕이며 말했을 것이다. "넌 할 수 있을 거야."

학계에서도 헨리를 신뢰하는 사람들은 많았다. 그의 작업은 두 가지의 전달물질이 어떻게 무언가를 배우는 데 도움을 주는지에 대해 학계가 주목하도록 만들었다. 헨리는 세계 최대 연구진흥기관인 미국 국립보건원으로부터 초청을 받았다. 그리고 워싱턴에서 1년을 보낸 뒤 베르트 자크만이 있는 하이델베르크로 갔다. 헨리는 그곳에서 세포들이 어떻게 서로 연결되는지를 측정하는 방법을 연구했다. 어떻게 서로 연결하고 규정짓고 하나의 인간으로 발전되는지. 연결의 오류는 발달을 저해한다. 그중 가장 잘 알려진 발달장애는 자폐증이다.

헨리의 방법론은 국제적인 표준이 됐다. 그는 상을 받았고 전 세계를 돌아다니며 강의를 했다. 그는 비상 중이었고 누구도 꺾을 수 없을 것처럼 보였다.

그리고 카이가 태어났다.

카이를
평가하고
싶다고요?

의사들은 오랫동안 그들을 관찰했다.
"아이에게는 문제가 없는 것 같아요.
문제는 어머니에게 있을 수도 있어요."

세균이나 바이러스, 인후통이나 위장병처럼 순식간에 덮치는 질병이 있다. 우리는 몸져눕는다. 지독하다. 하지만 심각한 병인 경우는 드물다.

그리고 살금살금 다가오는 질병이 있다. 암이나 심장마비는 갑자기 닥치는 것처럼 보일 뿐이다. 암세포는 자라는 시간이 필요하고 혈관은 좁아지는 시간이 필요하다. 이는 스캔과 촉진이 가능하다. 주의 깊고 운이 좋은 경우 사전에 알아차릴 수 있다.

이렇게 살금살금 다가오는 질병 중 가장 심각한 것은 정신적 고통이다. 스캔과 촉진이 불가능하기 때문이다. 시작된 지

오래됐더라도 눈에 보이지 않는다. 변덕이나 엉성함, 기벽이나 소소한 짜증으로 위장하고 있다. 손을 자주 씻는 것이 강박으로 드러날 때까지, 무기력한 상태가 우울증으로 드러날 때까지, 그리고 열쇠 찾기를 반복하다가 집으로 가는 길을 잊어버릴 때까지 그것을 알아차리기는 힘들다. 이 눈에 보이지 않고 손에 잡히지 않는 고통이 아마도 가장 괴로울 것이리라.

카이의 자폐증은 아주 조용하게 잘 위장해 삶 속으로 기어들어 왔다. 신경학자인 헨리나 주의 깊은 성격의 아나트도 저 작은 머릿속에 얼마나 거대한 것들이 들어 있는지 알아차리지 못할 정도였다. 그리고 어떤 의사도 제대로 된 실마리를 찾아내지 못했다. 전체 그림을 보는 대신 작은 조각들만 발견했을 뿐이다.

처음으로 걱정을 끼쳤던 건 카이의 언어 문제였다. 카이는 레호보트에서 잘 지내고 있었음에도 세 살이 될 때까지 전혀 말을 하지 않았다. 모순적인 일이었다. 카이는 가족 중 누구보다 더 사람들과의 만남을 좋아했기 때문이다. 카이는 특히 손을 사용해서 대화했다. 사람들은 그것을 잘 이해하지 못했으며 그들이 오해를 하면 카이는 하던 몸짓을 계속 반복했다. 그렇게 애를 써도 되돌아오는 것은 무반응이거나 기대하지 않은 반응뿐이었다. 그러면 카이는 얼굴을 찌푸렸다. 위로할 수 있는 방법은 없었다.

의사들은 "아빠는 카이와 영어로, 엄마는 히브리어로 말하는 것이 문제일 수 있어요"라고 했다. 헨리는 말도 안 된다고 생각했다.

그들은 카이를 치료해줄 의사를 찾아 나섰다. 첫 번째, 두 번째, 세 번째. 그러나 원래 명랑하고 친절했던 카이는 의사에게 다가가기를 꺼렸다. 하얀 옷을 입은 남자들을 보면 하는 행동을 모두 멈추거나 도망쳐 버렸다. 여러 번의 시도 끝에 카이가 받아들인 의사는 단어와 문장을 연습시켰고, 카이의 혀는 모음을 연달아 빼먹으면서도 움직이기 시작했다. 이 정도면 됐어. 헨리는 생각했다. 침묵이 자폐증의 주요 증상이라는 점은 누구도 생각하지 못했다.

그리고 시간이 지나면서 카이는 귀를 틀어막기 시작했다. 가족들은 〈인어공주〉를 보러 영화관에 갔지만 카이는 손으로 귀를 누르고 밖으로 나가려 했다. 그리고 다음번에는 같이 가려고도 하지 않았다. "별다른 의미는 없어요. 그저 좀 예민한 것뿐입니다." 의사들은 말했다. 미모사처럼 말이다.

카이는 좀 서툴기도 했다. 두 명의 누나들보다 넘어지는 일이 훨씬 더 잦았다. 책장으로 올라가 뒤로 넘어지기도 했고, 유리창으로 달려들어 사방에 피를 흘리고 왼쪽 눈썹을 꿰매기도 했다. 상처를 계속해서 긁기도 했다. 의사들은 행동장애나 강박장애에 주목할 수도 있었다. 하지만 그들은 그렇게 하지 않았다.

지나치지 않았던 건 아나트뿐이었다. 그녀는 처음부터 알고 있었다. 카이의 눈. 그 때문에 얼마나 자주 병원을 들락거렸는지 모른다. 반복되는 질문: 무엇 때문에 오셨어요? 반복되는 대답: 눈이 뭔가 이상해요. 의사들은 세극등 현미경이나 안경 현미경으로 카이의 눈동자를 들여다보고 동공의 크기와 안압을 측정했으며, 점안액을 떨어뜨려보거나 빛을 반사시켜보고 나서 말했다. "아무런 이상이 없어요." 한 의사는 어려서 가만히 누워 있을 수 없는 카이를 마취하고 MRI를 찍기도 했다. 결과상으로는 모든 것이 정상이었다. 아나트가 고집스럽게 앉아 있으면 의사는 그녀를 가만히 바라보다 말했다. "아이에게는 문제가 없는 것 같아요. 문제는 어머니에게 있을 수도 있어요." "도대체 뭘 안다고 그러세요?" 아나트는 흥분하며 말했다. "당신한테는 책이 있을지 모르지만 저에게는 엄마로서의 본능이 있어요. 우리 아이에 대해서는 세상 누구보다 더 잘 알아요."

돌이켜보면 그 시간 동안 많은 것을 배웠다. "다른 엄마들은 자신이 뭘 할 수 있겠냐고 저한테 묻곤 해요. 저는 가장 먼저 마음이 하는 말을 들어보라고 하죠. 말로 표현할 수는 없더라도 누구보다 더 잘 아는 경우가 많거든요. 그런데도 젊은 부모들은 자신의 느낌을 믿지 않을 때가 많아요. 인터넷과 책을 더 많이 보니까요. 그리고 의사들은 아무 문제가 없다고 말해요. 그러면 그들은 의사가 잘 알 거라고 생각하며 믿어버리죠. 그건 올바르지 않아요. 부모는 자신만의 시각이 있어요. 그리고 그게 중요해요. 저는 그들에게 느낌을 믿으라고 해요. 의사가 정말로 더 잘 알기 전까지는 말이죠."

아나트는 더 이상 일반 의사에게 가지 않았다. 세계적으로 유명한 중의학 의사가 와이즈만연구소에 왔을 때 아나트는 카이의 손을 잡고 찾아갔다. 의사는 말했다. "아주 잘 관찰하셨네요. 뭔가 문제가 있어요." 아나트는 가슴이 뛰었다. "저 역시 카이를 위해 무엇을 해야 하는지 잘 모르겠어요. 하지만 중국에 뛰어난 동료 의사가 있어요. 카이와 같은 아이들을 전문적으로 치료하죠. 몇 시간 동안 침을 꽂아줘요."

아나트는 희망을 가지게 됐다. 그 의사는 카이에게 침을 놓으려 했다. 카이는 가만히 있지 않았다. "항상 이런가요?" 하고 의사는 물었다.

"네, 유치원에서는 이틀 만에 카이를 포기했어요. 선생님 한 분이 항상 카이만 쫓아다녀야 했거든요."

"그렇다면" 하고 의사는 말했다. "그 전문가도 할 수 있는 일이 없겠어요."

카이는 움직이고 뛰고 기어오르려는 욕구가 엄청났다. 아주 잠시만 한 가지 일에 집중할 수 있었는데 그마저도 레고 블록으로 탑을 만드는 일이나 전기 제품의 스위치를 찾는 일 등 기계에 관련된 것이었다. 특히 진공청소기를 좋아했는데 집중하는 시간은 역시 길지 않았다. 카이는 항상 어딘가로 가야 했고 무언가를 관찰하고 가져오고 누군가를 껴안고 이야기하다 다시 돌아오곤 했다. 그런 모습이 너무도 눈에 띄어서 이웃들은 카이를 데리고 정신과에 가보았냐고 물었다.

***

이스라엘에서 가장 유명한 소아정신과 의사에게 예약을 잡는 데는 시간이 좀 걸렸다. 헨리는 스스로 진단을 내리고 있었지만 개입하지 않으려 했다. 그 의사는 카이를 관찰하고 무엇이 문제인지 알아내고 치료해서 카이가 다른 아이들처럼 조용히 공부하고 안정을 찾도록 할 것이었다.

의사는 심각한 표정으로 앉아 있었다. 아나트는 많은 의사를 만나봤다고 이야기했다. 의사는 눈썹을 들어 올리더니 책장에서 책 한 권을 꺼냈다. "저는 임상병리에 관한 책을 몇 권 썼어요. 의학을 전공하는 학생들이면 누구나 읽는 교과서죠." 그는 책에 사인을 해서 아나트에게 건넸다. "어떻게 도와드리면 될까요?"

언어 문제는요?

조용히 앉아 있을 수 있나요?

사람들을 보면 달려가서 껴안곤 하나요?

기계적인 것들을 좋아하나요?

반짝이는 것은 모두 만지나요?

이 모든 질문에 대답을 하고 난 뒤 의사는 물었다.

생체역학자에게 가보셨나요? 카이가 복합적인 기하학적 구조를 파악한다고 하던가요?

네, 맞아요…….

의사는 카이를 쳐다봤다. "네 살짜리 아이 치고는 발달이 좀 늦은 것처럼 보이는데. 자, 이제 해볼까요?"

그는 카이를 책상 앞에 앉혔다. 카이는 의사가 보여주는 그림들을 보았다. 몇 주 전부터 카이에게는 새로운 놀이가 생겼다. 어른들을 오랫동안 집요하게 쳐다보는 것이었다. 사람들은 아주 불편해했다.

의사는 그림을 차례차례 보여줬다.

빨간색을 짚어봐.

동그라미를 짚어봐.

당근을 짚어봐.

이 모자는 모서리가 몇 개니?

이 삼각형을 저 삼각형에 맞추어서 놓아봐.

카이는 항상 하던 대로 놀이를 했다. 삼각형을 집어서 의사를 쳐다보고 반응이 있기를 기다렸다. 놀라는 눈빛, 초조한 몸짓, 재촉하는 말 따위를. 그러나 몸짓도 말도, 어떤 반응도 없었다. 게다가 의사는 짧게 쳐다보기만 할 뿐이었다. 반응이 없었으므로 카이는 놀이를 계속했고 삼각형을 아주 천천히 움직여 결국 의도적으로 틀린 자리에 내려놓았다. 언제나처럼 찌푸린 얼굴과 반박하는 말투를 기대하면서. 카이는 과제가 아니라 의사에게 집중했다. 하지만 의사는 노트와 시계에서 눈을 떼지 않았다. 그는 카이의 행동을 안경 너머 곁눈질로만 관찰할 뿐이었다. 삼각형이 서로 포개지는지와 얼마나 시간이 걸리는지에만 관심을 두었다.

카이를 평가하려고 하나요? 아나트는 생각했다. 카이가 당신들을 평가할 거예요. "문제는 간단해요." 의사는 헨리와 아나트를 면담실로 불러서 이야기했다. "카이에게는 집중력장애가 있어요. 그게 뭔지 아시죠?"

"네." 헨리가 답했다. ADHD. 전두엽이 불필요한 자극을 걸러내지 못하는 장애다. 아이들은 자극에 사로잡혀 한 가지 일에 집중하지 못한다.

헨리가 예상한 대로였다. 이미 이 장애가 있는 사람들이 어떻게 느끼는지에 대해서 읽은 바가 있다. 그들의 머릿속은 항상 시끄럽다. 벽에 머리를 찧고 싶어진다. 달려가서 뛰어오르는 것 외에는 할 수 있는 일이 없다.

의사는 계속해서 말했다. "발달 쪽에도 문제가 있어요. 언어 능력과 행동능력뿐만 아니라 정신적이고 정서적인 발달까지요. 우리는 1년 이상 봐왔어요. 카이는 세 살짜리 아이에 머물러 있습니다."

"어떻게 해야 할까요?" 헨리는 물었다.

"심각하지는 않으니 약물치료는 필요 없을 거예요."

리탈린을 쓰지 않아도 된다. 헨리는 안도의 숨을 내쉬었다. 리탈린은 도움을 주는 건 맞지만 인체에 유해하기도 한 약물이다.

"하지만 카이를 유치원이 아니라 장애아를 위한 특수학교에 보내라고 권하고 싶어요."

***

"다른 유치원에 가는 거예요?" 집으로 돌아오는 길에 카이가 물었다. "아니야." 헨리는 말했다. 특수학교는 분명 좋을 것이다. 하지만 카이에게 낙인이 될 것이기도 했다. 한번 그쪽으로 가면 다른 시스템으로 되돌아오기 어렵다. 그리고 증상이 경미한 ADHD라면 그다지 큰일도 아니다. 어떤 학교에도 이런 아이들은 있다. 알베르트 아인슈타인에게도 ADHD가 있지 않았던가? 게다가 다소 정서불안이었다.

"카이는 저를 많이 닮았어요." 헨리는 말했다. "카이와 함께 있으면 순식간에 시간이 지나가곤 했죠. 딸아이들의 경우는 좀 달랐어요. 천천히 성장했고 제가 언제나 곁에 있을 수 있었죠. 카이는 겁이 없었어요. 카이야 이거 하자 저거 하자, 하고 말하면 엄청난 에너지로 달려들었어요. 저는 '그래요. 당장 해요. 모든 걸 정복해버려요'라고 말하는 사람이 생겼다는 게 정말 기뻤어요."

이렇게 헨리는 아버지로서의 전략을 세웠다. 카이가 호기심으로 들끓고 움직임이 필요할 때 그걸 저지하지 않고 지지해주는 거야. 보고 싶은 것을 보여주고 알고 싶은 것을 가르쳐주는 거지. 그렇게 세상을 발견하는 일은 정말 멋질 거야. 그런 방식이 카이에게 얼마나 해가 될지 그는 알지 못했다.

의심

자폐증이 있는 아이를 둔 이라면
누구든 감동하지 않을 수 없었다.

———————————————————————————

시간이 지나면서 사람들이 카이를 좋아하기
는 더 어려워졌다. 이는 정말 슬픈 일이었다. 카이는 사람들을
여전히 좋아했기 때문이었다. 카이는 언제나 그랬듯이 이웃들,
지나가는 사람들, 벤치에 앉아 있는 노인들에게 달려갔다. 하
지만 더 이상 껴안지는 않았다. 모두가 그것을 좋아하진 않는
다는 것을 배웠기 때문에 선생님이 가르쳐준 대로 말을 걸기만
했다. 한마디씩 차근차근. "안녕하세요. 저는 카이예요."

카이는 이제 다섯 살이 되었다. 곱슬머리는 더 곱슬거렸고
눈은 더 커졌고 코는 더 높아졌다. 그리고 사람들은 예전처럼

미소로 답했다. 하지만 카이의 말은 꺼안는 것만큼의 마법 같은 효과가 없었고 말을 하면 할수록 사람들은 카이에게서 등을 돌렸다. 헨리와 아나트는 사람들의 시선이 변하는 안타까운 순간을 지켜봤다. 카이 역시 그것을 어떤 식으로든 느꼈지만 엄마 아빠가 불러도 그대로 사람들 옆에 머물렀다. 그리고 결국 사람들은 떠나갔다. 카이는 자기만의 세계로 들어가 세상을 미워하기 시작했다. 헨리와 아나트의 마음은 이루 말할 수 없이 아팠다.

사람들의 시선이 변한 이유를 알아차리는 것은 어렵지 않았다. 그 끝없는 나, 나, 나. 다른 사람들 주변을 맴돌던 카이는 이제 자신을 중심으로 돌았다. 그게 다가 아니었다. 다른 사람에 대한 관심도 사라졌다. 사람들은 더 이상 카이를 대놓고 특이한 아이라고 말하지 않았다. 대신 쑥덕거렸다. "정말 이상한 아이예요." 카이는 그들에게 의심스러운 존재였다.

헨리와 아나트는 예비학교가 카이에게 도움이 되길 바랐다. 새로운 친구들, 경험 많은 선생님, 신선한 경험들. 그곳에서는 카이에게 '개방학교'를 권했다. 그러니까 말하자면 민주적인 학교였다. 모든 아이들이 오늘 놀이를 할 것인지 공부를 할 것인지, 놀이터에 갈 것인지 학교에 갈 것인지를 자유롭게 결정할 수 있었다. 학교에서는 그림을 그리고 놀이를 하는 것뿐 아니라 모든 아이가 같은 속도로 숫자와 글자를 배웠다.

곧 헨리와 아나트는 카이 주변의 아이들이 어떻게 성장하는 지를 지켜보게 됐다. 그들은 모래상자를 버리고 칠판 앞으로 갔다. 아이에서 학생이 된 것이다. 하지만 카이는 여전히 아이에 머물렀다. 하늘에 뜬 비행기를 꿈꾸고, 쓰다듬어주는 것을 좋아하고, 아름다운 동화만 듣고 싶어 했다. 선생님들은 카이를 다르게 대하기 시작했다. 좀 더 너그럽게, 발달이 느린 아이처럼. 영원히 모래상자에 갇혀 있는 카이로 말이다.

아이들은 여전히 카이를 좋아했고 생일파티에도 왔다. 하지만 헨리와 아나트는 그들이 더 이상 카이의 친구가 될 수 없다는 걸 알았다. 카이는 알지 못했지만 차츰 느낄 수 있었다. 그럴수록 더더욱 그들의 주위를 맴돌며 장난감을 내밀고 말을 걸었다. 아무런 소용이 없었다. 카이는 결국 눈물을 흘리며 방으로 들어가 버렸다. 두 가지 종류의 세계, 사람들로 가득하지만 안녕이라는 말만 하는 곳과 텅 빈 곳 사이에서 카이는 길을 잃었다. 카이는 가장 많은 친구를 가진 동시에 가장 적은 친구를 가진, 가장 외로운 아이였다.

하루는 카이가 밝은 얼굴로 집에 왔다. 아나트는 반기며 무슨 일이냐고 물었다.

"야코프하고 제가 돌을 던졌어요." 카이는 말했다.

"돌?"

"네, 자동차에다가요."

카이는 자신이 무슨 짓을 했는지 몰랐다. 친구들은 잘 알고 있었다. 몇몇 아이는 카이를 이용하기 시작했다. 선생님들이 카이를 다르게 대하기 때문이다. 그 아이들은 벌을 받지 않기 위해서 카이를 내세웠다. 또는 카이를 바보로 만들기 위해서.

악취탄? 카이였다.

깨진 유리창? 카이.

어린아이들 사이로 던져진 폭죽? 카이!

작은 다툼은 곧 큰 소동이 되었다. 카이는 한 번도 이런 식으로 눈에 띈 적이 없었다. 카이는 불과 큰 소리를 무서워했다. 소음은 견디지 못했다.

아, 이제 어떡해야 할까? 카이가 자라는 만큼 걱정도 같이 자랐다. 집에서는 자제력을 잃었다. 아무 이유 없이 땅바닥에 몸을 던지고 소리 지르며 자기 몸을 때렸다. 가족끼리 영화관에 간 지는 오래였다. 버스에서는 모든, 정말 모든 사람에게 말을 걸며 지나갔다. 술에 취해 자는 사람부터 버스 운전사까지. 그리고 카이는 식탁에서 냄새를 맡기 시작했다. 냄새가 마음에 들어야만 먹었다. 카이가 먹는 것은 흰쌀, 소스를 바른 고기, 땅콩버터와 코티지치즈가 들어간 샌드위치, 콘플레이크 따위였다. 헨리가 다른 상표의 우유를 부어주면 "맛이 달라요"라고 말하는 식이었다. 예비학교에서 카이는 몇 달 뒤에야 뷔페식에 적응했고 마카로니를 먹었다.

이게 ADHD라고?

헨리는 스스로 질문을 던졌고 카이의 또 다른 버릇을 알아차렸다. 모든 것을 말 그대로 받아들이는 것이었다. 누나가 "빨리해. 모자가 탄단 말이야"라고 하면 카이는 눈을 크게 뜨고 외쳤다. "아니야, 거짓말이야." 이 독특함은 종종 싸움으로 번졌다. 아이들은 마음에 없는 말을 하곤 한다. 하지만 카이는 모든 걸 진심으로 받아들였다. 친구들이 카이를 속이는 것이다!

카이는 기계를 점점 더 광적으로 좋아하게 됐다. 컴퓨터 게임에 빠졌고 건축상을 받을 정도로 레고 조립을 만들었으며 사람들이 입을 떡 벌릴 만큼 빠른 속도로 퍼즐을 맞췄다. 카이는 형태만을 보았다. 그에게는 조각이 이루어내는 그림은 중요하지 않았다. 그림이 뒤집어져 있으면 조각도 뒤집어서 놓았다. 종종 늦게 들어온 헨리가 카이에게 인사를 하기 위해 부르면 퍼즐 이야기만 했다. 그리고 아빠가 퍼즐을 보고 있는 것처럼 말했다. 카이는 전화기로 통화하는 것을 이해하지 못하는 것 같았다.

거의 자폐에 가깝다고 헨리는 생각했다. 정말 그럴까……?

***

자폐증. WHO(세계보건기구)는 자폐증을 질병으로 분류했고
의사들은 발달장애라고 불렀다. 헨리가 학교에서 배운 바에 따
르면 원인은 불분명했다. 60개 이상의 가설이 있으며 20세기
후반에 이르러서야 하나의 답이 도출됐다. 자폐증은 유전이다.
자궁에서 뇌가 형성될 때 알코올, 수은, 약물 따위의 환경적 요
인에 의해서도 발생한다. 하지만 또 다른 유발 요인이 있는 것
이 분명하다. 같은 자궁에서 자라고 같은 유전자를 가진 쌍둥
이 중에서도 한 명은 자폐증이 있고 다른 한 명은 자폐증이 없
는 경우가 있다. 출생 이후 몇 년 동안 일어나는 일도 영향을
미칠 것이다.

책에 따르면 자폐인은 사회적 존재가 아니다. 그들은 다른
사람과 섞이지 못한다. 전혀 관심도 없다. 타인과 눈 마주치기
를 꺼리며 혼자만의 세계로 들어간다. 자폐인 중 상당수에게는
줄을 맞춰 물건을 배열한다든가 말을 반복한다든가 앞뒤로 몸
을 흔드는 강박증이 있다. 그들은 변화를 싫어한다.

자폐증은 다양한 양상을 보이는데 전문가들을 이를 '스펙트
럼'이라 부른다. 자폐인 한 사람을 안다면 그들 모두가 아니라
정확히 단 한 사람만을 아는 것이다. 모든 자폐인은 각기 다르
다. 어떤 사람은 돌봄이 필요하다. 어떤 사람은 음악이나 수학

에서 뛰어난 재능을 보이지만 혼자 물건을 사러 가지 못한다. 또 다른 사람은 독립적인 생활을 하며 '병'이나 '장애'라고 불리는 것을 거부한다. 그들에게는 자폐증이 존재방식이자 특성이다. 왼손잡이나 독서곤란증처럼 말이다.

특히 아스퍼거가 유명하다. 증상이 좀 가벼운 형태다. 아스퍼거가 있어도 세상과 더불어 살아가는 경우가 종종 있다. 그들은 대개 특출난 재능을 갖고 있다. 헨리는 카이에게 자폐성 장애가 있다면 아스퍼거일 거라고 생각했다.

언어능력이 좀 떨어지고,

사람들에게 다가가 말을 건네고,

비유법을 이해하지 못하며,

서투른 면이 많고,

갑자기 화를 내고,

다른 사람보다 통증에 민감하지 않은 것까지. 자폐인에게 통증은 모순적인 경우가 많다. 상처를 입었을 때는 아무렇지 않다가 누군가가 건드리면 아파서 소리를 지르는 식이다.

심리학자 레오 카너와 한스 아스퍼거가 1943년 처음으로 자폐성 아동에 관한 책을 썼을 때 그들의 운명은 많은 사람의 마음을 울렸다. 책에 등장하는 아이들은 다른 별에서 온 존재처럼 느껴졌다. 그들에게는 인간의 원초적인 본능이 없는 듯 보였다. 사회적인 접촉에 대한 본능 말이다. 시선은 늘 먼 곳을 향하고 있으며 말을 전혀 하지 않고 만약 한다 해도 얼굴을 쳐다보지 않는다. 공감능력이 없는 것처럼 보일 뿐만 아니라 친밀한 관계에 대한 욕구도 없는 것 같다. 그들은 부모가 웃을 때 반응을 보이지 않고 엄마가 가까이 올 때 팔을 뻗지도 않는다.

자폐증이 있는 아이를 둔 이라면 누구든 감동하지 않을 수 없었다.

사람들의 마음을 움직인 만큼 낙인 또한 심했다. 나치 시절에는 자폐인에게 불임수술을 하거나 그들의 목숨을 빼앗았다. 전후에는 사회가 그들을 멀리하며 엄마에게 책임을 돌렸다. 1960년대까지도 엄마의 냉정함이 아이를 망쳤다고 여겼다. '냉장고 엄마'라는 의학 용어까지 있었다. 카이에게 자폐증이 있는 것이라고 추측하며 오래된 전문서적을 책장에서 꺼내들던 헨리는 엄마들이 얼마나 고통을 받았을지 생각했다. 그러나 그는 이내 차분해졌다. 카이와 자폐증? 그럴 리가 없어.

자폐인이 주로 보이는 특성 중 하나는 물건을 항상 한 가지 방식으로 늘어놓는 것이다. 카이는 그러지 않았다.

그리고 자폐인은 다른 사람과 눈을 맞추지 않는다. 카이는 눈을 정면으로 바라본다. 자폐인은 혼자만의 세계에 머물며 다른 사람에게 다가가지 않는다. 카이는 전혀 다르다. 헨리는 이

렇게 다른 사람과의 만남에 간절한 경우는 본 적이 없다. '친사
회적'이라고 심리학자들은 말한다. 친사회적인 자폐인? 하얀
까마귀처럼 상상할 수 없는 일이다.

아니, 그럴 리가 없어. 그렇다면 뭘까? 헨리는 1년 동안 미
국에 가서 답을 찾기로 결심했다. 더 많은 것을 알고 싶었다.
ADHD란 정확히 뭘까? 자폐증은? 어떻게 이 아이들을 도울
수 있을까? 연구는 어디까지 진척됐고 병원에서는 어떻게 활
용되고 있을까? 무엇보다 카이를 위해 내가 할 수 있는 일은
뭘까?

샌프란시스코

헨리는 부지런히 편지를 썼다.
유명한 동료 연구자들을 만날 예정이었다.
전설적인 학자들 말이다.

헨리는 몹시 들떠 있었다. 캘리포니아, 태양
의 도시, 찬란한 연구자들의 나라! 스탠포드와 버클리는 전 세
계에서 가장 좋은 대학이다. 캘리포니아대학만 해도 91명의 노
벨상 수상자를 배출했으며 아인슈타인도 이곳에서 학생을 가
르쳤다. 현재는 1,000명 이상의 교수가 연구와 수업에 몰두하
고 있으며 연구자금은 수십 억 달러에 이른다. 미국의 가장 부
유한 주에 돈이 넉넉한 것은 놀랍지 않다. 샌프란시스코의 실
리콘밸리, 천재들과 한 세대의 모든 지식이 여기에 있다. 떠나
는 날이 다가올수록 동료들의 시선에는 부러움이 가득했다. 헨

리는 오랫동안 느끼지 못했던 기쁨을 맛보았다. 1999년은 막바지로 치닫고 새로운 세기가 목전에 있었다. 원대한 꿈을 가져도 좋았다. 2000년은 그들의 해가 될 수 있을 것이다.

헨리는 부지런히 편지를 썼다. 유명한 동료 연구자들을 만날 예정이었다. 에버하르트 페츠, 배리 스터먼, 마이클 메르체니히와 같은 전설적인 학자들 말이다. 그들은 친절하게 답장을 보내왔고 이스라엘의 저명한 학자인 헨리의 방문을 환영했다. 헨리는 그들과 함께 새로운 학문적 성과에 관한 담소를 나눌 수 있을 것이고, 그들은 자폐증과 ADHD에 대한 새로운 연구 결과를 헨리에게 소개해줄 것이다. 그뿐만 아니라 병원과도 연결해줄 것이었다. 그들은 헨리가 연구실에서 나와 임상생활을 하는 것을 상당히 긍정적으로 보고 있었다. 그들 역시 시간이 허락한다면 언젠가는 그렇게 해야 했다. 당신들에게는 시간이 부족한 게 아니에요. 헨리는 생각했다. 이유가 부족한 거예요. 헨리는 카이에 대해 이야기할 참이었다.

그러나 일단은 가족과의 시간이 중요했다. 헨리는 리노이와 칼리를 더 많이 챙겨주고 싶었다. 카이에 비해 아버지와 보내는 시간이 적었기 때문에 항상 마음에 걸렸다. 헨리는 그토록 무난하게 성장하는 두 딸을 자랑스러워했다. 아이들은 카이를 사랑하고 친구로 받아들였으며 어떻게 진정시켜야 하는지를 알았다. 특히 칼리가 카이의 손을 잡으면 만사가 해결됐다. 딸들 역시 곱슬머리에 검은 눈동자와 귀여운 코를 갖고 있었다. 아이들은 엄마 아빠가 개방적인 사람이라는 사실을 좋아했다. 발트킨더가르텐*과 몬테소리학교에 다녔으며 주말은 산이나 바다에서 보내고 세계 곳곳을 여행했다. 그건 마치 버스여행과 같아서 타고 떠나고 내려서 다음번 모험의 세계로 들어가는 식이었다. 미국은 특히 매력적인 곳이라 샌프란시스코를 달릴 때는 뒷좌석에서 괴성을 지르기도 했다. 태평양, 금문교, 알카트라즈섬, 트램, 도심이든 시골이든 모든 것이 유럽이나 이스라엘과는 달랐으며 여기에는 마천루와 유리와 금속이, 저곳에는 목재건물이, 자동차로 달리는 모든 언덕 뒤에는 새롭고 흥분되는 것들이 숨겨져 있었다. 헤이트 애슈버리에서 엘더베리 아이스크림을 먹었고, 애견 미용실을 보고 웃었으며, 코를 치켜든 채 식물원을 뛰어다니며 향을 맡고, 거대한 나무들을 놀라운 눈으로 바라봤다. 집 가까운 바닷가에 갈 때는 항상 떠들며 놀았다. 바람은 소금기로 가득했고 해조류는 해변을 녹색으로 물들였으며 수평선에는 금문교가 반짝였다. 다리 바로 뒤로는 멋진 성

---

* 독일 유아교육학자 프리드리히 프뢰벨의 교육 사상에 따라 운영되는 숲 유치원. ─옮긴이

들이 보였다. 자갈로 만들어진 알카트라즈섬만 낯설 뿐이었다. 카이는 그쪽으로 가려고 하지 않았다.

헨리는 카이를 유대인 예비학교에 등록시켰다. 학교라기보다는 유치원에 가까운 곳이었다. 아이들은 모두 카이보다 어렸다. 카이는 아이들에게 다가가 껴안았지만 대부분은 좋아하지 않았고 카이를 밀어냈다. 카이는 선생님들의 눈에도 잘 띄었다. 감정적인 카이는 한 아이가 울면 따라 울곤 했다. 그러다가도 그 아이에게 다가가 밀치는 이유를 누구도 설명할 방도가 없었다. 이틀 뒤 학교에서는 카이를 정말로 아끼게 되었으며 이렇게 감동을 주는 아이는 드물다고 전해왔다. 하지만 예비학교 학생으로서는 아직 부족하며 유치원 역시 마찬가지라고 했다.

헨리와 아나트는 카이를 학령기 전 단계로서 특수학교에 보냈다. 곧 여섯 살이 될 카이는 학교에 다녀야 할 나이였다. 카이의 반에는 여섯 명의 아이가 있었다. 선생님들은 제대로 교육받은 사람들이었다. 그들은 카이가 아웃사이더라고 말했다. 카이는 다른 아이들과 노는 대신 빙빙 돌아다니기만 했고 한 가지에 집중하지 못했다. 하지만 그 나름대로 잘 해내고 있었다.

며칠 뒤 교장선생님이 전화를 했다. 카이가 그를 걷어찼다고 했다.

또다시 병원으로 갔다. 정신과였다. 의사는 카이와 이야기를 하고 고개를 흔들더니 리탈린을 처방했다. 헨리는 동의했다. 아이들에게 그 약물은 대개 효과가 있었다. 하지만 부작용도 있었다. 리탈린은 도파민과 노르아드레날린을 분비시킨다. 약한 정도의 코카인처럼 작용하여 뇌를 흥분시킨다. 건강한 사람이 복용하면 불면증이 온다. 그런데 왜 과잉행동을 보이는 아이들에게는 효과를 보일까? 헨리는 샌프란시스코에서, 로스앤젤레스에서, 샌디에이고에서 이 질문을 던졌다. 실험실이나 병원의 누구도 명쾌한 답변을 제시하지 못했다. 대다수에게는 중요하지도 않았다. 약물이 효과가 있다면 기뻐해야 하는 것 아닌가?

헨리는 생각을 발전시켰다. 뇌의 장애를 개별적으로만 보는 것에 오류가 있지 않을까? 신경과 의사들이 허리 통증을 보는 방식은 정형외과 의사와 다르다. 골반이 틀어졌는지와 잇몸에 염증이 있는지를 보는 것만큼이나 다르다. 뇌를 전체적으로 바라보기에는 아직 밝혀낸 것이 너무 적다.

카이는 순순히 약을 먹었다. 이제 모든 것이 나아지겠지. 리탈린은 카이의 머릿속을 안정시킬 것이다. 카이는 집중할 수 있고 발을 가만히 둘 수 있으며, 앉아서 그림을 그리고 조립을 하고 다른 아이들과 더 잘 지낼 것이다. 행복해질 것이며 가족의 고통은 끝날 것이다. 헨리는 리탈린을 이해하고 그것이 필요하지 않도록 해결책을 찾아내기 위해 연구를 계속할 것이다. 계획에 따르면 그랬다.

그러나 리탈린 하나로 모든 것이 더 심해졌다. 카이는 잠을 자지 않았다. 두통이 극심했다. 생각을 한 가지에 집중하지 못했으며 머릿속 균형은 완전히 깨져버렸다. 더 이상 먹지도 않았고 예전보다 더 심하게 소리를 지르며 욕을 퍼부었다. 리탈린은 중단되었다.

헨리와 아나트는 해변가에 있는 집에서 풀이 죽은 채 앉아 있었다. 가족여행이라도 한번쯤 떠나야 할 때였다.

코브라

"카이! 카이!" 헨리는 외쳤다.
카이는 듣지 않았다.

여기가 어디지? 헨리는 주변을 둘러봤다. 진
흙으로 만든 집 몇 채가 있었고 개 한 마리가 거리에 드리운 그
늘 아래서 졸고 있었다. 카이는 없었다. 아나트, 리노이, 칼리,
그리고 헨리만 인도의 작은 마을에 서 있을 뿐이었다. 이럴 리
가 없었다.

가족은 두 달 전 짐을 싸서 배낭을 메고 아시아 여행을 떠났
다. 병원과 실험실을 내버려두고 나왔으니 몇 주 동안은 연구
와 걱정이 아니라 가족과 함께하는 시간이 될 것이다. 리노이,
칼리와 카이는 모든 문화가 독특한 규칙과 음악과 음식을 갖고

있는 것을 발견하고 놀라면서 그로부터 성장하게 될 것이다. 아이들은 그동안 여행을 충분히 경험했고 이제 가장 활기찬 대륙인 아시아를 만날 만큼 성숙했다.

헨리는 이번 여행이 특히 카이에게 중요하다고 말했다. 넉넉히 보고, 머릿속이 가득 차도록 생각하고, 두 다리로는 엄청나게 많이 걸어 다니게 될 것이다. 헨리는 여행이 카이에게 안정을 가져다줄 것이라 믿었다. 그들의 여행은 태국에서 시작했다. 코팡안과 코사무이. 쪽빛 바다에서 스쿠버다이빙을 하고, 아침으로는 코코넛과 망고라씨를 먹고, 해변에는 파인애플과 내달리는 상인들이 있는 곳. "마사 – 지!"라는 소리가 30분마다 들리는 곳. 헨리는 뾰족한 모자를 쓴 사람들을 불렀고 가족들은 마사지를 받았다. 카이는 마사지를 받지 않았는데 기름기가 묻은 모래가 몸에 닿는 것이 싫었기 때문이다. 저녁에는 시장에 가서 한 번도 보지 못한 과일을 사 먹었다. 뾰족뾰족한 껍질에 과육이 풍부하고 향이 진한 람부탄이었다. 호텔로 돌아와서는 불 앞에 모여 생선을 먹었다. 생선만큼 비리지 않은 도마뱀을 먹고 싶어 하는 카이를 제외하고. 사찰을 방문하고, 정글을 보러 가서 코끼리도 탔다. 코끼리 털이 바지를 뚫고 들어오는 기분이란! 그리고 얼마나 흔들리던지 마치 숲 전체가 춤을 추는 것 같았다.

그들은 한 호텔에 자리를 잡고 한동안 꿈을 꾸는 듯한 나날을 보냈다. 카이는 지난 2년 동안 중 가장 안정된 모습이었다. 너무 좋았다. 떠날 때는 호텔 전 직원이 둘러서서 카이를 안아주고 손을 흔들어 작별 인사를 했다. 가족 모두가 놀랐다. 그제야 카이가 그동안 모든 직원을 찾아갔었다는 것을 알게 됐다. 안내데스트 직원, 요리사, 정원사, 청소부 등 모두가 카이와 대화를 했고 이름도 알고 있었다. 카이는 그들을 도왔고 이야기를 해주었으며, 그들은 카이를 좋아했다. 예전에 카이가 주변에서 가장 사랑받는 아이였던 것처럼 말이다. 카이는 오랫동안 손을 흔들며 웃어줬다.

　　이제 인도의 다람살라로 갈 참이다. 헨리는 아이들에게 불교와 명상을 배울 것이라고 말했다. 말하고 나니 생각보다 중요한 일인 것처럼 들렸다. 헨리는 실험실에서 비로소 깨닫게 된 것을 아이들에게 가르쳐주고 싶었다. 각자의 세상은 서로 다른 모습을 갖고 있다는 것을 말이다. 가족들은 천천히 이동했고 때로는 며칠간 한 장소에 머무르며 낯선 삶에 발을 들였다. 헨리는 티베트 의학을 공부했다. 딸들은 미술 수업을 들었다. 그곳에서는 사찰이나 가정용 제단에 걸려 있는 명상용 그림 탕카를 린넨 위에 그렸다. 그리고 모두 한 수도원에서 명상을 배웠다. 승려들과 함께 가부좌를 틀고 앉아 있으면 카이는 더 차분해졌다. 카이는 마음에 드는 것을 찾았다. 커다란 눈으로 그보다 더 큰 질문을 던지며 낯선 세상에 가까워졌다.

몇 주 뒤에는 운전기사를 고용했다. 세상의 지붕인 네팔로 가기 위해서였다. 자동차를 타고 가는 것부터가 힘든 일이었다. 길이 구불구불한 데다 오르막과 내리막이 번갈아 수백 미터씩 이어졌다. 도무지 가만히 앉아 있을 수가 없었다. 그러다 어느 순간 더 이상 계속해서 갈 수 없는 상황에 부딪혔다. 산사태였다. 기사는 "정리되기까지는 며칠 걸릴 거예요"라고 말했다.

이제 어떡하지? 돌아가야 하나? 쉬어야 하나? 그러려면 강을 건너야 했다. 산사태를 피해 나온 주민들은 계곡 건너편에 여관이 있다고 알려줬다. 강물 위로는 〈인디애나 존스〉를 연상시키는 100미터 정도 길이의 다리가 놓여 있었다. 사실 헨리는 오늘 더 이상 무언가를 하고 싶지 않았다. 하지만…….

이 시도가 카이를 더욱 강하게 만들어주리라는 믿음을 갖고 나서보기로 했다. 카이는 몸이 좌우로 흔들리는 상태에서 다리 위를 달렸다. 헨리는 곧 카이의 어깨를 잡아주었다. 안전이 우선이다. 하지만 카이는 가장자리에 있는 밧줄보다 더 높이 뛰어올랐다. 헨리는 무서워졌다. 밖으로 튀어 나가 허공으로 추락할 수도 있었다. 헨리는 카이를 다시 아래로 내려 오른손을 잡고 왼손은 밧줄을 잡게 한 뒤 몸을 완전히 숙여 앞으로 나아갔다. 이런 미친 짓이라니! 두 시간이 걸려서야 건너편으로 갈 수 있었다. 120분 동안 헨리의 손은 마비가 되다시피 했고 등에서는 땀이 흘러내렸으며 기절할 정도로 숨을 얕게 쉬었다. 카이는 신나서 소리를 질렀다. 그들은 간신히 여관에 도착했다. 먹고 자고 며칠 동안을 그 불모지에 머무르며 길이 정비되고 다시 먼 길을 떠날 수 있기를 기다렸다.

다음 도착지는 카트만두였다. 카이는 두려움이 없어 보였다. 계속해서 어딘가로 사라지곤 했다. 고기를 파는 시장만 무서워했다. 숨을 참고 빠르게 지나가야 할 정도로 역한 냄새가 풍기는 곳이었다. 앞으로 2년 동안은 고기를 먹을 수 없을 것 같았다.

히말라야. 그 위로는 에베레스트산이 군림하고 있다. 가족들은 트래킹을 했다. 다리처럼 위험하지는 않지만 매우 가팔랐다. 카이는 45도 정도 경사진 언덕길을 뛰어올랐고 헨리는 그 뒤를 따랐다. 그러다 둘은 80미터 정도를 미끄러져 내려왔고 가시덤불을 거쳐 시냇가에 처박혔다. 옷이 젖고 몸이 긁힌 상태로 다시 올라왔을 때 카이는 놀랍게도 전혀 다치질 않았다. 카이는 웃으며 재미있어했다. "뭐야" 하고 헨리는 투덜거렸다. 이 일이 앞으로 벌어질 사건의 전주곡이었음을 그가 알 리가 없었다.

가족들은 이후에도 며칠간 에베레스트의 끝자락에서 별이 반짝이는 밤을 보냈다. 번개와 천둥을 동반한, 이제까지 경험하지 못했던 악천후도 맛보았으며 돌아오는 길에는 줄곧 그 얘기뿐이었다. 그들은 다시 다람살라로 돌아가는 길이었다. 검게 탄 채로 노래를 부르며 느릿느릿하게. 그러다 먹을 것이라고는 야채카레뿐인 어떤 조용한 마을에서 쉬어가게 됐다. 배가 불러 만족한 상태로 마을을 걸어 다녔다.

그런데 카이는 어디에 있는 것일까? 헨리는 다시 한번 주변을 둘러봤다. 여기에도 역시 진흙으로 만든 집과 그늘 아래서 졸고 있는 개가 보였다. 하지만 카이는 보이지 않았다. 헨리는 아나트를 보고 어깨를 으쓱거렸다.

여행 도중 카이가 없어진 적이 얼마나 많았던가. 카트만두에서만 다섯 번을 잃어버렸다. 처음에는 심장이 멎는 듯했다. 가족 모두가 카이의 이름을 부르고 정신없이 뛰어다니며 한바탕 소동을 피웠다. 카이는 그러는 와중에 도저히 화를 낼 수 없는 얼굴로 불쑥 나타나곤 했다. "저 뒤에 있었어요." 카이는 말했다. "저기 뾰족한 게 달린 과일이 있어요." 엄마 아빠는 카이를 나무랐다. "어쩌려고 그래! 누나들은 없어지지 않잖아." 그러면 카이는 난처한 표정을 지었다. 그리고 곧 다시 사라졌다. 가족들이 지도를 보고 있으면 카이는 음악 소리가 들리는 골목길로 재빨리 달아났다. 가족이 현지인과 대화를 나누고 있으면 카이는 우물가나 개를 향해 달려갔다. 한번은 축제에서 사라진 적도 있었다. 가족은 카이의 동그랗게 말린 티셔츠가 보이지 않을까 하는 절박함을 안고 언덕 위에 올랐다. 그런데 카이는 어느새 그들 옆에 와 있었다. 어느 순간 헨리는 잘못된 방식으로 접근했다는 것을 깨달았다. 카이가 우리를 잃어버린 것이 아니다. 우리가 카이를 잃어버린 것이다. 카이는 가족 중 가장 책임감이 투철한 쪽이었다. 적어도 그들이 어디에 있는지는 항상 알고 있었다.

이번에는 어디로 갔을까? 혹시 사람들이 많이 모여 있는 저 앞 광장이 아닐까. 분명 마을 사람 모두가 모인 듯했다. 역시나 카이는 그곳에서 기다리고 있었다.

그들은 광장으로 향했다. 멀리서부터 관악기와 현악기 소리가 들렸다. 음악대일까? 헨리와 아니트, 두 딸은 군중 가까이 다가갔고 맨 앞쪽으로 가고자 했다. 하지만 사람들이 워낙 빽빽하게 들어차 있어 그럴 수가 없었다. 헨리는 발가락 끝으로 섰고 아이들은 아래로 허리를 숙여 사람들 무릎 사이로 지나갔다. 하지만 이리저리 살펴보아도, 게다가 인도인들의 몸집이 그리 크지 않았음에도 아무것도 보이지 않았다. 그들은 조금 더 앞으로 욱여서 나아갔다. "저기!" 하고 칼리가 소리쳤다. 인파 가운데 뱀을 부리는 사람이 있었다. 가부좌를 틀고 앉은 남자는 머리 위에 지저분한 주황색 터번을 쓴 채 위는 호리병박 모양에, 아래는 두 개의 대나무통으로 만들어진 풍기피리를 물고 있었다. 소리는 백파이프와 비슷했다. 그 앞에서는 코브라 한 마리가 춤을 추고 있었다. 몸을 이리저리 흔들 때 독니가 잘 보이는 진짜 코브라였다.

가족들은 예상치 못한 광경에 즐거워했다. 아나트는 카메라를 꺼내들었다. 관중은 대부분 박자에 맞춰 넘실대며 움직이고 떠들었다. 그러다 한순간 말을 잃었다. 한 아이가 인파 속에서 나와 코브라 쪽으로 뛰어갔다.

"카이!" 칼리가 외쳤다.

뱀꾼은 눈을 크게 떴고 마을 사람들은 숨을 죽였다. 피리소리는 멈추지 않았고 뱀은 계속해서 춤을 췄다. 코브라 가까이로 다가선 카이는 천천히 작은 손을 들어 올리며 허리를 굽히고는 뱀의 콧등을 가볍게 두드리기 시작했다. 탁, 탁, 탁.

"카이!" 칼리, 헨리, 리노이, 아나트가 동시에 소리쳤다.

뱀꾼은 눈을 더 크게 떴고 피리를 잠시 멈췄으며 관중들은 얼어붙었다. 카이는 계속 두드렸다. 카이는 뱀과 놀고 있었다. 기대로 가득 찬 눈빛으로 뱀의 머리를 짓궂게 툭툭 쳤다. 이스라엘에서 심리학자들을 바라보았던 그 눈빛으로. 무슨 일이 일어나는지 한번 보자는 듯이.

헨리는 외쳤다. "카이, 카이, 이리 와!" 모든 사람이 카이를 부르고 손짓하기 시작했으며 무엇을 해야 할지 모르던 뱀꾼은 카이를 살리기 위해 피리를 다시 입에 물고 연주했다. 뱀이 위협적으로 몸을 흔들고 쉬익 소리를 내는 동안, 카이가 뱀의 주의를 끌기 위해 노력하는 동안, 헨리는 사람들 사이로 파고들었다. 하지만 눈앞에 보이는 광경을 믿을 수 없었던 사람들은 좀처럼 옆으로 비켜주지 않았다. 헨리는 힘겹게 앞으로 뚫고 나가 카이를 어깨에 둘러메고 자리를 피했다.

"카이!" 그는 낮은 목소리로 말하며 카이를 안았다.

"난 그냥……."

헨리와 아나트는 쇼크 상태로 그날을 보냈다. 만약 코브라가 카이를 물었다면 어떻게 되는 거지? 학교에 들어가기도 전인 어린아이가 병원이 몇 시간이나 떨어진 낯선 땅에서 독에 쏘인다면. 아무 일 없이 지나간 것은 엄청난 행운이었다. 나중에 운전기사가 설명한 바에 따르면 뱀은 뱀꾼이 깨우기 바로 직전까지 어두운 바구니 안에서 졸고 있었다. 반짝이는 불빛과 흔들리는 대나무통 피리는 뱀을 혼란스럽게 만들었다. 피리소리야 어차피 들리지 않았을 것이다. 코브라는 귀가 없기 때문이다. 카이의 두드림은 불빛이나 소리보다는 약했다. 그러나 또 하나의 자극이었다.

헨리와 아나트는 긴 밤을 지새웠다. 아니야. 이렇게 계속할 수는 없어.

여우

위기와 현명함은 서로 떼놓을 수 없다.
카이가 그렇듯.

_____

스위스 로잔, 국제올림픽위원회 근처에 있
는 레스토랑에서 젊은 여자와 50대 중반의 남자가 점심 식사
를 하고 있다. 그들의 눈빛과 친밀한 분위기로 미루어 딸과 아
버지임을 짐작할 수 있다. 그들은 에스프레소 한 잔을 마신다.
종업원은 초조한 눈빛으로 그들을 바라보며 포크와 나이프를
부딪쳐서 소리를 내고 있었다. 오후 2시 30분. 두 사람은 이야
기를 하느라 시간 가는 줄 몰랐다. 옛날이야기, 카이에 관한 이
야기다.

헨리: 코브라 아직 기억나니?

리노이: 그럼요. 동영상도 갖고 있잖아요. 엄청 놀랐죠.
칼리 결혼식 비디오를 편집할 때 다시 봤어요. 항상 카이의
손을 잡고 카이가 혼자 어디 가지 않도록 조심해야 했잖아
요. 동영상에서도 칼리가 카이를 자주 데리고 다녀요.

헨리: 그래, 칼리가 많이 돌봤지. 엄마처럼이라기보다 경
호원처럼.

리노이: 엄마 아빠는 항상 줌을 당겼다 풀었다 하면서 동
영상을 찍었어요.

헨리: 나는 촬영에 재능이 없었지.

리노이: 맞아요. 우리가 찍히지 않을 때도 있었어요.

헨리: 하이델베르크에서도 찍었나?

리노이: 미국에서보다는 많이요.

헨리: 하이델베르크는 재미있었어.

리노이: 전 전혀 기억이 안 나요.

헨리: 넌 겨우 다섯 살이었어.

정적.

헨리: (망설이면서) 너한테 한 번도 물어보지 않은 게 있다
면…… 평범하지 않은 동생을 둔 누나로서 힘들었을 거라는
점이야. 동생한테 모든 관심이 집중됐잖아.

리노이: 한번은 쇼핑몰에 같이 갔었죠. 카이가 소동을 피웠어요. 왜 그러는지는 알 수가 없었어요. 전 울기 시작했고 카이가 저를 쳐다보던 게 기억나요. '어, 무슨 일이야? 내가 뭘 어떻게 했어?'라는 눈빛으로.

헨리: 카이가 다르다는 건 언제 처음 알았니?

리노이: 그런 생각을 했다는 것 자체가 기억에 없어요. 카이는 뭔가 좀 자기 마음대로였어요. 생일파티를 할 땐 항상 같이 있었고 제 친구들과도 친구 사이가 됐고요.

헨리: 그게 어땠니?

리노이: 지금도 친구들을 만나면 카이의 안부를 물어요. 카이를 아는 애들은 모두 궁금해해요. 카이는 정말 깊은 인상을 남겨줬어요.

헨리: (기대에 가득 차서) 카이에게 모든 관심이 집중됐다는 걸 정말 몰랐구나?

리노이: 칼리는 아니에요. 저한테 말했거든요. 저는 기억이 안 나요. 제가 기억하는 건 카이가 동생이었다는 거랑 길들여지지 않을 때가 종종 있었다는 거, 그리고 잃어버릴까봐 항상 무서웠다는 거예요. 이런 것만 제외하면 특별히 혼란스럽지 않고 편안했어요. 적어도 나쁜 일들이 많이 기억나지는 않아요. 제가 다르게 보기 시작한 건 카이가 사춘기

였을 때예요. 그 전에는 그냥 보살펴줘야 할 아기였죠.

아이의 눈을 통해 세상을 보게 될 때 어른은 많은 것을 배운다. 어린아이들이 피부색을 신경 쓰지 않는다든가, 친구가 자기와는 뭔가 다를 때에도 그에 대해 별생각을 하지 않는다든가 하는 것들 말이다. 그런 것들은 '그냥 그런' 것이다. 누나들에게도 카이는 전혀 다르지 않았다. 물론 카이는 이런저런 행동을 한다. 리노이는 카이가 코브라를 툭툭 치던 장면이나 태국에서 보트에 타고 있다가 물속으로 뛰어내린 일을 잊을 수가 없다. 리노이가 카이의 수영복을 잡아채지 않았더라면 무슨 일이 일어났을까. 카이가 무슨 짓을 하게 될지 아무도 짐작할 수 없었다. 그러나 누나들은 카이를 다르다고 생각하지 않았다. 그냥 카이였으니까.

누나들은 카이에게 특별히 주의를 기울이지도 않았다. 그냥 어디를 가나 데리고 다녔으며 남매들이 하는 일을 했다. 싸우고 머리카락을 잡아당기고 속이고 웃고 놀고 쓰다듬고. 오히려 엄마 아빠가 동생을 감싸고 자기들에게는 못 하게 했던 일을 카이에게는 허락하는 것이 놀라웠을 뿐이다. 하지만 어떻게 헨리가 카이에게 엄격할 수 있었겠는가. 그는 아이들을 사랑했고, 온화하고 인내심 있게 대하겠다고 다짐해왔다. 스스로도 어린 시절 집안에서 채찍이 휘둘러질 때 어떤 분위기가 되는지 경험한 적이 있었다. 할아버지가 펄펄 뛰면 두려움에 숨을 죽였고 가슴이 조여들곤 했으며 혈관 속이 개미로 가득 찬 것처럼 가려웠다. 헨리는 아이들을 절대 억압하고 싶지 않았고 삶을 경쾌하게 받아들이며 나는 법을 배우도록 돕고 싶었다.

하지만 아이가 날아가 버리려 할 때 아버지는 무얼 해야 할까. 손이 많이 가는 아이를 얼마나 엄격히 대해야 할까. 얼마만큼의 자유를 주어야 할까.

***

인도에서 샌프란시스코로 돌아왔을 때까지도 코브라 때문에 놀란 가슴은 한동안 진정되지 않았다. 헨리와 아나트는 카이를 끈질기게 쫓아다니며 한시라도 그들의 눈 밖으로 내놓지 않았다. 동시에 카이에게는 칼리와 리노이가 꿈속에서나 할 수 있는 일들이 허락되었다. 이를테면 작은 의무나 다름없는 샐러드 먹기를 거부할 수 있었다. 카이에게는 상당한 자유가 주어졌다. 헨리는 정서적 위기와 반항을 구분하는 일이 어려웠다. '가여운'과 '버릇없는' 사이의 경계는 지워졌고 간혹 헨리는 카이가 주어진 카드를 너무 잘 쓰며 사람들을 제멋대로 주무르는 아이라는 인상을 받기도 했다.

헨리는 관대한 마음으로 카이와 많은 이야기를 나누려 했다. 미국에서의 마지막 몇 달 동안 카이는 몬테소리학교를 다녔다. 그곳의 학습 시스템은 체계와 자유 모두를 보장했다. 보통 아이들과는 조금 다른 아이를 둔 부모가 주로 이 학교를 신뢰했다. 설립자 마리아 몬테소리는 의학을 전공하고 박사학위를 취득한 최초의 여성 중 하나였다. 그녀는 용감했고 의지가 강했으며 아이들을 사랑했다. 공부를 마치고는 종합병원의 정신과에서 근무했으며 장애가 있는 아이들을 치료했다. 몬테소리는 버림받은 그 아이들을 어둠 속에서 끌어올려 주고 싶었다. 그리고 정신의 윤활유 역할을 할 수 있도록 '감각교구'라는 놀이를 개발해 아이들의 감각을 깨우고 호기심을 불러일으키고자 했다. 아이들은 발전을 보였고 그중 몇몇은 장애가 있는 것이 아니라 제대로 된 보살핌을 받지 못했거나 정신적 성장을 할 기회를 얻지 못했을 뿐이라는 사실이 밝혀졌다.

몬테소리는 어린이집을 설립해서 아이들이 보상이나 벌 없이 자신의 의지대로 자유롭게 배울 수 있도록 배려했다. 배우고 싶은 마음과 어른의 세계에 동화되고 싶은 마음이 아이들의 본성에 내재되어 있다고 확신했기 때문이다. 누구도 서두르거나 교재를 억지로 사용하지 않았고 아이 스스로 차분하게 결정하게끔 했다. 몬테소리학교 졸업자 중에는 성공한 사람들이 놀라울 만큼 많다. 아마존과 구글의 설립자인 제프 베조스, 래리 페이지, 세르게이 브린을 비롯해 어딘가 특별한 아이나 괴짜들. 이들은 적절한 교육이 어떻게 그들을 올바른 길로 이끌었는지를 몸소 보여준다.

몬테소리학교에도 선은 존재한다. 아이는 직접 물건을 정리해야 하고 서로에게 귀 기울여야 한다. 마리아 몬테소리는 말한다. "우리는 다른 아이를 괴롭히거나 불친절하게 대하는 행동은 모두 금지합니다."

그런데 괴롭힘과 불친절한 행동에 대해서 카이와 선생님들의 기준이 달랐다. 카이에게는 은유법과 계획의 변경이 괴롭힘이었지만, 선생님들에게는 카이의 고함과 그에 뒤따르는 일들이 괴롭힘이었다. 그리고 카이가 같은 반 친구에게 욕을 퍼부었을 때 모든 것이 끝났다. 아이의 부모는 화가 났고 카이를 고소했다. 미국에서는 가능한 일이었다. 카이는 학교를 떠나야 했다. 미국에서의 시간이 끝나가고 있었다. 이제 이스라엘에서 무언가를 다시 시도해야 할 때가 왔다.

***

샌프란시스코에서의 마지막 몇 주 동안 헨리는 자폐증에 더욱 집중했다. 코브라 때문이었다. 그리고 마이클 메르체니히라는 버클리대학 동료를 되도록 자주 만났다. 메르체니히는 오랫동안 미친 사람으로 통했다. 그는 성인의 뇌가 더 이상 변화할 수 없으며 새로운 연결을 만들어내지 못한다는, 다시 말하면 새로운 능력을 습득하지 못한다는 정설에 반대했다. 심지어 생각만으로 뇌가 변화할 수 있다고까지 말했다. 터무니없는 주장이었고 자연의 법칙을 거스르는 일이었다. 창문은 스스로 열리지 않으며 손이나 바람이 열어줘야 한다. 공은 스스로 날아가지 않으며 발로 차야 날아간다. 물질적인 행위만이 물리적 변화를 만들어낸다는 것이 인과성의 법칙이었다. 메르체니히의 주장이 동료들의 귀에는 생각으로 창문을 열고 공을 움직인다는 말처럼 허황되게 들렸다.

오늘날 메르체니히는 우상이다. 예전 학자들의 생각과 가설은 틀렸다. 이제 우리는 택시 운전사들이 길을 외우면 뇌가 성장한다는 것을 안다. 그리고 나이가 들어서도 무언가를 배울 수 있다는 것 또한 안다. 사고의 기술은 조현병과 우울증을 완화한다. 우리는 물 위에 집을 짓고 사는 태국인들이 물속에서 글을 읽을 수 있다는 사실을 안다. 동공반사 또한 변화가 가능했던 것이다. 뇌는 스스로를 형성한다. 이를 신경가소성이라고 부른다.

헨리가 메르체니히에게서 찾으려 했던 것은 이런 지식이 아니었다. 그가 주장한 다른 이론에 대해 더 많이 알고 싶었다. 메르체니히는 자폐증을 연구하며 신호를 전달하는 세포인 뉴런에 자폐증의 원인이 있다고 봤다. 이는 헨리의 전공 분야였다. 어떤 뉴런은 신호를 강화한다. 예를 들어 손을 뜨거운 물건에서 떼라는 명령은 뇌에서 굉장히 빨리 형성된다. 그리고 어떤 뉴런은 신호를 저지한다. 예를 들어 코브라를 쓰다듬으려는 욕구 따위 말이다. 헨리는 그에 관해 메르체니히와 대화하고 싶었다.

"아들이 자폐증이라고요?" 메르체니히는 걱정스러운 눈길을 보냈다. 그리고 헨리에게 자신의 이론을 설명했다. 모든 이야기가 끝났을 때 그는 헨리를 옆에 앉히고 말했다. "캐나다에 있는 린다와 마이클 톰슨을 찾아가 봐요. 자폐증과 ADHD 전문가예요. 아주 훌륭한 학자들이죠. 그리고 무엇보다 실험실에 처박혀 있지 않고 직접 연구를 하는 사람들이에요."

***

미국에서의 마지막 며칠은 가족만의 시간이었다. 그들은 해변으로 자주 나가곤 했다. 물은 아직 차가웠고 바람은 매서웠으며 모래밭의 해초에서는 퀴퀴한 냄새가 났다. 그래도 멋진 날들이었다. 헨리와 아나트는 카이를 지켜보며 희망을 키웠다.

카이의 피부는 검게 탔다. 많이 웃기도 했다. 아빠와는 레슬링을 했는데 힘이 무척이나 셌다.

가족들은 마지막 여행지를 애리조나로 결정했다. 차 안에서는 누나들이 카이가 정해준 자리에 앉기를 원하지 않아서 아이들끼리 다툼이 있었다. 한없이 고적하게 뻗은 길. 가장자리에는 하얀색, 중간에는 노란색 줄이 그어져 있었고 수평선에는 붉은 산이 보였다. 열기였다. 그때 갑자기 저 멀리 아스팔트 위에 무언가가 나타났다. 헨리는 속도를 늦췄고 그 물체에 점점 가까워졌다.

"여우야!" 헨리가 외쳤다.

꼬리가 붉고 북실북실한 여우는 머리를 떨군 채로 혀를 늘어뜨리고 헥헥대며 가련하게 서 있었다. 차는 여우 근처에서 멈췄다.

"목이 마른가 봐. 저러다 죽겠어." 리노이가 말했다.

"배고플 것 같아." "죽을 거야." 칼리와 카이가 말했다.

여우는 미동도 없이 20미터 전방에 서 있었다. 그러다 고개를 조금 돌려 애원하듯 차를 쳐다봤다.

"물을 줘야겠어." "먹을 것도." 칼리와 리노이가 번갈아 가며 말했다.

카이는 조용히 있었다.

헨리는 조심스럽게 내려 그릇에 물을 담고 빵과 치즈를 길 위에 놓아뒀다. 그러고는 다시 돌아와서 차를 조금 뒤로 뺀 후 시동을 껐다.

여우에게 거기까지 걸어갈 수 있을 정도의 기운이 있을까? 여우는 갑자기 머리를 들고 꼬리를 치켜세우더니 춤추는 듯한 걸음으로 뛰어서 음식 앞까지 갔다. 물을 마시고 빵을 먹더니 배가 불러 기분이 좋아졌는지 수풀 사이 캠핑장 옆에서 마치 개가 그러듯 웃어 보였다.

마크람 가족은 여우를 가까이서 보고 싶었다. 차를 더 바싹 대자 여우는 다시 머리와 꼬리와 혀를 늘어뜨리고 아주 가련한 표정으로 그들을 쳐다봤다. 마치 아무 일도 없었던 것처럼. 가족 모두 웃었고 여우에게 먹을 것을 좀 더 주었으며 여전히 입을 벌리고 앉아 있는 카이에게 밖에서 무슨 일이 있었는지 반복해서 설명해줬다. 전략과 은유를 모르는 카이는 짐작하기보다 조금 더 많이 이해하는 것처럼 보였다. 여우 역시 카드패를 쓸 수 있는 것이다. 카이는 다음 날부터 여우 이야기만 했다. 아픈 척을 해서 자동차를 멈추고 먹이를 얻어 황무지에서 살아남은, 그렇게나 영리한 여우라니. 위기와 현명함은 서로 떼놓을 수 없다. 조작의 대가. 뭔가 낯설지 않았다.

린다는
누구도 볼 수 없는
것을 본다

린다는 강아지와 코알라를 좋아했다.
몇 마디 하지 않고도 카이의 마음을 얻었다.
그리고 나서 카이의 머릿속을 들여다봤다.

"연필을 가리켜봐." 린다가 말했다.

그림 속에는 바늘과 연필이 있었다. 카이는 연필을 가리켰다. 린다는 메모를 했다.

"카이야, 빨간색을 골라봐."

카이 앞에는 네 개의 점이 찍힌 종이가 있었다. 파란색, 노란색, 빨간색, 그리고 하늘색. 카이는 빨간색을 가리켰다. 그리고 린다는 다시 메모를 했다. 린다는 카이를 좋아했다. 이전에 봤던 어떤 아이들보다 더 보호본능을 자극했다. 카이는 여섯 살처럼 보이지 않았다. 세 살쯤으로 느껴졌다. 카이는 사람들이

하는 행동과 말 모두에서 사랑과 인정을 구하고 있었다. 린다가 부탁한 것들을 카이는 잘 해냈다.

카이 역시 린다를 좋아했다. 머리카락은 세상에서 가장 풍성했고, 친절했고, 방에는 코알라 그림이 걸려 있었으며, 강아지도 한 마리 있었다. 강아지는 코로 카이를 건드렸다. 카이는 강아지의 귀를 쓰다듬었다. 정말 부드러웠다. 좀 지겨워졌을 때는 정원을 뛰어다녀도 괜찮았다. 그러고 있으면 엄마가 불렀다. 과제를 마무리해야 했다.

"카이야, 숫자 1을 보면 버튼을 눌러. 하지만 2가 나왔을 때는 절대 누르면 안 돼. 알겠지?"

카이는 이를 악물고 집중했다. 숫자가 나오면 바로 버튼을 누르지 않고 오래 생각했다. 그러다가 숫자 1을 여러 번 놓쳤다. 하지만 틀리지는 않았다. 한 번도 숫자 2에서 버튼을 누르지 않았으며 숫자 1 사이에서 빠르게 나타났을 때도 마찬가지였다. 린다는 고개를 저었다.

마크람 가족은 어제 토론토에 도착했다. 메르체니히의 추천 없이도 어차피 이곳에 오게 되었을 것이다. 헨리는 ADHD와 자폐증을 연구하면서 린다와 마이클 톰슨을 알게 됐다. 린다는 심리학자였고 마이클은 소아정신과 의사였다. 둘은 병원을 운영하고 있었는데 북미에서는 ADHD 환자에게 가장 희망적인 장소였다.

린다의 업적은 대단했다. 독일어를 좋아해서 교사 시절 하노버에서 일했다. 학생 중 한 명은 머리가 무척 좋아서 구두시험 성적은 최고였는데 필기시험 결과가 형편없었다. 그리고 절대 길들여지지 않았다. 다른 교사들은 그 학생을 포기하려 했지만 린다는 끝까지 노력했다. 아비투어시험*을 치를 기회는 주어져야 했다. 그것이 실패로 돌아갔을 때 린다는 아동심리학자가 되기로 결심했다. 박사논문 주제는 소아 ADHD와 리탈린이었다. 그러다 마이클이라는 남자를 만나 결혼했다. 마이클은 ADHD 증상이 있었다. 그들은 아들을 낳았는데 그 아이에게서도 증상이 나타났다. 아이는 사춘기가 되었을 무렵 빗나가기 시작했다. 모든 것이 지루했고 산만했다. 사립학교를 다녀야 했다. 운동에서만 재미를 느꼈고 재능을 보였다. 체육교사는 아이가 프로 선수로 자랄 수도 있다며 그들을 위로했다.

어떻게 도움을 줄 수 있을까? 린다와 마이클은 자문했다. 네 명 중 세 명에게 처방되고 있는 리탈린 없이 말이다. 린다는 박사논문을 쓸 때부터 리탈린의 부작용을 알고 있었다. 리탈린은

---

* 독일의 고교졸업시험이자 대학입학시험. — 옮긴이

졸음과 현기증을 유발할 수 있으며 그 외에도 여러 부작용이 있었다. 무엇보다 치료가 아니라 단지 증상을 완화하는 것이 다였다. 복용을 중지하면 다시 예전처럼 돌아왔다.

린다와 마이클은 이례적인 방법 하나를 들었다. 뇌 속의 전류, 뇌파를 조종하는 뉴로피드백이라는 방법이었다. 의학자들이 보기에는 사기였으나 간질과 ADHD 환자들은 효력을 믿고 직접 시도해보려 했다. 잃을 것이 뭐가 있겠는가. 마이클은 워크숍에 참가했다. 머리에 다양한 선을 연결했다. 생각만으로 컴퓨터 게임을 해야 했다. 화면에는 띠가 하나 있었고 마이클이 머릿속을 긴장시키면 위로 올라가고 긴장을 풀면 아래로 내려갔다. 첫 번째 과제는 그 띠를 중간에 떠 있도록 만드는 것이었다.

몇 차례의 치료 뒤 마이클의 증상은 좀 나아졌다. 흥분해서 아내에게 전화를 걸었다. "이거 뭔가가 있어."

그들은 1년 동안 미국에서 뉴로피드백을 배웠다. 캐나다에서는 누구도 이런 마술 같은 치료방법을 사용하지 않았다. 아들도 같이 배웠고 성적은 나아졌다. 이내 사립학교를 떠나 '일반학교'로 돌아갔다. 우수한 성적으로 졸업을 했고 펜실베이니아주립대학을 들어갔다. 프로 선수가 됐을지도 모르는 아이에서 스포츠심리학자가 됐다.

뇌파 트레이닝의 효능은 이후 많은 연구를 통해 증명됐다.

미국의 소아과의사협회는 2012년부터 리탈린과 동일한 효과를 인정했다. 헨리는 이 사실을 몰랐다. 하지만 오늘날의 정통 의학이 과거에는 실험적이었던 경우가 종종 있었다는 사실은 알고 있었다. 그는 기존의 교과서에 실린 내용을 뛰어넘어 생각하는 교수들을 찾아 나섰다.

***

토론토에서는 계속해서 테스트가 이어졌다. 며칠 뒤 헨리와 아나트는 다시 린다와 마주 앉았다.

"자, 우리는 검사를 마쳤어요. 그리고 결과가 나왔고요."

헨리는 심장이 뛰는 것을 느꼈다. 아나트는 얼굴이 창백해졌다.

"그러니까" 하고 린다는 말을 이었다. "그림-단어 검사를 했는데 카이는 정말로 언어발달이 뒤처져 있어요. 8개월 정도. 4세 9개월의 아이와 같은 결과를 얻었어요. 하지만 크게 걱정되는 부분은 아니에요. 영어로 된 검사였기 때문일 수 있으니까요. 다른 부분에 좀 더 주목하고 싶은데, 숫자 1이 나오면 버튼을 눌러야 했던 검사 기억하시죠? 카이는 오래 망설였고 한 번도 틀리지 않았어요. ADHD가 있는 아이들은 그렇게 하지 않아요. 충동적으로, 감으로 버튼을 누르죠. 카이는 ADHD가 있는 게 아니에요. 여러분이 짐작했던 대로."

린다는 계속해서 말을 이어나갔다. "초기에는 자폐증이
ADHD로 오인되는 경우가 많아요. 둘 다 아이들이 집중하는
데 어려움을 겪죠. 차이는 아이들이 상호 교류를 시작하면서부
터 드러나요. 자폐증에선 그게 더 어렵거든요. 자신이 관심 있
는 분야에 대해서만 이야기하는 경우가 많고 꼬마 교수처럼 보
이기도 해요. 자폐증의 경우에도 아주 예민하고, 소음을 견디
지 못하며, 옷을 제대로 입고 다니지도, 머리를 빗지도 않아요.
운동능력이 떨어지는 경우도 많고요. 그리고 자신만의 세계에
빠져버리죠. 아스퍼거 증후군의 경우 다른 사람과의 교류는 원
하지만 어떻게 해야 하는지를 몰라요. 아스퍼거 증후군이 있는
아이들은 어른처럼 말하는 경우가 많아요. 그리고 모든 것을
말 그대로 받아들이죠. 1분 뒤에 가겠다고 말하면 딱 그렇게
생각해요. 진실하고 순수하고 놀라운 사람들이죠. 제대로 대하
기만 하면요. 세 가지 중요한 원칙이 있어요. 친절하라. 친절하
라. 친절하라."

린다가 말을 이었다. "우리는 자폐증을 진단하는 방법을 한
가지 고안해냈어요. 뇌파를 측정하고 특정한 파장이 발견되면
자폐증이나 아스퍼거 증후군이라는 판정을 내리는 거죠. 카이
가 그런 경우예요. 자폐증의 다른 형태가 개입됐을 수도 있어
요. 카이는 뉴로피드백으로 효과를 볼 수 있는 대표적 케이스

예요. 문제는 어떻게 그걸 하도록 만드냐는 거죠. 카이가 할 마음이 있어야 해요. 리탈린은 어찌됐든 잘못된 방법이에요. 자폐인에게는 모든 것을 더 심각하게 만들죠."

헨리는 가만히 앉아 있었다. 이야기는 들었지만 의사로서 들은 것이 아니었다. 그 순간만큼은 의사가 아니라 린다의 말 앞에서 움츠러들고 상처받기 쉬운 한 아버지로서 앉아 있었다. 그리고 말이 끝나자 방 전체와 그의 내면에 정적이 감돌았다.

헨리와 아나트가 자리를 뜰 때 자폐증이라는 단어가 같이 따라왔다. 조용히, 하지만 큰 울림으로.

**

원인이 다양한 행동에 대해서도 같은 진단이 내려질 수 있다. 두려움과 슬픔으로 가득 찬 사람이 있다. 슬픔은 사라지지 않는다. 더 이상 이전의 삶으로 되돌아갈 수 없다. 변화한 것이다. 이전의 삶과 이후의 삶이 있을 뿐이다. 잘하면 적어도 병세의 악화는 억제할 수 있다. 더 이상 진행되지 않도록 막는 것이다. 하지만 절대 없어지지는 않는다.

또 다른 사람은 오랫동안 병에 시달리고 있지만 원인을 모른다. 그래서 진단이 내려지면 해방감을 느낀다. 보이지 않는 적만큼 사람을 지치게 하는 것은 없기 때문이다. 종종 진단만으로 안도감을 느끼기도 한다. 적이 눈에 보이면 마침내 무언가를 시도할 수 있다. 싸울 것인가, 도망갈 것인가. 두려움과 슬픔은 잠시 뒤로 밀어둬야 한다. 헨리가 바로 그랬다.

"저는 이렇게 느꼈어요. 좋아, 이제 여정은 끝이 났어. 그게 무엇인지를 알게 됐어. 예전에는 당연히 몰랐던 것. '그거예요'라는 말을 들으면 이렇게 느끼죠. '좋아, 이제 뭔지 알아. 그리고 어떻게 진행될지도.'"

모두가 오랫동안 다른 방식으로 고통을 겪고 있었다. 아나트는 카이를 돌보았고 사랑과 이해를 쏟아부었지만 자신의 마음을 감췄다. 헨리는 실험실과 도서관에서 불안을 밖으로 드러냈으며 그 정도가 점점 심해졌다. "아버지는 흥분해서 뛰쳐나갔다."린다가 차트에 적은 내용이다. 아이에게 문제가 있는 다른 부모들과 마찬가지로 아나트와 헨리 또한 카이의 고통을 대신하고 싶었다. 속수무책으로 바라보는 것보다는 나았을 것이다. 부모는 아이를 보호하기 위해 존재한다. 자연이 그렇게 만들어 놓았다.

린다는 그들에게 희망을 주었다. "절망적인 진단은 아니야." 헨리는 말했다. 헨리와 아나트는 오랜 여행 끝에 호텔에 도착해서 침대에 몸을 누인 것 같은 기분을 느꼈다. 짐은 내일 풀어도 된다.

그들은 뉴로피드백을 해보기로 결정했다. 딸들은 인도에서 미술 수업을 다녔을 때처럼 즐거워할 것이다. 모두 같이했다. 생각만으로 띠와 점, 자동차와 비행기를 움직였으며, 이는 가지가 무성한 뇌의 정원, 자신만의 머릿속 미로를 헤쳐나가는 신체 단련용 숲길이었다. 그런데 카이만은 하고 싶어 하지 않았다. 머리에 쓴 헬멧 같은 것은 아팠고 전선 끝에 바르는 젤은 역겨웠다. 싫어.

헨리와 아나트의 생각은 다시 흐릿해졌다. 안도의 숨은 그저 잠시 동안의 것일 뿐이었다. 여정은 끝나지 않았다. 이제 시작이었다.

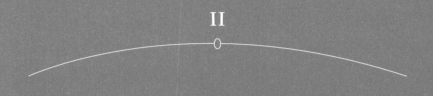

II

사냥

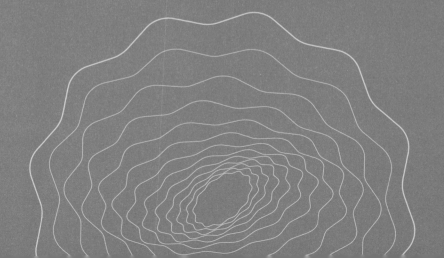

무력함

"많은 사람들이 제가 뇌과학자이기 때문에
아이에게 더 많은 도움을
줄 수 있다고 생각해요. 하지만 아니에요.
저는 더 무력했어요."

자폐증은 조용히 삶 속으로 기어들어 와서
아주 요란하게 정착한다. 카이의 틱장애는 가족의 삶을 새로운
방식으로 변화시켰다. 물론 카이는 여전히 가정에 즐거움과 활
력을 불어넣어주는 귀여운 아이일 때가 많았다. 카이는 물속에
서 미끄러져 넘어지는 것을 좋아했는데, 아나트가 토요일마다
집 청소를 해서 바닥이 전부 물로 철벅거리면 아이들은 그 위
에서 미끄러지며 웃었다. 카이의 웃음소리가 가장 컸다. 혹은
한 해의 마지막 날. 이스라엘에서는 시끌벅적하기보다는 아늑
하게 보내는 그날, 카이가 방으로 들어갔을 때쯤 가족은 모두

졸린 상태로 부엌에서 지루해하며 앉아 있었다. "12시 5분 전이었어요." 리노이가 말했다. "카이는 색종이 가루를 자루에 가득 담아서 나왔죠. 하루 종일 종이를 잘라 만든 거예요. 그리고 '자, 모두 다 일어나!' 하고 소리쳤어요. 우리는 숫자를 세어야 했죠. '10, 9, 8, 7, 6…… 새해 복 많이 받으세요!' 색종이 가루도! 우리는 정말 멋지게 새해를 맞이했어요."

대개의 자폐인처럼 카이 역시 리탈린 양을 늘렸었다. 크리스마스는 중요한 의례가 되었고 카이는 노래를 일정한 규칙에 따라 배열해놓았다. 그리고 카이가 선창을 해야 노래를 끝까지 부를 수 있었다. 누나들은 웃음을 띤 채 카이를 보며 앉아 있었다. 카이는 산타 할아버지보다 더 인기가 좋았다.

일상에서는 의례가 부담스러워진다. 아침마다 어떤 바지를 입고 양말을 신을 것인지에 대해 실랑이를 벌였고, 저녁에는 코티지치즈가 들어간 빵을 먹지 않고서는 잠자리에 들지 않았으며, 침대에서도 베개가 제자리에 있지 않으면 버둥거리기만 했다. 칼리조차 카이를 이해하지 못하는 경우가 많아지면서 소모적인 싸움이 돼갔다. 헨리는 실험실에 있어야 할 시간인데도 카이가 여전히 양말을 마음에 들어 하지 않을 때면 인내심을 발휘하기 힘들었다. 언젠가부터 카이는 장난감을 창밖으로 던지는 놀이를 시작했다. 이웃들은 벨을 눌러 그 사실을 알렸다.

헨리는 우리도 알고 있으며 죄송하지만 그 아이는 자폐증이 있다고 말했다. 이웃들은 고개를 저으면서도 더 이상 벨을 누르지는 않았다.

의례는 두려움이 자라는 곳에서 생겨난다. 카이는 탐험가에서 겁쟁이 토끼가 돼버렸다. 다리 위에서 중심을 잡고, 비탈길을 굴러 내려오며, 스노보드를 타고 가족 누구보다 더 빨리 달리던 카이는 더 이상 산을 오르지도 않았고 스노보드를 타려 하지도 않았다. 헨리의 친구였던 아들은 눈 깜짝할 사이에 사라져 더 이상 존재하지 않았다. '싫어'는 카이의 삶에서 아주 중요한 말이 됐다. 물러서고 거부했다. 헨리는 무엇을 해야 할지 몰랐다. 그는 린다가 조언해준 대로 친절하고 참을성 있게 카이를 대했으며 책에 적힌 모든 것을 시도해봤다. 자극을 주고 의례를 제한했다. 하지만 그 어떤 방법도 효과가 나타나지 않았다. 헨리는 카이가 세상으로부터 그리고 가족들로부터 멀어지는 것을 절망적으로 바라볼 수밖에 없었다. 물론 가족과 여전히 대화를 한다는 점은 다행이라고 할 수 있었지만 그럼에도 카이는 상냥한 말이나 선물 또는 정성껏 만든 요리를 거부했다. 게다가 헨리는 미래에 대한 두려움까지 느꼈다. 우리가 없다면 누가 카이를 돌볼 것인가? 두 딸, 즐거움, 평범한 삶과 함께 보낼 시간이 너무 부족했다는 한없는 죄책감. 요컨대 그들은 자폐증이 있는 아이를 둔 부모가 겪어왔던 일을 모두 겪었던 것이다. 그뿐만 아니라 헨리에게는 그 이상의 고통까지 더해졌다.

"많은 사람들이 제가 뇌과학자이기 때문에 아이에게 더 많은 도움을 줄 수 있다고 생각해요. 하지만 아니에요. 저는 그들보다 더 무력하다고 느꼈어요."

헨리는 아버지로서뿐만 아니라 학자로서도 실패했다고 느꼈다. 아들의 머릿속에서 무슨 일이 일어나고 있는지를 이해할 수조차 없었던 것이다. 아이의 방에 어찌할 바를 모르고 서 있을 때는 높게 평가받은 그의 논문과 상 역시 도움이 되지 못했다. 그는 책 속으로 더 깊게 파고들었고 계속해서 전문가들에게 조언을 구했지만 모든 것은 더 심각해질 뿐이었다. 다른 부모들은 희망을 갖고 환상을 꿈꾸며 의사를 신뢰했지만 그는 잘 알고 있었다. 의사들은 자폐증의 원인도, 어떻게 대응해야 하는지도 모른다는 사실을. "당신은 알고 있을 거 아니에요." 그들은 말했다. "당신은 뇌과학자잖아요. 우리는 단지 의사일 뿐이에요."

그러나 헨리는 알지 못했다. "죄책감을 가졌죠. 마땅히 알고 있어야만 한다고 생각했거든요. 제가 하찮게 느껴졌어요. 스스로 실패했다고 여긴 거죠."

안식년에는 모든 것이 더 심해졌다. "이해하지 못한다는 절망감이 저를 미국으로 이끌었어요. 이해하는 것이 목표였죠. 연구와 환자 사이의 연결고리를 만들어야 했어요. 뇌과학자가 사람들에게 어떻게 구체적인 도움을 줄 수 있을까? 1년이라는 시간을 보낸 이후에는 완전히 녹초가 됐어요. 연구자들은 영향력을 행사할 수 없었어요. 연구와 환자 사이의 벽이 너무 높았어요. 우리는 반짝거리는 탑 속에 있고 그 밖에는 나머지 세상이 존재하는 거죠."

헨리는 두 갈래 길 앞에 서 있었다. 지금처럼 계속할 것인지 세부적인 것에 집중할 것인지. 작은 것에서 큰 것을 만들어내는 학자들이 있다. 물론 길을 잃는 경우도 종종 있다. 뇌과학자는 기억에서 세포로, 세포에서 시냅스로, 시냅스에서 기억저장 시냅스로 옮겨간다. 그리고 바깥세상과 단절되는 것은 좋은 일일 수 있다. 더 나아질 수도 있는 것이다. 헨리처럼.

"전 기억저장 시냅스를 연구하러 가장 좋은 연구실로 갔어요. 연구를 위해 최상의 연구자금을 신청했고 관련 저널에 논문도 실었죠. 기억저장 시냅스를 주제로 한 콘퍼런스에 참가해 다른 전문가들도 만났어요. 그리고 서로 친구가 되었죠. 기억저장 시냅스 친구들이요. 저는 제가 하는 일을 사랑했어요. 멋진 실험을 했고, 중요한 논문을 썼고, 발표를 하고, 세계를 돌아다녔고, 또 상을 탔어요. 제 세상은 단지 하나의 기억저장 시냅 스일 뿐이었던 거예요."

헨리가 자신만의 우주에서 벗어나도록 만들어준 것은 카이 였다. 인격화된 기억저장 시냅스로서의 그는 카이에게 도움을 줄 수 없었다. 가만히 생각해보니 자신의 연구는 더 이상 젊은 날의 그가 원하던 것이 아니었다. 할아버지가 수표를 줘서 시 작했던 그 연구. 그의 발자취는 명예로 가득했을지 모르지만 결국 막다른 골목에 다다랐다.

그리고 헨리는 결심했다. 연구자로서의 삶에 변화를 주겠 다고.

휴지통에서
꺼내다

사무국장은 흥미를 느꼈다.
아이의 자폐증을 아버지의 입장에서
바라보는 연구자라니.

───────────────────────

텍사스, 캔자스, 뉴욕에서 온 교수들이 책상 위에 서류더미를 놓아둔 채로 앉아 있다. 스물다섯 개의 자리에 수많은 사람이 지원했다. 일단 걸러내야 했다. 아니면 절대 끝나지 않을 것이다. 어디 보자, 뭐가 있는지.

소뇌의 장애? 좋아, 기초연구.

자폐증에서의 학습부진? 중요해, 중요해.

염색체 2q의 유전자가 자폐증을 유발하는가? 무조건, 유전자연구.

언어학습을 저해하는 유전자? 두 가지의 중요한 주제가 한

번에, 기꺼이 지원하지!

아, 그리고 여기 이스라엘의 와이즈만연구소에서 온 헨리 마크람이 있다. 그는 대다수가 자폐인의 약점, 즉 유전자 결함과 소뇌만을 본다고 지적한다. 그는 대뇌피질을 연구하고자 했고 발달을 저해하는 전달물질에 관심을 두었다. 메르체니히 역시 이쪽 방향으로 연구를 한 바 있다.

교수들은 웃었다. 대뇌피질을 연구하지 않은 그들에게는 그들만의 이유가 있었다. 연구할 거리가 없기 때문이다. 누군가는 말도 안 되는 일이라고 했다. 또 다른 누군가는 부차적인 일이라고 했다. 서류뭉치는 휴지통에 던져졌다.

구석에 앉아서 눈에 띄지 않던 남자만이 헨리의 연구에 주목했다. 그는 자폐성 아동의 부모들이 설립한 재단인 NAAR National Alliance for Autism Research에 소속되어 있는 사람이었다. 유통회사 월마트의 상속자이자 자폐성 아동의 엄마인 낸시 루리 막스가 그곳에 기부하고 있었다.

남자는 흥미롭다고 생각했다. 그리고 낸시에게 이야기를 했다. 낸시는 새로운 길을, 발전을 꿈꿨다. 부모들은 학자와 반대로 시간이 없었고 항상 이성적인 판단을 하는 것도 아니었다. 그들은 일을 감행했다. 회의가 끝났을 때 사무국장은 휴지통에서 서류뭉치를 꺼냈다.

이 젊은 연구자가 말하고자 하는 바는 인상적이었다. 그는 자폐증 관련 약물에 관심을 두었다. 625개나 특허가 출원되어 있었다. 약물의 목적은 뇌의 능력을 향상하고 뇌를 자극하는 것이었다. 말하자면 연구는 결핍만을 본 것이다. 빈약한 학습 능력, 언어장애, 유전자 결함. 헨리는 여기에 의문을 품었다.

그리고 두 번째로 마음에 들지 않았던 것은 연구자들이 주로 소뇌에 관심을 갖고 있다는 점이었다. 소뇌는 물론 뇌의 중요한 일부이지만 결정적인 부위는 아니었다. 소뇌 없이 태어나도 아이는 정상적으로 자랄 수 있다. 뇌는 자신의 과제를 다른 영역에 분배할 수 있는 능력이 있다. 더욱 중요한 부위는 대뇌피질로, 이에 대해서는 헨리가 잘 파악하고 있었다. 특히 신피질. 그곳은 기억, 인지, 감정을 관장한다. 자폐성 아동에게는 결핍된, 인간을 인간으로 만드는 고도의 인지능력. 헨리는 이 점을 연구하고자 했다. 억제된 뉴런. 언뜻 보기에는 부차적인 문제로 느껴졌다. 그러나 억제된 뉴런이 오동작을 일으키는 사람은 경련을 일으키지 않는가? 자폐성 아동 셋 중의 하나가 그렇듯이.

낸시 루리 막스는 직원이 말해준 내용이 마음에 들었다. 이 연구 구상은 휴지통에 버려질 만한 것이 아니었다. 이 사람에게는 기회가 주어져야 한다. 1년 동안 가족재단이 헨리를 지원할 것이며 총 9만 6,800달러에 달하는 지원금을 NAAR가 담당할 것이다.

헨리는 자랑스러웠다. 그가 받게 된 첫 번째 연구지원금이었다.

***

의학은 항상 연구실의 지식을 실제 삶에 어떻게 적용할 것인가에 대해 질문을 던진다. 약물이 효과가 있는지 어떻게 검증할 수 있을까? 파울 에를리히의 시대 이후 과학은 동물실험을 했다. 이를 반대하는 사람이 많았다. 마하트마 간디는 "감정이 있는 존재의 고통을 대가로 쓰느니 차라리 삶을 버리겠다"고 말했다. 그러나 1950년대에 콘테르간*을 처방받았던 임신부들은 뭐라고 말할까. 당시에는 임신한 동물에게 수면제를 실험하는 것이 금지되어 있었다. 또 파킨슨병 환자는 동물실험에 대해 어떤 입장을 취할까? 뇌 속에 전기장치를 이식해서 떨림을 줄여줄 수 있다는 사실은 원숭이 실험을 통해 알아낸 것이었다.

---

* 1950년대 독일 제약회사가 개발한 수면제 겸 진정제. 입덧을 완화하는 효과가 있어 많은 임신부가 사용했는데, 약을 복용한 임신부에게서 기형아가 태어났다. 콘테르간 부작용이 원인이었음이 밝혀지면서 이 약은 판매가 중단되었다. — 옮긴이

동물에게 고통을 주는 것은 잔인한 일이다. 그러나 사람에게 도움을 주는 데 실패하는 것은 비인간적이다. 인류는 동물을 연구하기로 합의했다. 헨리 역시 이에 동의했다. 현재 그는 동물실험을 피할 수 있는 방법을 연구하는 프로젝트를 이끌고 있다.

헨리는 연구를 위해 자폐증이 있는 동물을 키워야 했다. 실험용 쥐 말이다. 그는 자폐증을 유발한다고 의심되는 물질을 쥐에게 주입했다. 수은, 알코올, 간질약. 그러나 그다지 성공적이지 않았다. 모든 것이 예상보다 오래 걸렸다. 현미경을 통해서는 해결책이 대뇌피질에 숨어 있다는 가정을 확인할 수 없다. 억제된 시냅스로만 구성된 신경절 세포가 제대로 기능하지 못했다는 것을.

그는 매일 뉴런을 들여다봤고 세포 속으로 깊숙이 파고들었다. 아무것도 알아낼 수 없었다. 서류를 휴지통에 던졌던 교수들이 옳았던 것일까?

카이가 문 앞에서 기다리고 있는 집으로 돌아왔을 때 헨리는 상실감과 한없는 외로움을 느꼈다.

***

아이가 아프고 장애가 있으면 부모들은 힘들어진다. 의사와 심리학자는 이 문제에 몰두하며 책과 논문을 쓴다. 보우마와

슈바이처, 헤이스팅스와 존슨, 샌더스, 모르간, 바이스 그리고 그 밖의 많은 사람이 모두 하나의 결론을 내렸다. 어떤 만성질환도, 어떤 장애도 자폐증보다 부모를 더 고통스럽게 하지 않는다. 아이가 완전히 등을 돌리고 사랑도 말도 웃음도 보여주지 않기 때문에 더욱 괴롭다.

연구 결과에 따르면 부모들은 아주 많은 노력이 필요하다고 한목소리로 말한다. 24시간 긴장 상태에 있어야 하며 아이가 무엇을 하는지 항상 지켜봐야 한다. 자신의 일은 더 이상 할 수가 없다. 외출도 하지 못한다. 수치심을 느낀다. 친구들은 더 이상 찾아오지 않는다. 너무나 피곤한 탓에 부부가 같이 지내는 시간도 없다.

결혼생활이 깨지는 경우가 많지만 힘겨움 속에서 애착이 더 강해지는 부부도 있다. 서로가 필요하고 서로에게 의지할 수 있다. 헤어질 위기에 놓인 부부가 새로운 기회를 얻기도 한다. 시간이 제한되어 있는. 헨리와 아나트도 그랬다.

둘은 젊은 시절 서로를 알게 되었다. 헨리는 야심 찬 박사과정생이었고 아나트는 대학생활을 자유롭게 즐기던 학생이었다. 헨리는 남아프리카공화국 출신이고 아나트는 이스라엘 출신이었다. 그들은 그만큼 달랐고 새로운 이야깃거리가 많았으며 서로를 새로운 세계로 이끌었다. 그러나 시간이 지나면서 점점 서로에게서 멀어졌다. 헨리는 학문에 열중했고 성과를 향해 달려갔으며 아나트는 색채학과 명상에 몰두했고 삶의 의미를 찾고자 했다. 두 딸과 카이가 없었더라면 결혼생활을 오래 지속할 수 없었을 것이다. 하지만 카이도 그들을 묶어둘 수는 없었다. 둘은 어느 순간 서로가 사랑하는 사이가 아니며 단지 좋은 친구이자 최고의 부모일 뿐이라는 사실을 깨달았다. 그들은 이혼했다. 그래도 일단은 한집에서 같이 지냈다. 결혼생활은 끝이 났지만 가족은 그렇지 않았다.

우주비행사
카밀라

어차피 우주가 안 된다면 뇌를.

───────────────

카밀라가 학교에 들어가기에는 아직 어린 소녀였을 때, 할아버지는 금발머리를 땋은 카밀라와의 대화를 테이프에 녹음했다. "넌 뭐가 되고 싶니?" 하고 할아버지는 물었다. "여행을 좋아해요." 카밀라가 대답했다. "여러 나라를 알고 싶어요."

"그래, 하지만 뭐가 되고 싶은 거니?"

"탐험가요." 카밀라는 말했다. "발견하는 사람."

처음으로 긴 여행을 떠날 때 할아버지는 카밀라를 안아주고 손을 흔들어줬다. 그녀는 슬픔이 밀려오는 것을 느꼈다. 폴란드는 전시법을 발동했고 카밀라의 부모님은 그녀와 같이 독일로 이주했다. 그들은 오랜 여정 끝에 니더작센의 작은 마을에 도착했다. 엔지니어였던 아버지는 농장에서 일을 구했다. 학교에서 새로운 친구들을 만나게 될 거라고 부모님은 말했다.

카밀라는 학교에 다닐 수 있는 것이 기뻤다. 하지만 독일어를 할 줄 몰랐다. 그래서 소외되고 외로웠다. 귀밑머리가 희끗희끗했던 다스케 선생님은 버릇없는 아이들의 손가락을 막대기로 때리는 사람이었는데 카밀라의 상황을 알고 신경을 써주었다. 학교가 끝난 뒤에는 함께 책을 보았고 그림을 가리키며 독일어를 가르쳐줬다. 이건 노루야. 이건 집이야. 이건 자동차야. 카밀라는 그를 좋아했고 빠르게 배워나갔으며 금세 독일어로도 무엇이 되고 싶은지 말할 수 있게 되었다. 탐험가. 단지 전세계를 다니는 사람이 아니라 우주비행사가 되고 싶었다. 카밀라는 더 이상 머리를 땋은 소녀가 아니었으며 안경을 쓰고 진지한 눈빛을 띠고 있었다. 그녀는 날이 갈수록 부모님이 선물해준 천문학 사전에 빠져들었으며 친구들과 우주정거장 미르 놀이를 했고 1986년에 챌린저호가 폭발하는 것을 TV를 통해 지켜보았다. 우주 비행 역사상 가장 큰 비극이었던 그 사고에서 비우주인으로서는 최초로 우주 비행을 할 뻔했던 교사 한 명이 사망했다. 그녀는 우주에서 한 시간 동안 강의를 할 예정이었다. 그래도 카밀라는 우주로 나가고 싶었으며 꿈을 현실로 만들 수 있는 나이가 되기를 계속해서 기다렸다. 우주에서는 독수리처럼 멀리 볼 수 있어야 하기 때문에 안경 쓴 여자아이에게는 불가능한 일이라고 사람들은 말했다. 선생님들은 그런 생각을 갖고는 우주인이 될 수 없다고 말했다. 그러나 들뜬 카밀라는 더 이상 공부를 중요하게 생각지 않았고, 물리학과 수학은 뒷전이었으며 그보다 공상과학 책 읽기를 좋아했다. 듄 시리즈를 읽었고 드라마 〈배틀스타 갤럭티카〉의 전 시즌을 비디오로 소장하고 있었다.

카밀라는 아비투어시험을 마치고 베를린으로 갔다. 철학을 공부할 생각이었다. 철학은 세상을 보는 방법으로서 거대한 물음에 답을 준다. 그녀는 훔볼트대학에 등록했고 하필이면 통계와 수학이 철학의 일부라는 사실에 당혹해했다. 그리고 자신만의 속도와 시각으로, 고등학생이 아니라 대학생으로서 자유롭게 배우며 이내 자연과학에서 안정감을 느꼈다. 천문학 책을 읽어나가던 그때처럼. 카밀라는 물리학 책을 샀고 하늘을 관찰했다. 하루는 TV에서 국제우주정거장인 미르에 도착한 여성 우주인에 대한 다큐멘터리를 보았는데 그때 안경을 쓴 사람도 우주인이 될 수 있다는 사실을 알았다. 그녀는 그렇게 쉽게 계획을 중단했던 것에 화가 났다. 그 뒤에 과학철학 강의를 들었다. 수강생 수는 적었지만 카밀라는 그 과목을 사랑했다.

어느 날 아침 교수님은 자연과학자이자 생물학자인 한 과학자를 강의에 초청했다. 두 개의 세계가 서로 충돌했다. 그 과학자는 현란하고 복잡한 사고방식을 가진 철학 교수의 설명을 웃으며 경청했으나 그 속에서 갈피를 잡지 못했다. "우리 과학자들의 방식은 좀 달라요. 사실로부터 얻어내죠. 실험을 하고 결과를 평가하며 그로부터 법칙을 도출해요."

"아, 귀납법." 교수가 웃으며 말했다. 하지만 그건 순진한 생각이었다. 사람들은 스스로가 외부의 영향을 받지 않고 세상을 있는 그대로 바라본다고 생각한다. 틀렸다. "뤼네부르크의 연구자 한 명을 예로 들어봅시다. 그에게 까마귀 한 마리는 까만색이에요. 두 번째 까마귀 역시 까만색이죠. 세 번째도 마찬가지예요. 그렇게 그는 이런 공식을 만듭니다. 모든 까마귀는 까맣다. 하지만 아프리카에는 하얀 가슴을 한 얼룩무늬 까마귀가 있거든요."

교수가 하고 싶었던 말은, 세계는 크고 인간은 작다는 것이었다. 인간은 불변하는 것, 즉 법칙이나 규칙, 진실을 찾는다. 이를 이루기 위해 모든 힘을 쏟는다. 원시적인 욕구가 기반이 돼 어떤 법칙을 알아냈을 때 쾌재를 부르며 무언가를 이해했다고 믿는다. 너무 기쁜 나머지 자신의 시야가 제한되어 있다는 사실을 잊은 채. 뤼네부르크의 그 연구자는 아프리카를 알지 못했다. 진실에 대한 갈망은 시작도 하기 전에 실험을 망친다. 외부의 영향력 없이 객관적으로 진행되는 연구는 없다.

"아니 그러니까." 과학자는 말했다.

"저 연필 색이 뭐죠?" 교수는 물었다.

"노란색이죠." 과학자는 대답했다.

"아니요. 노란색인 게 아니라 당신이 노란색으로 보는 거죠." 교수는 말했다. "그런 걸 소극적 현실주의라고 해요."

"아니 그러니까"라고 과학자는 다시 한번 말했다. 그리고 계속해서 이런 식으로 대화가 오갔다. 그가 이렇게 말하기 전까지 말이다. "당신이 무슨 생각을 하든 상관없어요. 나는 내 작업이 중요하고 그것으로 생명을 구할 수 있다는 것만 알아요."

이 논쟁은 카밀라의 시야를 넓혔다. 그리고 인생을 바꿨다. 그녀는 이 철학 교수에게 감탄했고 본인이 자유롭고 객관적이라고 생각하는 모든 과학자에게 지금까지도 조언을 한다. 저런 강의를 들어보라고. 겸손을 배울 수 있다. 하지만 카밀라의 마음을 빼앗은 사람은 과학자였다. 순수한 사고라는 것은 어떤 효력을 갖는가. 게다가 결론이란 것이 이렇든 저렇든 별 상관이 없는 것이라면?

"저 역시 중요한 사람이 되고 싶었어요. 뭔가 의미가 있는 일을 하고 싶었죠." 카밀라가 말했다. 그녀는 전공을 자연과학으로 바꿨다. 그리고 어릴 때부터 꿈꿔왔던 거대한 여정을 시작했다. 그녀는 생물심리학자가 되고 싶었다. 뉴런의 발화가 어떻게 행동에 영향을 미치는지 연구하기 위해서. "어차피 우주가 안 된다면 뇌를 연구하는 거죠." 그녀는 말한다. "뇌에서 모든 것이 시작되었고 모든 것을 설명할 수 있으니까요."

＊＊＊

로잔의 연구실에 앉은 카밀라. 눈은 웃고 있었고 코는 높았으며 얼굴은 동글동글했고 약간은 어린 마술사처럼 보였다. 마른 몸과 금발머리의 그녀는 독일어와 영어를 섞어 말했고 내용이 어려워질수록 영어를 더 많이 썼으며 더 오래된 과거로 돌아갈수록 독일어로 말했다. 그녀가 베를린에서 책상 앞에 앉아 긴 편지를 쓰고 있던 때는 이미 20년 전이다. 편지는 다음과 같이 시작했다. "친애하는 싱어 교수님. 제 이름은 카밀라 젠데레크입니다."

편지에서는 당돌함이 배어났다. 볼프 싱어 교수는 학생 한 명에게 답장을 해줄 만큼 여유가 있는 사람이 아니었다. 그는 독일에서 가장 유명한 신경생물학자였으며 유로파에아 아카데미와 레오폴디나 국립과학아카데미, 교황청 과학원의 회원이었다. 학문에도 올림픽이 있다면 그는 마리 퀴리와 지그문트 프로이트 사이에 앉아 거친 토론을 주도했을 것이다. 싱어는 막스플랑크연구소의 뇌과학 책임자로서 책과 인터뷰를 통해 파장을 일으켰으며 전 학문적 영역에 걸쳐 주목받고 거론되곤 했다.

이 연구소에서 실습생을 뽑지 않는다는 사실을 아는 사람은 그에게 편지를 쓸 생각조차 하지 않았다. 하지만 어릴 때부터 이미 세상에 한계란 없다는 것을 아는 사람에게는 상관없었다. 싱어는 그런 카밀라의 태도가 마음에 들었고 프랑크푸르트에 소재한, 전 세계에서 가장 훌륭한 자신의 실험실로 카밀라를 초청했다. 그녀는 실습 자리를 얻었고 순식간에 자신만의 작은 미르 정거장에 안착했다. 어둡지만 불빛이 반짝이고 소리가 나는. 뉴런은 전극판을 만나면 스스슷 하는 소리를 낸다.

카밀라는 실습과정을 마치고 석사논문까지 썼다. 목표를 이뤘다고 느꼈고 새로운 여정을 위해 박사과정을 시작했다.

볼프는 12월에 겨울학교를 열었다. 키츠뷔엘로 뻗어 있는 산에 젊은 연구자와 유명한 학자를 초대해서 서로 이야기하고 논쟁하고 새로운 사고를 발전시켜 그것을 익히고 돌아가게끔 했다. 그런데 흔한 일은 아니지만 참가자 한 명이 중간에 빠져버렸다. '신경망과 동시녹음'이라는 주제가 너무 어려웠던 탓일지도 모른다. 카밀라는 위대한 지식과 겨울의 마법이 있는 그곳에 가고 싶었다. 그리고 기회가 왔다. 그곳에서 헨리라는 교수를 만났다. 헨리는 키가 컸고 말랐으며 목소리가 부드럽고 매력적이었다. 그는 시냅스의 유연성에 대해 설명했는데 카밀라는 이해하지 못하는 부분이 많았음에도 이야기에 사로잡힌 채 귀 기울였다.

두 사람은 저녁에 바에서 만났고 다음 날에는 스키장에 갔으며 키스를 나누고 헤어졌다. 그들은 파리에서 다시 만나기로 했다. 계획은 그랬다. 그리고 그때까지 그녀는 프랑크푸르트에서, 그는 레호보트에서 연구를 해야 했다. 이메일로 소식을 전하면서. 카밀라는 어두운 실험실에 처박혀 밤 10시, 아니 새벽 4시까지 연구소에 머무르며 논문을 썼다. 집에 와이파이가 없던 시절이었다. 헨리에게 뭔가 그럴듯한 말을 할 수 있도록 하루 종일 하이젠베르크의 양자물리학에 나오는 슈뢰딩거의 고양이에 대해 조사했고, 동료들은 젊은 연구자에게도 사생활이 있는 거라며 너무 죽기 살기로 일하지 말라고 충고했다. 그들은 카밀라가 사생활을 돌보고 있다는 사실은 몰랐다. 이제까지의 모든 학문적 텍스트보다 훨씬 더 많은 생각과 격렬한 표현이 녹아들어 있는 편지를 통해.

"서로 편지를 교환하는 건 정말 색다른 일이었어요." 그녀는 회상한다. "좀 구식이었죠. 빠른 소통은 안 되지만 생각하고 또 생각하고. 그런 특별함이 참 아름다웠어요." 그들이 결혼식을 올렸을 때 헨리는 주고받은 편지를 책으로 펴냈다.

하지만 아직 그런 단계는 아니었다. 그들은 베를린, 프랑크푸르트, 레호보트, 파리를 오갔다. 힘든 일이었고 어느 순간 지나치게 버거워졌다. 그리고 헨리가 로잔에 있는 EPFL(로잔연방공과대학)로 간다고 말했을 때 카밀라도 볼프 싱어를, 몇 년 더 머무르고자 했던 그녀의 '스페이스 셔틀'을 뒤로하고 따라나섰다. EPFL은 자연과학으로 유명한 대학이며 세계에서 가장 우수한 뇌 연구 센터를 지으려던 참이었다. 로잔에서 카밀라는 EPFL에 새로 건립된 브레인마인드연구소에 지원했다. 그곳에서 박사논문을 쓰고 싶었다.

낯선 소년

카밀라는 주저앉아야 했다.
휴, 엄마는 어디 있지? 아빠는?
그녀는 무슨 일이 일어나고 있는지 이해할 수 없었다.

카밀라는 보트 한 척을 빌려 바다 위를 떠다녔다. 로잔이 그녀의 눈앞에서 흔들리고 있었다. 대성당, 구도시, 항구, 물가의 사람들은 점점 작아졌다. 이제 여섯 살밖에 되지 않은 카이는 오리발을 차고 있었다. 칼리는 물속에 넣은 손을 미끄러뜨리듯 움직였다. 카밀라는 노를 저었다. 왼쪽, 오른쪽. 쉽지 않았다. 금세 땀이 흘렀다. 그녀는 머리를 들어 주위를 둘러봤다. 알프스, 도시, 아직 모든 것이 낯설었지만 오늘의 풍경처럼 전부 아름다웠다. 카이와의 첫 나들이였다.

카이는 카밀라를 어떻게 받아들일까? 칼리와 리노이의 경우는 괜찮았다. 리노이는 열두 살이었고 칼리는 여덟 살이었다. 헨리는 아이들에게 이야기를 했다. 아이들은 주의 깊게 들었지만 말을 하지는 않았다. 그러고는 영화관으로 갔다. 칼리는 카밀라의 품속을 파고들었고 리노이는 거리를 두었지만 웃으며 이야기했다. 카밀라는 아이들에게 고마운 마음이 들었다. 그녀는 이제 스물여섯 살이었고 세 아이를 둔 남자가 쉽지는 않았다. 카이는 영화관에 같이 가지 않았다. 영화관은 카이에게 버거웠다. 그래서 보트를 탔다. 그녀는 무장을 하고 가는 기분이었다. 칼리가 함께 왔다. 카밀라는 정말 노력했다. 아이스크림을 사 주고 수영도 할 생각이었다. 카이는 수영을 좋아했다. 모든 일이 잘 돌아갈 것이다.

"같이 갈까?" 헨리가 물었다. "카이는 좀 다르거든." 카밀라는 고개를 저었다. "우리끼리 잘할 수 있을 거야." 그녀는 아이들을 좋아했고 인내심과 자제력이 있었다. 카이는 불편해하지 않을 것이다.

헨리는 카이가 가끔 폭발적으로 화를 낸다고 주의를 줬다. 마치 여름날의 천둥처럼 덮쳐서 미리 짐작할 수 없다고. 그리고 카이에게 뭔가 부담이 가지 않도록 잘 지켜보라고.

어떻게 감히 카이에게 부담을 줄 수 있을까?

카밀라는 기분 좋게 노를 저었다. 햇살은 빛났으며 바람이

머리카락 사이로 지나갔고 보트는 앞으로 나아갔다. 그녀는 썩 나쁘지 않게 처신했으며 아이들은 웃었고 모두가 즐거워했다. 그런데 아무런 낌새도 없이, 카이의 얼굴에 뭔가 변화가 일어났다. 강한 시선, 꽉 다문 입술. 그리고 한순간이었다. 카이는 더 이상 카이가 아니었다. 오리발로 보트 주인을 공격했고 소리를 지르기 시작했다. 카밀라는 무슨 일이 일어나고 있는지 이해할 수 없었다. "무슨 일이야, 카이?" 그녀는 물었다. "잠깐만, 그럴 만한 일이 아니야." 그러자 카이는 더욱 폭주해서는 욕을 하고 때리기 시작했다. 보트는 기우뚱했다. 해변은 한참이나 멀어 보였다. 헨리는 아주 멀리에 있었다. 그가 여기 있었다면. 카밀라는 아무 일도 아닌 듯이 해변을 향해 노를 저었고 칼리는 카이에게 조근조근 얘기하기 시작했다. 카이는 진정되는 것처럼 보였지만 다시금 폭발해서는 자신을 화나게 만든 카밀라를 비난했다. 카밀라가 해변에 도착해서 무슨 일이 일어났는지 설명할 때조차 다시 언급할 수 없을 정도로 심한 말이었다. 카이는 미친 듯이 날뛰었고 카밀라는 어쩔 줄 몰라 카이의 앞쪽으로 손을 뻗어 코를 쥐었다. 그녀는 절대 아이를 때리거나 달려들지 않을 사람이었으며 도대체 자신이 무슨 짓을 하고 있는지 알 수가 없었다. 그리고 두려움에 휩싸였다. 발아래에서는 보트가 흔들거렸다. 카이야, 그러지 마. 안 돼. 카이는 얼어붙었고 칼리는 카밀라의 옆으로 가서 카이의 손을 잡고 가만히 귓속말을 했다. 칼리의 말에 카이는 진정되는 듯했으며 카밀라는 해변을 향해, 부모를 향해, 땅을 향해 노를 저었다. 카이는 번쩍이는 눈으로 그녀를 거칠게 응시했다. 얼마인지 모를 시간이 흐른 뒤 그들은 항구에 도착해서 보트에서 내렸다. 발을 내딛은 땅이 흔들리는 것처럼 느껴져 카밀라는 주저앉아야 했다. 휴. 엄마는 어디 있지? 아빠는?

헨리를 만났을 때 카이는 "내 코, 내 코, 완전히 빨개요" 하고 불평했다. "카밀라가 그랬어요." 헨리는 고개를 숙였다. 그는 무슨 일이 일어났는지 짐작했다. 카밀라가 겪지 않도록 하고 싶었던 일.

***

"첫해에는" 헨리는 회상했다. "카밀라가 온통 초록색과 푸른색 멍을 달고 살았어요." "아니야, 그렇지 않았어." 그녀는 반박했다. "아니야, 맞아." 그가 말했다. 그녀는 말이 없었다. 그랬다. 카이는 침을 뱉고 때리고 할퀴고 물었다. 그녀는 이유조차 모르는 경우가 대부분이었다. 첫 번째도, 백 번째도. 노를 저을 때 뭘 잘못했던 것일까? 카이는 나들이 가는 것을 기뻐했다. 혹시 카이에게 노를 젓게 하지 않아서 화가 났을까. 혹시 카밀라가 배를 멀리 몰아서 무서웠을까. 헨리는 카이가 다른 아이들이라면 기뻐하며 환호성을 지르는 일에서 공포를 느끼고 두려움을 차곡차곡 쌓아나간다고 설명해줬다.

이런 식의 오해가 적지 않았다. 카이는 어떻게 카밀라에게 앙갚음할 수 있는지를 알았다. 이 작은 아이는 그녀를 자극하는 법도 알고 있었다. 학교에 데리고 간다면? 큰길가의 연석 위에서 줄타기 놀이를 한다. 사람들이 쳐다본다! 그녀는 하지 말라고 하면서 귀를 잡아채고 카이는 소리 지르며 말한다. "우리 엄마한테 이를 거야. 아빠한테 이를 거야. 귀가 완전히 빨개졌어." 그리고 그녀는 이렇게 대꾸한다. "엄마한테 일러. 아빠한테도 일러." 하지만 마음속 깊은 곳에서는 잘 해보고 싶었다. 좋은 마음으로 노력하지만 행동과 말이 잘못된 길로 향하는 딜레마.

온몸에 든 멍에도 불구하고 카밀라는 이 아이를 사랑했다. 카이는 마음이 열린 따뜻하고 작은 아이였다. 몸을 부비고 껴안는 사랑스러운 아이. 사람들과 이야기를 나눌 때면 거의 항상 핵심에서 벗어난 말을 꺼냈지만 상관없었다. 카이는 모든 것에 대해 이야기를 했다. 좋아하는 볼링에 대해서, 좋아하는 수영에 대해서. 사실 모든 것을 사랑했다. 같이 놀이를 할 수도 있고 노래를 부를 수도 있으며 무언가를 먹을 수도 있었다. 땅콩버터와 코티지치즈가 들어간 샌드위치를 만들어주면 좋아했으며 뭔가 건강에 좋은 것을 식탁에 차려주면 따분해했다. 조심스럽게 다가가야 하는, 움츠러든 부드러운 꽃이 아니라 손을 잡고 함께 달려나가 무엇이라도 같이 할 수 있는 아이였다. 볼링, 수영, 모든 것이 끝내주는 일이었다. 보트를 타고 나가는 일도 끝내줬다. 원래는 그랬다.

시간이 지나면서 카밀라는 카이를 더 잘 이해하게 됐고 둘은 가까워졌다. 헨리는 카밀라가 어떻게 카이의 삶을 정돈해주는지 보았다. 어떻게 옷을 제대로 입혀주고 부드러운 스웨터를 골라주는지, 어떻게 인내심을 갖고 코티지치즈 샌드위치를 만들어주는지, 어떻게 숙제를 도와주는지. 그리고 둘 다에게 쉽지 않았던 일. 어떻게 노래와 이야기와 딱 맞는 베개로 잠자리에 들 분위기를 만들어주는지. 카밀라는 카이에게 좋은 사람이었다. 그리고 카이의 두 번째 엄마가 됐다.

헨리와 카밀라는 늘 카이에 관해 대화를 나눴다. 헨리가 의사를 찾은 뒤 다시금 자폐증이 맞는지에 대해 의심을 품게 되었을 때 카밀라는 모든 것이 어떻게 맞아떨어지는지, 그리고 그게 아니라면 어떤 가능성이 있는지에 대해 알려주려 했다. 카밀라는 인터넷에서 논문을 다운받았고 책을 샀으며 이내 헨리보다 더 많은 것을 읽게 됐다. 그녀는 이 낯선 아이가 더 이상 낯설지 않았다. 삶의 일부가 되었기 때문에 그에 관한 모든 것을 알고 싶었다. 리노이가 말한 대로 카이는 항상 중심에 자리했으며 누군가의 삶에 들어가면 가만히 구석에 앉아 있지 않고 그 삶을 지배하곤 했다. 그리고 카밀라는 학자들이 으레 그렇듯이 해답을 찾기 시작했다. 의문점이 있으니 답을 구해야 했다. 그것은 모든 연구자들에게 내재된 원초적 욕구였다. 카밀라는 이내 헨리만큼 자폐증에 대해 알게 되었지만 보는 시각은 서로 달랐다. 헨리는 의사로서, 생물물리학자로서 무언가에 사로잡힌 사람의 눈으로 보았다. 세세한 부분들을 들여다봤고 세포와 전기 충격과 분자 속으로 들어갔다. 카밀라는 전체를 보았다. 그건 생물심리학자의 시선이었다. 그녀는 카이의 표정, 몸짓, 말, 두려움을 탐구했다. 헨리는 어떻게 전기 충격이 한 세포에서 다른 세포로 흘러들어 가는지를 알았다. 카밀라는 감정이 뇌 속에서 어떻게 움직이는지, 그리고 한 사람의 기억에 어떤 영향을 미치는지를 알고 있었다. 그는 번개와 천둥을, 그녀는 두려움과 고통을 보았다. 헨리는 약간 오래된 만화 속의 히어로 같았다. 카밀라는 강점을 모으고 약점을 상쇄했다. 둘은 이내 함께라면 더욱 강해질 수 있다는 결론에 도달했다. 일단은 카이를 위해서 힘을 모았다. 헨리는 학문적인 것들이 종종 놓치는 것에 주목했다. 끊임없이 현실과 비교하기. 셋은 자폐증 연구에서 아직 누구도 가지 않았던 길을 함께 가기에 충분히 강했다. 삶과 이론의 융합이었다.

***

15년이 지난 지금 헨리와 카밀라는 당시 일어났던 일을 이제야 이해하는 것처럼 이야기한다. 그 운명 같은 일들.

헨리: 나는 여기까지 오는 동안 카이가 우리의 삶에 어떤 영향을 미치는지에 대해 생각했어. 쉽지 않은 아이지. 하지만 항상 쉬웠다면 거기에 대해 고민하지 않았을 거야. 생각해봐. 카이가 없었다면 우리의 삶이 어땠을지.

카밀라: 음.

헨리: 우리의 작업은 공동의 열정이 되었잖아. 우리의 연구를 변화시킨 거야.

카밀라: 물론 그렇지. 하지만 당신이 카이 때문에 연구자가 된 건 아니잖아.

헨리: 그렇지. 나는 타고난 연구자야.

카밀라: 우리는 둘 다 그래. 사물을 이해하고 싶어 하지. 이건 의무 같은 거야. 왜 이것이 저렇게 되는지를 헤아리고 연관 짓고 설명하는 것. 카이는 우리를 계속 앞으로 나아가도록 만들었어. 충분히 빠르지는 않았지만, 그건 우리가 너

무 늦게 시작했기 때문이고.

헨리: 그리고 우리는 할 수 있는 모든 잘못을 저질렀지.

카밀라: 더 잘 알지 못했어.

헨리: 1960년대 이후로 자폐인은 감정이 없고 공감능력이 없다고 알려져 있었어.

카밀라는 말을 하지 않았다.

헨리: 다른 각도에서 바라보면 다른 결론을 내릴 수 있는데 말이야.

카밀라는 계속 말이 없었다.

헨리: 문제는 한 번도 자폐증이 있는 아이를 만나본 적이 없는 연구자가 태반이라는 거야.

카밀라: 만나보긴 했어도 같이 살아본 적은 없을 거야.

카이는 모든 것을 바꿔놓았다. 카이가 아니었다면 그들은 자폐증 연구자가 되지 않았을 것이다. 그리고 카이가 없었다면 유명한 교수와 의욕적인 박사과정생이었던 그들이 지금처럼 강해지지는 않았을 것이다. 새로운 방법을 감행할 준비가 돼 있었다고 한들 그것이 수월하게 진행되지 않을 때에도 전진할 용기는 내지 못했을 것이다. 헨리와 카밀라는 자폐증 연구에서 일반적인 학설, 연구, 논문, 지식을 누구보다 더 잘 알고 있었다. 자폐인의 부족한 공감능력을 증명한 '마음 이론'도 알고 있었다. 하지만 카이는 자폐인이 으레 하는 방식대로 행동하지 않는다. 카이는 연구나 법칙에 반하는 경우다. 그들은 한동안 카이의 행동을 이론에 맞추려 노력했다. 이론을 카이의 행동에 맞추어야겠다는 생각을 하기 전까지는. 결국에는 카이가 없었다면 결코 하지 않았을 법한 일을 시도했다. 기존의 학설에 의문을 제기하기 시작한 것이다.

기존의
학설을
의심하다

어떤 것도 생각만큼 빠르게 진행되지 않았다.
실험실은 남아프리카공화국이 그랬듯
그의 고향이 되었다.
당시에는 열정이 그를 움직였다면
이제는 카이가 그를 움직였다.

사람들은 공감하며 지낸다. 어린아이는 엄마가 웃으면 따라 웃고 아이들은 다른 아이가 울면 따라 울곤 한다. 우리는 그렇게 타고났다. 아이들은 두세 살쯤부터 다른 사람에게 공감하기 시작한다. 다른 사람의 생각, 의도, 감정을 짐작할 수 있는 것이다. 심리학자 헨리케 몰은 아이들과 카스퍼 연극이라는 실험을 했다. 일단 과자 부스러기 괴물이 들어와 아주 신나게 열 개의 과자를 깡통에 넣고 흔든다. 다음에는 무서운 의사 한 명이 무대 위로 올라와 깡통 속을 들여다보고 말한다. 너무 많아. 그리고 과자 여덟 개를 끄집어내 버린다.

과자 부스러기 괴물이 다시 돌아오면 아이들의 표정이 변한다. 입술을 깨물고 몇몇은 입을 벌리고 또는 괴물에게 주의를 준다. 그들은 공감을 경험한 것이다. 괴물이 알지 못하는 것을 먼저 봤고 괴물이 슬퍼할 것이라고 생각한다. 헨리케 몰은 이러한 능력을 마음 이론으로 정리했다. 공감능력은 원초적이라는 것이다. 공감할 수 있기 때문에 우리는 서로 이해하고 사회적인 존재로 함께 살아갈 수 있다.

자폐인은 공감능력이 없기 때문에 사회적이지 못하다고 할 수도 있다. 과자 부스러기 괴물 놀이와 비슷하지만 좀 더 복잡한 실험이 있다. 1985년 사이먼 바론코헨, 앨런 M. 레슬리, 우타 프리트가 고안해낸, 언어적으로 표현하는 데 큰 문제가 없는 네 살짜리 아이들을 대상으로 한 유명한 실험이다.

인형극에서 인형 샐리는 바구니에 유리구슬을 넣고 밖으로 나간다. 인형 안나가 들어와 유리구슬을 보고 바구니에서 꺼내 상자 안에 숨긴다. 샐리가 다시 돌아와서 구슬이 어디로 갔냐고 아이들에게 묻는다. 일반적인 아이들은 바구니라고 말한다. 상자 속이라고 대답하는 아이들은 대개 자폐증이 있는 아이들이다. 그들에게 공감능력이 결여되어 있다는 것이 전문가들의 결론이다.

이는 신성한 법칙으로 여겨졌다. 물론 전문가들의 입장은 다양했다. 어떤 장애도 자폐증만큼 많은 원인과 증상을 갖고 있지는 않다. 하지만 한 가지 측면에는 동의할 수 있었다. 자폐인에게는 공감능력이 결여되어 있다. 그들은 그런 식으로 자폐증이 발견된 이후부터 일어났던 일들을 정리했다. 그러자 자폐인에게서 결함이 보였다. 그렇게 기존의 이미지가 고착됐다.

생각보다 의미 있고 슬픈 일이었다. '자폐인에게는 결함이 있으며 그로부터 벗어나야 한다.' 학문 공동체가 처음으로 도출해낸 이 합의는 연구와 의학 분야에서 중요한 역할을 하게 됐다. 거의 모든 연구에 다음과 같은 전제가 깔렸다. 자폐인에게는 결함이 있다. 그리고 미국심리학회의 길잡이이자 정신과 의사와 심리학자들이 신성하게 여기는, 질병을 정의하고 분류하는 문서는 자폐증을 정신장애로 분류했다.

이 기본 전제는 향후의 연구방향을 결정했다. 몇몇 연구는 결함의 원인을 찾아 나섰고 또 다른 연구는 예방책을 탐구했다. 아무런 해결책이 없을 수도 있다는 생각은 누구도 하지 못했다. 누군가 그렇게 주장했을 때 처음에는 아무도 믿지 않았다. 그가 지원금과 장학금을 신청했을 때 헨리의 서류뭉치에 일어난 일이 또 한 번 일어났다. 신청서가 휴지통에 버려진 것이다. 재단이 왜 잘못된 길로 가고 있는 부차적 의견을 지원해야 하는가? 일반인조차 자폐인이 사람들과의 접촉을 어려워하며 구석에 앉아 있기 좋아한다는 것을 안다. 자폐증 관련 약물 중에 뇌를 자극하겠다는 단 하나의 목표만을 가지고 있는 특허가 625개나 출원된 것은 우연이 아니다.

그 이유는 두 가지로 추론할 수 있다. 먼저 자폐인에게는 원래 결함이 있으며 다른 가정은 의미가 없다고 판단했으므로 결함만을 연구했기 때문일 것이다. 혹은 잘못된 기본 전제에 맞설 용기와 재능, 자본이 없으니 기존의 방향으로만 연구를 진행했기 때문이리라. 처음에는 출입금지를 당했지만 마침내 노벨상을 탔던 파울 에를리히는 100년에 한 명 나올까 말까 한 경우다.

헨리 마크람은 의학 전반에 새로운 시대를 열었던 파울 에를리히가 아니다. 하지만 전 세계적으로 그만큼 자폐증과 인간의 뇌에 대해 이해하고 있는 사람을 찾기도 어렵다. 그리고 그의 옆에는 카이가 있다. 카이와 전화 통화를 할 때 카이가 마치 같은 공간에 있는 듯이 이야기하거나 비유적인 표현을 알아듣지 못하면 기존의 이론이 맞는 것처럼 느껴진다. 하지만 자폐인과 같이 살면 또 다른 시각을 갖게 된다. 카이에게 가까이 다가가면 더 다양한 관점을 이해할 수 있다. 이를테면 카이가 상대방의 감정을 정확히 짚어냈을 때. 마음 이론에 따르자면 자폐인에게는 불가능한 일 말이다. 물론 카이가 예외일 수도 있다. 그러나 유리구슬 인형극 실험에서 스무 명의 자폐성 아동 중 네 명은 바구니를 보라고 말했다. 카이가 기존의 이론에 의문을 제기하는 단초가 될 수도 있는 것이다.

그러나 헨리는 아직 거기까지 이르지 못했다. 그는 이스라엘에서 연구를 진행할 때 기존의 지식을 기초로 삼았다. 다른 사람처럼 결함과 제대로 작동하지 못하는 억제된 뉴런을 탐구했다. 카이가 코브라를 만지도록 했던 것 말이다. 헨리는 오류를 알아낸다면 약물을 개발할 수 있다고 생각했다. 응급조치이자 완화용으로 말이다. 그다음 번의 연구는 두 가지의 광범위한 질문에 할애했다. 자폐증의 원인은 무엇인가? 어떻게 치료할 수 있을까?

헨리의 관점에서 보면 이 질문에 답하기 위한 길은 단 하나였다. 뇌 모형을 만드는 것. 시간이 문제였다. 새로운 세기가 시작됐다. 화학의 출현이 새로운 의학을 정립했듯이 디지털과 인공지능은 시대의 변화를 완성시켰다. 모든 학자에게는 앞선 사람들이 갖지 못했던 가능성을 이용할 의무가 있지 않을까?

와이즈만연구소는 이런 과제를 해내기에 규모가 너무 작았다. 헨리는 돈을 끌어오고 우수한 연구원을 데려오고 수백만 달러나 나가는 슈퍼컴퓨터를 들여왔다. 연구소 측에서는 모든 것을 준비하겠다고 그에게 말했다. 하지만 정말 그럴 수 있을까?

헨리는 미국의 전설적인 기술대학 MIT로부터 교수직 제안을 받았다. 지원금도 약속받았다. 그는 이메일을 받자마자 수락하고픈 마음이었다. 그러나 스위스의 EPFL은 자연과학 분야에서 세계적인 위치로 부상하고자 했다. 새 학장은 의학자이며 유전학자인 동시에 신경생물학자였고 부학장 역시 뇌과학자였다. 그들은 헨리에 대해 원대한 계획을 갖고 있었다. 헨리는 스위스로 갔으며 때는 카밀라를 만나기 바로 전인 2000년이었다. 그는 자신을 소개하고 이렇게 말했다. "저에게는 자폐증 아들이 있어요. 그리고 제가 보기에 뇌과학은 실제 삶과 동떨어져 있습니다. 가장 좋은 방법은 당사자들에게 도움을 주는 것이에요. 뇌 모형을 만들어서 말이지요. 이것이 제가 연구소에 대해 갖고 있는 계획입니다. 물론 제가 당장 여기서 일할 수 있는 것은 아니에요. 일단은 하고 있던 자폐증 연구를 계속해야 합니다. 그리고 이 연구소에서 기반을 구축하려면 2년의 시간이 필요해요. 적절한 사람들을 찾고 기초 자료를 모아야 하니까요."

담당자는 말했다. "좋아요. 기다릴게요." 헨리는 2002년에 이스라엘에서의 경험을 바탕으로 유능한 팀원들을 데리고 돌아왔다. 그는 자신은 이제 준비가 되었으며, MIT로 갈 수도 있었지만 그보다는 EPEL에서 무언가를 구축하고 싶다고 말했다.

이를 위해 2억 달러에 달하는 슈퍼컴퓨터가 필요하다는 것도. 사람들은 주의 깊게 들었고 얼굴 표정 하나 변하지 않았다. 그들은 고개를 끄덕였다. 그리고 작업이, 정확히 하자면 준비가 시작됐다. 헨리의 뇌 프로젝트인 '블루브레인프로젝트'에 도달하기까지는 3년의 시간이 필요했다. 더욱 엄청나고 믿을 수 없는 일은 EU가 10억 유로의 지원금을 약속했다는 점이다. 이는 헨리를 세계에서 가장 유명한 뇌과학자로 만들어줄 것이다. 경탄과 부러움, 그리고 미움을 받을. 기본적으로는 아무래도 상관이 없었다. 헨리에게는 더 이상 연구가 지식에 대한 목마름을 채우는 일도, 명예에 관한 일도 아니었다. 그보다는 카이에 관한 일이었다. 카이는 날이 갈수록 점차 더 자신만의 세계로 빠져들었고 헨리가 집으로 돌아왔을 때 더 이상 박수를 치지 않았으며 마음에 들지 않는 크리스마스 선물을 받거나 싫어하는 음식이 배달되거나 누군가 잘못된 말을 했을 때는 욕설을 내뱉었다. 헨리에게는 버거운 일상이었다. 그는 뇌 프로젝트를 이끌어 뇌과학 선구자로 일하는 동시에 독자적인 자폐증 연구로 빠져들었다. 카밀라는 그가 네 시간 이상 자지 못하는 것을 지켜보기가 두려웠다. 헨리가 일을 서두를 때나 숫자를 갖고 씨름할 때면 동료들은 긴장했다. 그에게는 어떤 것도 생각만큼 빠르게 진행되지 않았다. 자, 새로운 시도를. 다시 또다시. 실험실은 남아프리카공화국이 그랬듯 그의 고향이 됐다.

다행스럽게도 아나트가 계속 근처에 살았다. 그녀는 카밀라와 잘 지냈다. 아나트는 헨리와 카밀라가 하루 종일, 때로는 밤 늦게까지 자유롭게 연구할 수 있도록 도왔다. 카이는 아나트와 함께 살았고 배가 고프거나 감기에 걸렸거나 언제나처럼 폭주를 할 때면 그녀가 옆에 있어줬다. 아나트는 카이에게 항상 사랑과 보살핌을 줬다. 다른 사람이 없을 때에도 그녀는 있어줬다. 카이의 말대로 그녀는 세상에서 가장 좋은 엄마였다. 헨리와 카밀라는 주말과 볼링과 트래킹, 즉 일상에서의 '통제된' 일탈을 담당했다. "우리 뭐할까?" 그들은 카이에게 열두 가지의 선택지를 제안했고 카이는 모두 좋아했지만 결국에는 볼링을 골랐다.

카이!
그 선을
넘어선 안 돼!

"그릇된 희망을 가져서는 안 돼요."
교장은 말했다.
"자폐증이 있는 아이는 절대 평범한 아이가
될 수 없어요."
헨리는 생각했다. 당신이 뭘 알아요.

"앉으세요."

헨리는 앉았다.

"아들을 저희 학교에 데리고 오셔서 참 기쁘네요. 궁금하신 사항이 있겠지요."

"평판이 좋으시더라고요." 헨리가 말했다. "자폐증이 있는 아이들에 대해 경험이 있으시고요. 이제 카이를 알게 되셨는데, 사랑스럽긴 하지만, 아이에 대해 어떻게 생각하세요?"

"판단하기에 아직은 좀 이른 감이 있어요. 저는 카이가 여기서 잘 지낼 수 있다고 생각해요. 사립학교로서 다른 곳에서는 불가능한 것들을 다양하게 제공할 수 있거든요. 우리는 아이들을 책임감 있게 대합니다. 각각의 아이들을 담당하는 선생님들이 있죠."

헨리와 아나트는 만족스럽게 고개를 끄덕였다. 그들은 여러 번 실패를 경험한 뒤 카이를 어떤 학교에 보내야 할지를 두고 오랫동안 고민해왔다.

"그리고 우리는 특별한 방법을 이용해서 가르쳐요. ABA라는 방식으로요. 규칙과 보상은 물론이고 제재도 가하죠."

"그런데" 하고 헨리가 말을 이었다. "몬테소리에서는 그에 관해서 별로 좋은 경험을 하지 못해서……."

"몬테소리요?" 교장은 눈썹을 치켜올렸다.

"예, 그리고 린다 톰슨의 바이오피드백도……."

"뉴로피드백이요?" 그녀는 또 한 번 눈썹을 올렸다.

"예, 린다는 정확히 세 가지 기본 원칙이 있다고 했어요. 친절하라, 친절하라, 친절하라."

"ABA 방식은 자폐증이 있는 아이들을 위해 개발됐어요. 그리고 연구를 통해 성공적인 방식임이 입증되었죠. 기존의 치료들보다 지능과 언어발달에 더 효과적이에요."

헨리와 아나트는 서로를 멍하니 바라봤다. 그들은 회의적이었다. 같이 오랫동안 그에 관해 대화를 나눴던 카밀라도 확신은 없었다. 하지만 그들은 교육학자가 아니므로 일단 믿어볼 수밖에 없었다. 그들 역시 모든 가족이 직면하는 딜레마에 부딪혔다. 자폐증은 무수히 다양한 양상을 보인다. 치료방법 역시 마찬가지다. 그러니 어떻게 해야겠는가? 누구를 믿어야 하는가?

***

린다는 카이가 ABA 방식으로 교육받아야 한다고 생각하지 않았다.

"ABA와 같은 행동치료는 아스퍼거의 경우 효과가 없어요. 그 방식은 대증요법이죠. 아이가 눈을 똑바로 보지 못하면 정확히 그 행동을 할 수 있게 도와주는 식이에요. 그건 아이에게 좋지 않아요. 아스퍼거 아동의 경우는 좋아하는 것들과 가까이할 수 있도록 해주는 것이 더 나아요. 저는 그걸 '같이하고 다른 길로 이끈다'라고 해요. 아이가 읽는 법을 배우기 바란다면 아이가 좋아하는 것이 무언지 알아내고 그것에 해당하는 것을 읽도록 해야 하는 거죠."

교장이 얘기했던 ABA의 성과는 전형적인 자폐증을 대상으로 한다. 그러나 논쟁의 여지가 있다. ABA를 통해 좋은 경험을 한 부모도 물론 있을 것이다. 하지만 어떤 부모의 경우 아이를 조련한다고 느낀다. 압박과 훈련을 통해 원하는 행동을 하도록 만드는 것이다. 행복하게 만들지는 못하는 것처럼 보인다. 카이는 어떨까? 헨리는 다른 부모와 마찬가지로 속수무책으로 느껴졌다. 아직 자신만의 지식을 얻지는 못했다. 모든 형태의 자폐증에 적절한 치료방법 말이다.

헨리와 아나트는 교장을 믿었다. 아나트가 항상 하던 대로 마음에서 우러나오는 소리에 귀 기울였다면 좋았을 텐데. 적어도 교장이 나가면서 한 말을 듣고 나서는 그만둬야 했다. "그릇된 희망을 가져서는 안 돼요." 교장은 말했다. "자폐증이 있는 아이는 절대 평범한 아이가 될 수 없어요. 카이는 몇몇 일들을 평생 할 수 없을 거예요." 악의로 한 말은 아니었다. 배려를 담은 말투였다. 하지만 헨리와 아나트는 그런 말을 듣는다는 것이 믿어지지 않았다.

당신이 뭘 알아요. 헨리는 생각했다. 그는 학자였다. 그리고 진보를 믿었다. 방법을 찾아낼 것이다. 카이도 언젠가 다른 사람처럼 직장을 갖게 될 것이고 사랑하는 이를 만나 평범한 삶을 살아가게 될 것이다. 그릇된 희망이란 없다. 희망은 좋은 것이다.

그들은 주저했다. 하지만 다른 선택지가 있을까? 카이는 학교에 가야 했고 이미 다른 곳에서도 시도를 해봤다. 교장과 상담했던 이스라엘 학교에 카이는 나름대로 적응해갔고 그들은 희망을 가졌다. 그러나 그 학교는 로잔에 있었고 이스라엘 학교지만 히브리어 대신 당연히 다들 프랑스어를 했다. 카이는 아무것도 이해하지 못한 채 앉아 있었고, 아이들은 카이를 놀리고 머리카락을 잡아당기고 바지에 물을 쏟고 비웃었다. 카이는 화장실에 숨거나 수업시간에 밖으로 나가 돌아다녔다. 그리고 다른 아이의 공책을 뺏어서 공부를 못하게 했다. 수업을 이해하지 못하는 자기는 공부를 할 수 없었기 때문이다. 카이는 아이들이 자신과 놀고 자신을 주목하고 자신을 중심으로 움직이기를 바랐다. 모든 것이 자신을 중심으로 돌아가야 했다. 교장은 헨리와 아나트에게 거듭 전화를 했다. 아나트는 전화벨소리가 울릴 때마다 가슴이 콩닥거렸다. 결국 교장이 말했다. "카이는 사랑스러운 아이예요. 하지만 우리는 더 이상 책임질 수가 없네요. 다른 아이들에게도 권리가 있어요. 카이를 수업에 들여보낼 수 없습니다."

자폐증이 있는 아이가 퇴학당하는 일은 잦다. 남과는 다른 방식으로 움직여서 집단생활에 방해가 되기 때문에, 뒤로 물러나 있을 장소와 시간이 필요하기 때문에, 소음으로부터 벗어나려면 2교시에는 산책을 가야 하기 때문에, 가만히 앉아 있지 않기 때문에, 귀를 막고 있기 때문에, 시간이든 교실이든 뭔가 달라지면 고집불통이 되기 때문에, 소리를 지르고 물고 침을 뱉기 때문에, 그리고 교사가 이런 아이들에게 대비가 돼 있지 않기 때문에.

퇴학을 당한 뒤 헨리와 아나트는 다른 학교로 상담을 갔다. "선생님들에게 이런 일을 요청할 순 없어요"라고 한 교장은 말했다. 다른 곳에서는 설명 한마디 없이 거절당했다. 발달장애 아동을 위한 학교만이 카이를 받아들이려 했다.

헨리가 비싼 등록금과 방식 자체에 의심을 갖고 있었음에도 교사의 말을 수용하는 것 외에는 도리가 없었다. 그는 ABA 학교에서 벌어지는 일들을 알고 있었다. 아이들은 원하지 않는 음식을 먹어야 한다. 밖으로 나가고 싶어도 있던 자리에 머물러야 한다. 좋아하는 일을, 의례를 하지 못하도록 한다. 몇 시간 동안 물놀이하는 것을 그만두지 않으면 보충수업을 해야 한다. 더 이상 일렬로 놓을 카드가 없어야 곰인형을 돌려받는다. 곰인형을 항상 곁에 두려 하면 빼앗아버린다. 항상 같이 있어야 하는 사람이 있다면 그 사람과는 더 적게 만나야 한다. 이를 위해 과제를 풀고 얼굴을 익히고 가만히 서 있고 낯선 사람과 이야기를 한다. 이 모두를 잘 해내면 과도한 칭찬과 보상을 받는다. 마치 훈련받는 강아지 같다고 반대자들은 말한다. 헨리는 이에 대해 생각하지 않으려 했다. 이 교육방식이 린다의 눈에만 틀린 것이 아니라 나중에 그가 연구를 통해 밝혀낼 이론에 반한다는 사실을 그는 아직 알 도리가 없었다. 그 방법은 더 이상 틀릴 수 없을 만큼 틀렸고, 카이에게 최고의 아빠가 되고자 하는 노력에 오점을 남긴 비극적인 오류였다.

"학교 자체는 좋았어요." 카밀라는 말했다. "학생당 선생님이 한 분씩 있었으니까. 하지만 ABA 방식은 아니었어요. 아이들이 만들어놓은 의례를 못 하게 했거든요. 이해할 수 있고 잘할 수 있는 일을 못 하게 하면 아이들은 불안해하죠. 우리의 이론에 따르면 아이가 의례를 행하도록 내버려 두고 그 속에서 같이 놀아야 해요. 아이의 세상 속으로 들어가는 거죠. 그러면 아이가 다가와요. 특히 의례를 심하게 치르는 아이들이 있어요. 카이는 그런 경우가 아니었죠. 말을 하고 상호작용을 하니까. 전혀 말을 하지 않고 앉아 있거나 레고만 조립하는 아이들과는 달랐어요. 이 가여운 아이들에게서 의례를 뺏는 건 더 안 좋은 일이고요. 예컨대 론 서스킨드는 자폐증이 있는 아들에 관한 책을 썼어요. 그에 대한 다큐멘터리 영화는 아카데미상 후보로 올랐죠. 그는 영화를 만들 때 헨리와 나를 찾아와서 우리의 연구에 대해 질문했어요. 그의 아들은 아침부터 저녁까지 디즈니 영화를 봤대요. 그게 그 아이의 세상이었던 거죠. 말은 하지 않았고 생각에 잠겨 있었어요. 의사들은 론과 아내에게 그 영화들을 계속 보도록 놔두지 말라고 얘기했죠. 뭔가 다른 것들도 해봐야 한다면서. 그들은 그대로 해봤어요. 물론 좋은 뜻으로 그렇게 한 거지만 좋은 방법은 아니었던 거예요. 아들은 영화를 보며 안정감을 느꼈고 많은 것을 배우기도 했죠. 어느 순간 론은 뭔가 놀라운 것을 발견했어요. 디즈니 캐릭터에 관해 얘기할 때 아이가 갑자기 말을 하기 시작한 거예요. 디즈니를 통해 아들과 소통하는 길을 찾은 거죠. 아이가 말을 하고 서로 대화를 할 수 있었던 건 그 아이의 세상 속으로 들어갔기 때문이에요. '좋아, 일단은 내가 너의 세상 속으로 들어갈게. 그러고 나서 다른 세상들을 너에게 보여줄 거야'라는 깨달음을 얻게 된 거죠. 아이는 이제 더 이상 매일같이 디즈니 영화를 보지는 않는대요."

***

카이는 1년 동안 학교에 다녔다. 모든 유형의 자폐성 증상을 볼 수 있는 곳이었다. 공동 수업은 불가능했다. 한 아이는 아인슈타인처럼 계산을 했고 다른 아이는 도움 없이 교실을 찾지 못했다. 어떤 아이는 구석에 조용히 앉아 있고 어떤 아이는 쉼 없이 떠들었다. 카이가 그곳에서 개인 교사를 갖게 된 것은 좋은 일이었다. 카이가 모든 것을 잘 했다는 뜻은 아니다. 화장실에 가야 할 때면 선생님이 카이의 손을 잡았다. 카이는 그것을 싫어했고 겉으로 드러냈다. 훈련은 점점 엄격해졌고, 벌은 강화되었고, 보상은 적어졌고, 카이는 이상해졌다. 카이는 발달이 더딘 아이들을 따라 했다. 한 아이가 땅으로 몸을 던지면 카이도 그렇게 했다. 헨리는 그러다 말 거라고 생각했지만 그렇지 않았다.

반항심이 날로 커져가던 카이는 어느 날 일찍 학교에서 나왔다. 헨리와 아나트는 보통 오후가 되면 카이를 데리러 갔기 때문에 카밀라가 그 일을 넘겨받았다. 카밀라는 운전면허가 없어 전철을 이용했다. 카이는 선을 넘나드는 데 즐거움을 느꼈고 길거리 연석 위에서뿐만 아니라 길 위에서까지 줄을 타듯 몸의 균형을 잡곤 했다.

"카이야, 찻길로 가면 안 돼."

카이는 웃기만 했다.

전철역에 그어진 선 역시 넘어가서는 안 됐다. 카이는 카밀라를 쳐다봤다. 그리고 커다란 두 눈과 장난스러운 미소를 띤 귀여운 얼굴로 말했다. "할 거야."

선 위에 발 한쪽을 올려놨다.

"카이! 선을 넘어서는 안 돼."

다른 쪽 발도 그 위에 올렸다.

"카이! 선 위에 올라가지 마!"

카이의 몸은 가장자리에서 흔들렸다. 사람들이 쳐다보며 외쳤다. 어어. 카밀라는 카이의 귀를 잡아챘고 카이는 소리를 질렀다.

"말을 들어야지!"

카이는 상상할 수 있는 것 이상으로 더 크게 소리를 질렀다. 사람들이 그들을 쳐다봤다. 카밀라는 카이를 가볍게 움켜잡았다. 전철 안으로 들어갔을 때도 카이는 계속 울고 있었다.

"엄마한테 이를 거야."

"그래, 엄마한테 일러."

효과가 없다는 것을 알아차리자 카이는 발을 굴러 몸을 흔들기 시작했고 결국 카밀라의 무릎을 쳤다.

"카이! 하지 마."

카이는 집에 갈 때까지 계속해서 카밀라를 괴롭혔다. 그녀를 화나게 하는 법을 잘 아는 작은 조작꾼. 카밀라는 현실을 외면할 수도 있었지만 그렇게 하지 않았다. 그리고 스스로에게 말했다. 아이들은 다 그래. 마트에서 몸을 바닥에 던지곤 하잖아.

반항기 때는 모두에게 "아니, 난 싫어"라고 말해. 카이는 이제 일곱 살이 되었다. 그리고 힘이 세졌다.

그들은 모든 노력을 다 쏟아부었으며 황금과도 같은 질문을 머릿속에 떠올렸다. 카이가 뭘 좋아하지? 어떻게 카이의 세계를 이해할 수 있지? 음악, 볼링, 피자. 이런 식으로 그들은 카이에게 계속해서 다가갔다. 어떤 대가를 치르더라도 그 아이를 포기하지 않을 작정이었다. 이 작은 악당. 몸속으로 파고들 때 애간장을 녹이는, 요리할 때 도와주는, 쇼핑할 때 재미있는 이야기를 들려주는, 세상을 보는 시선이 너무나 다른 아이.

특별한 사람들의
나라로부터
돌아와서

카이는 공기를 마시며 코로 햇볕을 느꼈다.
한 번도 떠나지 않았던 것처럼.

어느 날, 아나트는 카이와 함께 이스라엘로
돌아가는 것이 낫겠다고 말했다. 카이는 이 나라에서 소외감을
느꼈고 그녀 역시 그랬으며 친구와 친지들 모두 이스라엘에 살
고 있었다. 결혼생활은 이미 과거가 됐다. 스위스에 남아 있는
건 오로지 카이 때문이었다. 이 나라는 아름답고 공기가 맑고
거리가 깨끗하고 사람들은 친절했지만 카이가 환영받는 곳은
아니었다. 아나트는 스위스를 비난하고 싶지는 않았다. 세상에
서 카이가 환영받는 나라는 몇 없을 것이다. 적어도 카이에게
필요한 만큼은 말이다. 사람들, 학교, 관청이 얼마나 자폐증에

대해 아는 게 적은지! 자폐증이 있는 사람들은 거의 모든 곳에서 이방인이다.

***

2006년 UN은 2년 뒤부터 발효될 장애인의 권리가 명시된 조약을 통과시켰다. 이는 사람들이 장애인도 사람임을 자주 잊기 때문에 꼭 필요한 일이었다. 그들은 사회에서 배제됐고 학대당하거나 동정의 대상이 됐다. 이 협정은 장애인의 인권과 기본권을 보호한다. 지금까지 175개국 이상이 이 국제법상 조약에 서명을 했다. 가장 중요한 내용 중 하나는 장애인이 참여와 통합에 대한 권리를 갖고 있다는 것이었다. 그들은 남들처럼 살아갈 권리가 있다. 장애인은 사회의 일부이며 집, 특수학교, 장애인 작업장에 갇히거나 배제돼서는 안 된다. 그들은 그들이 속한 곳에 있어야 한다. 바로 우리 곁에.

스위스는 이 협정을 가장 늦게 승인한 나라 중 하나다. 학교에서의 통합이라는 문제에 관해 논쟁이 있었기 때문이다. 독일은 더 일찍 승인했다. 하지만 그렇다고 상황이 더 나은 것은 아니었다. UN의 조사관은 독일의 정책을 평가했다. 외교적인 표현을 쓰자면 '우려되는 수준'이었다.

"특히 심리사회적이고 정신적인 장애인에 대한 낙인의 철폐를 위한 정책은 아무런 효력을 발휘하지 못하고 있다."

"장애아동의 부모는 아이들의 교육 방식을 자유롭게 결정할 수 없다."

"장애가 있는 학생의 대다수가 분리된 특수학교에 다니고 있다."(이는 70퍼센트에 달한다.)

부유한 선진국의 사정 또한 이러하다. 나치 시절 자폐인의 운명은 상상이 불가능한 정도였다.

이제 카이와 같은 사람에게 손을 내미는 나라들이 생겼다. 그중 하나가 이스라엘이다. 그곳에서는 열 명의 장애아동 중 여덟 명이 일반학교에 다닌다. 반면 독일은 열 명 중 세 명이 일반학교에 다닌다.

헨리: 이스라엘 사회는 다양성을 좀 더 너그럽게 받아들여요.

아나트: (웃으며) 그곳엔 누구의 눈에도 띄지 않는 작은 새들이 아주 많아요.

카밀라: 아이들은 어디에서나 환영받아요. 그리고 좀 별나더라도 상관없죠. 스위스에서는 고급 식당에 아이가 나타나면 좀 긴장하는 분위기예요. 아이가 틱을 갖고 있으면 쫓겨날 수도 있고요. 손님과 종업원은 이상한 눈으로 쳐다봐

서 이렇게 생각하게끔 만들죠. '세상에, 난 정말 나쁜 엄마야.' 이스라엘은 달라요. 우리는 모두 그곳이 카이에게 더 좋을 거라고 생각했어요. 카이가 커서 직업교육을 받거나 직업을 구하려 할 때도 말이에요. 이스라엘은 카이 같은 사람들을 위한 일자리를 만들어냈거든요.

이스라엘은 이민국가다. 학교에서는 전 세계에서 온 아이들, 난민들, 차별받은 아이들이 조화를 이루고 이내 사회의 일부가 된다. 통합은 성숙한 문화로 자리 잡았다. 이렇게 이스라엘에서는 남들과 다른 사람들이 다른 곳과 다르게 받아들여진다. 휠체어를 탄 관광객은 이동하기가 편해서 놀라게 된다. 25명 이상의 직원을 보유한 작업장은 장애인을 고용해야 하며, 디지털 시대에 와서는 시각장애인, 청각장애인, 또는 자폐인을 위해 앱을 개발한 회사들의 네트워크가 형성됐다. 2017년에 그랬던 것처럼 장애인이 임금을 더 많이 받기 위해 거리로 나서면 사람들은 연대하고 언론은 그에 관해 보도를 하며 경찰들도 먹을 것과 마실 것을 가져다준다. 사회는 '특수한 욕구가 있는 사람들'이 사회복지시설의 수혜자로 전락하지 않도록 배려한다. 이 사람들은 사회에 뭔가를 돌려줄 수 있다. 군대도 자폐인들과 함께한다. '이스라엘의 눈'으로 유명한 9900부대에서 자폐인들은 중요한 일을 맡고 있다. 지도와 항공 사진을 분석하는 일이다. 그들은 뛰어난 기억력으로 전투병력, 병기고, 미사일 발사대를 식별한다. 이는 경이로운 일이며 눈에 띄는 성과를 보이고 있기도 하다. 스포츠도 마찬가지다. 이스라엘이 올림픽보다 패럴림픽에서 더 좋은 성적을 거두는 것은 우연이 아니다. 1960년 이후로 올림픽에서는 9개의 메달을, 그리고 패럴림픽에서는 380개의 메달을 획득했다.

사정이 이런데 왜 카이가 스위스에서 고통을 받아야 하겠는가? 카밀라가 말했듯이 학교라기보다는 '정신병원'이 기다리고 있는 곳에서 말이다. 마크람 가족은 이렇게 아픈 결정을 내렸다. 카이는 엄마 아나트와 함께 이스라엘로 갔다. 카이에게 중요한 사람이자 스위스에서 창살에 갇힌 듯이 느꼈던 칼리도 함께 가기로 했다.

당시 열세 살이던 리노이는 스스로 결정할 만한 나이였다. "리노이의 삶에서 가장 어려운 결정이었어요." 헨리는 말한다. "경이로울 만큼 잘 해냈죠." 리노이는 오랫동안 고민했다. 그리고 남기로 결정했다.

떠날 때 카이가 먼저 울었고 곧 모두가 같이 울며 얼싸안았다. 그들은 되도록 자주 만나기로 했다. 방학 때는 카이가 로잔으로 오고 학기 중에는 헨리가 카이에게 갈 예정이었다. 모두가 항공사 마일리지를 차곡차곡 적립하게 될 것이다. 리노이와 칼리도 서로를, 카이를, 엄마를, 아빠를 보고 싶어 했다. 작고 무수한 실과 띠가 모두를 연결해주고 있었다. 그 중심에는 카이가 있었다.

조각보처럼 구성된 그들의 가족은 계속 늘어갔다. 카밀라와 헨리는 두 딸 올리비아와 샬로테를 얻었다. 가끔 부모들이 콘퍼런스에 참가할 때면 아나트가 스위스로 와서 아이들과 집을 돌봤다. 그들은 몇 년 전부터 이렇게 지내고 있다. 카이는 그동안 청년이 되었다. 많은 것이 달라졌지만 한 가지는 그대로였다. 헨리와 카이는 자주 만나면서도 서로를 그리워한다. "그럴 땐 전화통화를 해요"라고 둘은 입을 모은다.

✳✳✳

카이는 공기를 마시며 코로 햇볕을 느꼈다. 이스라엘을 한 번도 떠나지 않았던 것처럼. 이웃들을 만나고 함께 이야기를 나눴으며 독특한 방식으로 친구들을 모으고 자유와 기쁨을 누렸다. 학교에 대한 두려움만 없었다면 좋았을 텐데. 이제 어떤 학교로 가게 될까?

이스라엘에서는 대개 그렇듯이 일반학교가 카이를 받아들이겠다고 제안했다. 그러나 아나트의 교사 친구는 좋은 생각이 아니라고 충고했다. 이스라엘이 개방적이긴 해도 낙원은 아니기 때문에 신중하게 고려해야 한다는 것이다. 카이는 아주 순진해서 모든 것을 믿었고 감정을 숨기지 않았다. 아나트는 카이가 자동차에 돌을 던지도록 부추김을 받았던 때를 똑똑히 기억하고 있었다. 아나트의 지인은 이렇게 말했다. "다른 학생들이 카이를 이용하고 광대로 만들까 봐 걱정이 됐어요."

아나트와 헨리는 생각에 잠겼다. 학습 성과나 장래성은 심각하게 고려하지 않았다. 그들에게 중요한 문제는 카이가 잘 지낼 수 있는지 여부였고 미국과 스위스에서 잃어버렸던 자의식을 되찾는 것이었다. 좋은 사람들이 곁에 있고 그들과 동떨어지지 않는 것. 누구보다 세상 속에 편입되기를 원하는 카이였기 때문에 더욱 그랬다. 어릴 때부터, UN이 장애인의 사회 참여라는 개념을 승인하기 훨씬 전부터 카이에게 의미 있는 단한 가지 일은 사람들과 더불어 지내는 것이었다.

그렇게 해서 학습에 어려움을 겪는 아이들을 위한 특수학교한 곳을 찾았다. 소규모 학급에 선생님들은 다정했고 아이들은 행복했다. 물론 자폐인이 장애인으로서만 취급받지 않을 수 있는 이스라엘까지 가서 특수학교에 등록하는 것은 모순적인 일로 보일 수도 있다. 헨리와 아나트 스스로가 카이를 다르게 대한 셈이니 말이다. 하지만 모순적인 게 아니었다. 오히려 가장 적절한 방법이었다. 그들은 마음에서 우러나오는 소리에 귀 기울였다. 이스라엘에서는 자유롭게 결정할 수 있었고, 이는 이 나라가 얼마나 진보적인지를 보여준다. UN이 부모들의 학교 선택권이 자유롭지 못하다고 비판한 독일과는 다르게. 그렇다. 그들은 사회에 통합될 수 있다. 하지만 반드시 그래야 하는 것은 아니었다. 특수학교도 나쁘지 않았다. 루체른대학의 한 연구는 그런 종류의 학교에도 장점이 많다고 평가했다. 많은 사람들에게 그건 축복이었다. 그리고 두 가지 선택권 모두를 가진 사회가 행복하다. 특수학교는 필요한 예외였다.

카이는 새 학교에 잘 적응했다. 학교라는 곳에 다니기 시작한 이후 처음으로 안심할 수 있었다. 난리를 피우는 일도, 교장 선생님에게 전화가 오는 일도 없었다. 물론 학습 난도가 낮았고 다른 곳에서는 더 많이 배울 수도 있었을 것이다. 카이는 기본적으로 게으름을 피웠지만 그건 부차적인 문제였다. 그림, 컴퓨터, 음악, 농구에서는 재능을 보이기도 했다. 학교가 끝난 뒤에도 카이는 계속 운동장에 머물러 있기를 좋아했다. 데리러 오는 사람도, 연석에서 끌어내리는 사람도 없었고 더 이상 땅 위로 몸을 던지지도 않았다. 가끔 불평을 할 뿐이었다. "아무도 날 좋아하지 않아. 다들 이상해." 하지만 아나트가 걱정스럽게 학교에 문의했을 때 교사는 말했다. "네? 말도 안 돼요. 카이는 왕이에요. 쉬는 시간에 혼자 있는 날이 없는 걸요." 카이는 사랑을 받고 있다는 사실을 항상 알아채지는 못했다.

카이는 이스라엘에서 생기를 되찾았다. 이웃집은 개방적이어서 사전 연락 없이 자기 집처럼 자유롭게 드나들 수 있었다. 스위스에서와는 다르게. 너무 어리다거나 너무 나이 들었다는 개념 없이 모두가 함께 어울렸으며 카이는 공동체의 일부가 됐다. 즉, 통합된 것이다. 단지 친한 친구를 찾는 데 서툴 뿐이어서 엄마가 대신 또래 친구들을 찾아 그 부모들과 함께 집으로 초대하곤 했다.

***

카이에게 사춘기가 왔을 때 근심도 다시 찾아왔다. 아나트는 더 이상 친구들을 초대할 수 없다는 것을 알게 됐다. 카이와 동급생들 간의 차이도 다시 극명해졌다. 또래가 학교 갈 나이에 카이는 유치원에 머물렀던 그때처럼 친구들은 청소년이 되고 그 나이대에 할 만한 어처구니없거나 반항적인 행동을 했다. 담배, 맥주, 연애편지, 오토바이, 힙합, 그리고 모히칸 헤어스타일. 하지만 카이는 계속해서 같이 만화를 보거나 어린이용 컴퓨터게임을 하고 싶어 했다. 친구들은 이내 카이를 멀리하기 시작했다. 인사야 하고 지내지만 카이와 같이 클럽에 갈 수는 없지 않은가?

학교에서는 따돌림이 늘어났다. 카이는 더 이상 농구를 하지 않았다. 학교가 끝난 뒤에 계속 그곳에 머물러 있지도 않았다. 그리고 수업시간에는 책상을 넘어뜨렸다. 헨리와 아나트에게는 익숙한 두려움이 다시 찾아왔다. 하지만 카이는 균형을 되찾았다. 선생님은 카이가 더 이상 쉽게 화를 내지 않으며 누군가 버릇없이 굴어도 전혀 개의치 않고 계속 하던 일을 하기도 했다고 전했다. 카이는 누나들에게 특히 친절했다. 야구모자를 쓰거나 찢어진 청바지를 입기도 했다. 누구도 카이와 약속을 잡지 않는다는 사실이 카이를 아주 속상하게 만들긴 했지만 그에 관해 불평을 하진 않았다. 집에서는 거의 학교의 친구들에 대해서 이야기했다. 당연한 일 아니겠는가.

타니아는
아무 생각도
들지 않았다

헨리는 더 헬쑥해졌고 말은 짧아졌다.
시간을 낭비하는 것일까?

———————————————

타니아는 카이가 열 살일 때 카이를 처음 만
났다. 헨리와 카밀라가 대학 동료들을 식사에 초대한 날이었
다. 그들은 오리고기를 먹었으며 레만호를 바라봤다. 대화는
잔 속의 샴페인처럼 톡톡 튀었다. 모두 파트너와 함께였고 남
자친구와 같이 온 타니아는 그중 가장 나이가 어렸다. 그녀는
2년 전부터 헨리와 함께 연구해온 박사과정생이었다. 헨리는
타니아에게 한 번도 카이에 대해 이야기한 적이 없었다.

타니아는 카이가 마르고 사랑스러운 아이라고 생각했다. 그
리고 가만히 있질 않는다고. 카이는 시선을 모으는 방법을 잘

알았다. 사람들 사이로 돌아다니며 한 사람씩 대화를 나눴다. 볼링, 수영, 그리고 자신과 가족에 대해서. 카이의 말을 듣고 있으면 즐거웠다. 이렇게나 활발한 아이라니. 타니아는 집으로 돌아와 남자친구의 말을 들었을 때 놀랐다. "좀 특이한 아이야."

"특이하다고?" 타니아는 물었다. "그냥 아이잖아."

"아냐, 아냐. 뭔가 이상해." 남자친구는 말했다.

타니아는 더 이상 그에 관해 생각하지 않았다. 월요일에 실험실로 갔을 때는 그 기분 좋았던 저녁을 떠올리며 남자친구가 한 말을 다시 잊어버렸다. 헨리도 별다른 말을 하지 않았다. 그는 평상시에 카이의 자폐증에 대해 많이 이야기하는 편이 아니었다.

돌이켜보면 아무것도 몰랐던 것이 다행이었다. 타니아는 박사과정생에서 교수가 되었고 바젤에서 일했다. "알았다면 압박이 너무 심했을 거예요"라고 그녀는 말한다. 타니아는 지금까지 입이 마르게 칭찬했던 사람이 제안한 교수 자리를 거절했을지도 모른다. "헨리는 누구와도 잘 지내는 사람은 아니지만 아주 인상 깊은 사람이에요. 만나면 5분도 채 지나기 전에 새롭게 놀라게 되죠. 정말 명석해요."

그리고 헨리 역시 자신이 아무런 이야기를 하지 않아 그녀가 자리를 수락한 것이 다행이라고 여겼다. 타니아는 그의 연구에

추진력을 가져다줬기 때문이다.

***

앞으로의 계획으로 머리가 꽉 찬 타니아는 학장 사무실에 들어갔을 때 무슨 일이 기다리고 있을지 짐작도 하지 못했다. 그녀는 이 나라에서 가장 뛰어난 학생 중 하나였으며 자연과학 분야의 저명한 상을 화학과 양자물리학에서 두 개나 받았다. 타니아는 몇 달째 박사논문을 쓰고 있었지만 주제가 그리 마음에 들지 않았다. 그래서 학장에게 논문 주제를 바꾸고 싶으며 EPFL에 있는 새로운 자연과학 분야에서 뭔가 찾을 수도 있을 것 같다고 했다. 학장은 고개를 끄덕거리더니 조만간 뛰어난 교수 한 명이 EPFL로 가게 될 거라며 헨리 마크람에 대해서 이미 알고 있지 않느냐고 물었다. 수많은 대학들로부터 스카우트 제의를 받다가 EPFL을 선택한 이 뇌과학자는 탁월한 계획을 갖고 있으며 뛰어난 재능을 지닌 학생에게 도움을 줄 것이 분명했다. 타니아에게 신경생물학으로 연구 방향을 전환할 생각이 있었을까? 그녀는 화학자이고 뇌 역시 화학이 아니던가? 그리고 물리학에서 상을 받음으로써 이미 여러 분야를 넘나들 수 있음을 증명했다.

학장은 헨리의 전화번호를 주었고 타니아는 연락했다. 곧 헨리와 마주앉게 될 것이다. 그녀는 잠시 생각을 하고 나서 말했다. 그리로 갈게요.

헨리는 그녀의 이력서를 보지도 않았다. "언제 시작할 수 있죠?"

타니아는 두 달 뒤 전 세계에서 가장 좋은 실험실에 앉아 있게 됐다. 비커와 작은 관들, 원심기와 현미경, 최신 성능의 컴퓨터와 기구들. 헨리는 타니아에게 기존의 자폐증 연구자들 모두를 앞서가겠다고 말했고, 뇌전류를 측정하거나 뉴런의 수를 세기만 하지는 않을 것이며, 가급적 세포 속으로 깊이 들어가 그것들이 어떻게 상호 소통하는지를 이해할 것이라고 했다. 그는 이 정밀한 작업을 통해 손상되었음이 분명한 억제된 뉴런을 관찰하고 마이클 메르체니히의 명제를 규명할 생각이었다.

헨리는 타니아에게 동물 모델을 마련하라고 했다. 자폐증이 있는 쥐를 기르는 것이다. 그는 사전작업을 해뒀다. 수은과 알코올, 그리고 탈리도마이드는 적절하지 않았다. 하지만 간질약이 있었다. 타니아는 이것을 살펴본 뒤 뭔가 제안을 할 수도 있겠다고 생각했다. 그녀는 도서관으로 가 책을 보고 데이터베이스를 검색하다 경악할 만한 연구를 발견하게 됐다. 간질 환자들은 데파코트라는 약을 처방받는다. 약의 발프로산이라는 성분은 경련을 가라앉힌다. 하지만 임신부가 복용한 경우 무서운 부작용이 보고됐는데 그중 하나는 100명의 신생아 중 9명에게서 자폐증이 나타났다는 것이었다.

몇 년이 지난 2017년, 프랑스는 임신 중 이 성분을 처방받은 사람들에게 배상을 하기 위한 펀드를 개설했다.

연구자들은 발프로산이 쥐에게서도 인간에게서와 유사한 형태로 자폐증을 유발한다는 결론을 내렸다. 움츠러듦과 두려움. 이를 위해 이 약물을 새끼를 밴 지 12일째 되는 동물에게 투여했다. 타니아는 헨리에게 갔다. "성공했어요!"

***

작업이 시작됐다. 타니아는 패치 클램프라는 기법을 사용했다. 헨리의 지도교수인 베르트 자크만과 그의 동료 에르빈 네어가 개발해 노벨상을 받았던 기법이다. 노련함을 요구하는 기법이기 때문에 타니아는 인간의 거친 동작을 미세한 기계적 동작으로 바꿔주는 아주 작은 인조 손으로 작업했다.

그녀는 빵 덩어리처럼 놓여 있는 쥐의 뇌를 0.3밀리미터 두께로 아주 섬세하게 썰었다. 한 조각당 100만 개의 뉴런이 들어 있다. 뇌조각이 죽지 않게 하기 위해서 그것을 뇌수 속에 담고 산소를 공급했다. 타니아는 미세한 유리피펫을 뇌세포 속에 찔러 넣었다. 억제된 뉴런 속에 말이다. 이 과정은 정자를 난자에 삽입하는 인공수정의 이미지를 연상시킨다. 하지만 세포는 난자보다 100배나 더 작다. 유리피펫 아래쪽에는 막이 붙어 있다. 미세한 손놀림과 거대한 물리학을 통해 자극이 가해졌을 때 발생하는 세포 속의 전류를 측정할 수 있다. 실험실에서는 코브라가 아니라 전기 충격이 그 역할을 담당한다. 세포들 사이의 소통이 적다면 헨리의 가설은 입증 가능성이 높아진다. 결함을 제거하는 약물을 개발할 수도 있다. 중요한 연구였고 타니아는 이 과제에 영혼을 불어넣었다. 그녀에게는 박사논문 아니겠는가.

그 작은 세포 하나로 성과가 드러난다. 연구자들은 그 하나를 발견하기 위해 쉬지 않고 작업했다. 헨리는 기술을 개발하고 열두 개의 세포를 동시에 측정할 수 있도록 손놀림을 숙련했다. 이 기술은 세포 하나의 움직임뿐 아니라 여러 세포 간의 소통을 관찰할 수 있게 해준다. 세포가 다른 세포에게 신호를 보내는지뿐만 아니라 다른 세포가 그것을 받아들이는지까지 알아낸다.

헨리는 타니아에게 이 기술을 가르쳐줬고 그녀의 작업은 한 걸음 더 나아갔다. 얇게 썬 조각을 현미경 밑에 놓았다. 아래에서 위로 보는 현미경. 또한 미세조작기를 몇 시간 동안 작동시켜서 세포 속으로 들어가 전류를 측정하고 기존의 연구에서 측정했던 수치와 비교했다. 그러나 마치 마법에 걸린 것처럼 이례적인 현상은 눈에 띄지 않았다. 한 세포에서 다른 세포로 반복해서 측정했다. 모든 것이 정상으로 보였다. 억제된 뉴런은 의식이 자리한 대뇌피질에서 제 할 일을 하고 있었으며, 기대와는 달리 지나치게 격렬하게 반응하기도 했다. 말도 안 된다. 자폐증이 있는 뇌가 과잉반응을 하다니. 이게 무슨 일이지?

헨리는 거듭 그녀의 어깨너머를 보았다. 측정이 문제일까? 실수를 한 것일까? 측정소는 제대로 세팅이 됐는가? 진동이 약해진 것일까? 패러데이 새장을 올바르게 세팅했다면 전류와 전압을 차단할 것이다. 결과가 왜곡된 것일까? 아니면 타니아가 패치 클램프를 제대로 해내지 못한 것일까.

타니아는 불안해졌다. 시간은 계속 흘렀다. 학장은 박사논문에 큰 기대를 갖고 있었다. 헨리의 시선은 차치하고라도 그녀는 손에 쥔 것이 없었다. 우등생 타니아는 막다른 골목에 갇혔다. "다른 주제를 찾아봐요"라고 실험실 책임자인 길리가 말했다. "이건 안 될 거예요."

지도교수인 헨리가 연구를 들여다보는 횟수는 갈수록 줄어들었다. 그는 더 핼쑥해졌고 말은 짧아졌다. 이 쥐들을 갖고 얼마나 더 많은 시간을 허비해야 할까? 다른 동물 모델이 필요한 걸까? 아니면 다른 주제? 다른 박사과정생? 어떤 것을 바꿔야 할까? 더 이상은 이렇게 갈 수 없다. 헨리는 이미 4년 동안 억제된 세포를 좇아서 달려왔다. 이스라엘에서는 첫 지원금을 받았으며 로잔에서 2년 동안 연구를 진행했지만 도대체 아무런 성과가 없었다. 빌어먹을 4년이 지나가 버렸다. 카이가 그 망할 코브라를 만진 이후로, 헨리가 자신의 지식을 뭔가 의미 있는 일에 쓰겠다고 맹세한 이후로. 4년 동안 한 걸음도 앞으로 나아가지 못했고 카이는 오히려 몇 걸음 뒤로 물러서 버렸다. 헨리가 카이의 세상으로 들어가기란 점점 더 어려워졌다.

마지막
시도

실패한 지 몇 달 만에야 심장 뛰는 소리가
목까지 차오르는 것을 느꼈다.
이제 성공한 것일까?

2001년 9월 11일 테러리스트들이 쌍둥이빌
딩으로 돌진했을 때 어디에 있었는지 기억하는가? 집? 여행지?
사무실? 누구와 함께 있었는가? 사람들의 대다수가 이를 기억
하고 있다. 하지만 누구도 9월 7일이나 10월 23일에 자신이 어
디에 있었는지는 기억하지 못한다. 이는 뇌에 있는 편도체 때문
이다. 편도체는 원래 대뇌피질에 있는 두 개의 영역이며 우리의
감정을 관장한다. 편도체는 위험을 판단하며 우리가 충격을 받
거나 두려움 혹은 슬픔을 경험하면 기억력으로 신호를 보내 경
고한다. 우리는 이 경고를 잊지 못하게 되기 때문에 한 번 더 그

런 상황에 처하게 되었을 때 위험을 피해 갈 수 있는 것이다.

편도체는 카밀라의 전공분야다. 생물심리학자이자 행동연구학자인 그녀는 이에 관한 박사논문을 썼다. 그 내용이 자폐증과 관련이 있는 건 아니었지만 이제는 카이가 있다. 앞서 말했듯이 카이는 누군가의 삶에 들어가면 그 삶을 변화시킨다. 카밀라 역시 다른 어떤 것보다 자폐증에 대해서 더 많이 읽었고 타니아의 작업을 마치 자신의 일인 것처럼 지켜봤다.

헨리와 그녀는 그에 관해 많은 이야기를 나누고서 실험 진행을 멈추려고 했다. 헨리는 카밀라에게 "그만두도록 하자"고 여러 번 말했다. 하지만 답이 바로 코앞에, 아주 가까이 있다고 느꼈다. 그것은 그들을 빤히 쳐다보고 있었지만 그렇게 노력했음에도 눈에 보이지 않았다. 헨리는 이렇게 회상했다. "그건 마치 거울 뒤에 있는 것 같았어요."

***

그러다 헨리가 정말로 포기하려는 때가 왔다. 그는 "이제 그만두고 다른 길을 찾아요"라고 타니아에게 말했다. "아니요." 타니아가 말했다. 박사논문이 날아갈 판이었다. "한 가지만 더 시도해보게 해주세요." 헨리는 그녀의 부탁을 수락했다.

그리고 타니아는 뚜렷한 근거 없이 뭔가 희한한 일을 했다.

허공에 대고 총을 쏘는 격이었다. 2년 동안 억제된 세포를 찔러 고정한 실험이 빈손으로 끝나고 난 뒤 그녀는 정반대의 대상을 가지고 하는 실험을 시도했다. 뇌를 진정시키는 대신 흥분시키는 활성세포, 예를 들면 뜨거운 물체에서 손을 떼도록 만드는 세포에 대한 실험이었다. 타니아는 혼자 실험실에 서서 유리피펫을 찔러 넣고 자극을 주었다. 그런데 현미경을 통해 보이는 것을 믿을 수가 없었다. 이 활성세포들은 자극을 두 배로 더 강하게 받아들이고, 서로 더 많이 소통하며, 정말 시끄럽고, 페이스북이나 인스타그램에 비유해보자면 더 많은 팔로워들을 갖고 있었다. 다시 말하면 메시지를 뒤쫓는 세포들이 더 많았다. 정상적인 쥐의 활성세포가 일반세포의 열 배에 달하는 연결 개수를 보유하고 있다면 자폐증이 있는 쥐의 활성세포는 스무 배에 달하는 연결 개수를 갖고 있다. 신호의 폭죽으로서 두 배 더 빠르고 두 배 더 잘 보이는, 기적의 세포.

타니아는 실패한 지 몇 달 만에야 그곳에 서서 심장이 쿵쾅거리는 소리가 목까지 차오르는 것을 느꼈다. 그리고 집으로 돌아갔다. 헨리와 카밀라에게는 아무 말도 하지 않은 채. 측정상의 오류일 수도 있었기에 다음 날 그녀는 같은 방식으로 다시 측정했다. 그다음 날도 역시 그랬다. 그리고 세 번째 날이 되어서야 헨리에게 향했다.

"모든 것이 활성화되었다고요?" 헨리는 놀랐다. 그들은 실험을 반복했고 미친 사람들처럼 덧대고 고정했다. 그리고 측정이 옳았음을 확인했다. 오류가 아니었다. 어떻게 이럴 수 있지? 모두가 결핍에 대해 이야기했지만 정작 그들이 찾아낸 것은 둔화가 아닌 활성화였다. 일반도로가 아니라 고속도로를 통해서 신호를 보내는 고성능 세포. 느낌과 의식은 이런 식으로만 목적지에 도달한다. 쥐들이 보고 듣고 냄새 맡는 것들은 뇌를 활성화한다. 감정이 더 적은 게 아니라 더 많은 것이다.

이전의 헨리라면 실험을 중단했을 것이다. 그는 이론, 즉 지난 10년간의 지식을 들여다보고 그가 잘못된 길에 있다고 결론 내렸을 것이다. 모든 것이 다시 영점으로, 맨 앞으로 돌아갔을 것이다. 하지만 이제는 카이가 있다. 이론이 적용되지 않는 부분이 많은, 풍부한 감성으로 이웃 전체를 따뜻하게 만들었던 카이. 도출된 결과는 기존의 이론에 부합하지 않았지만 카이에게는 적합했다.

헨리와 카밀라는 완전히 흥분했다. 예상과 달리 대뇌피질이 과도하게 활성화되었을 때 세상은 더 빠르고 더 시끄럽고 더 알록달록하게 인식된다. 이것이 카밀라의 전공분야인, 기억과 감정을 관장하는 편도체에서는 어떻게 나타날까? 거기에서도 예상했던 것과는 완전히 다르지 않을까? "생각해봐"라고 카밀라가 말했다. "그러면 책에 있는 건 전부 틀린 거야."

카밀라는 지도교수인 카르멘 산디에게 물었다. "혹시 제 박사논문을 확장해볼 생각 있으세요?" 타니아는 실험실에서 우리가 배웠던 모든 것을 의심스럽게 만드는 자폐증을 연구하는 한 프로젝트를 발견했다. 그리고 카르멘에게 카이와, 타니아의 성공에 대해서 이야기했을 때 그녀는 말했다. "좋아요. 흥미로울 것 같네요." 카밀라는 타니아를 팀에 합류시켰다. 그들은 쥐의 편도체를, 불안과 감정과 기억력을 관찰하고자 했다. 이는 전통적인 이론을 완전히 붕괴시키는 일이었다.

자폐증 연구에는 항상 동물실험이 따르게 마련이다. 대부분 원숭이를 대상으로 하고, 주로 뇌에서 편도체를 제거했다. 그러면 원숭이는 모든 욕구를 상실하고 구석에 처박혀서 더 이상 다른 원숭이와 소통하지 않는다. 자폐성 증상이 그렇듯이. 연구자들은 상호작용이 감소하는 것이라고 말한다. 그리고 그들의 실험이 시작됐다. 치료와 관련된 실험으로서 무엇보다 뇌를 자극하는 요소를 알아내기 위한 실험이었다. 감정을 일깨우고 자극하고 흥분시키고 살아나도록 만드는 것은 무엇인가.

카밀라와 타니아는 기존의 이론에 반대되는 작업을 했다. 그들의 가설은 다음과 같았다. 대뇌피질에 자극이 들이닥치면 편도체에 영향을 미쳐 감정, 정서, 기억이 과도하게 생성된다. 타니아는 세포를 관찰하기로 했고, 생물심리학자인 카밀라는 어떻게 감정이 뇌를 따라서 움직이는지, 어떻게 두려움과 고통이 편도체와 대뇌피질 사이에서 오가는지, 그것이 어떻게 동물의 행동에 영향을 미치는지를 조사하기로 했다.

첫 단계는 세포였다. 조각내고 자극을 주어 무슨 일이 일어나는지를 관찰했다. 결론은 모든 것이 죽거나 약화돼야 하는 편도체에서도 수치가 상승한다는 것이었다. 그들은 올바른 길로 가고 있었다.

이제는 동물에게 적용을 할 때다. 동물은 어떻게 학습하는가? 기억은 어떻게 작동하는가? 두려움을 어떻게 처리하는가? '수중미로'라 불리는 유명한 실험이 있다. "쥐를 수조에 넣으면 헤엄을 쳐요. 수조 속에는 작은 섬이 있는데 쥐가 거기서 쉴 수 있죠. 첫 번째 시도에서는 그 섬이 어디 있는지를 몰라요. 하지만 헤엄을 치면서 스트레스를 받고 시간이 좀 지나면 섬을 발견하게 돼요. 일단 그 시간을 재고 쥐를 꺼낸 다음 두 번째로 집어넣어서 또 시간을 재는 거예요." 카밀라의 설명이다.

카밀라는 정상 쥐와 자폐증 쥐를 수조에 넣었다. 놀라운 결과가 나왔다. 자폐증이 있는 쥐가 섬을 더 빨리 발견한 것이다. 그들은 학습이 더 빨랐고 기억력이 더 뛰어났다. 다음은 두려움에 관한 실험이었다. 9월 11일과 같은 것 말이다. 카밀라는 두려움이 어떻게 기억 속에 자리 잡는지, 행동을 어떤 식으로 변화시키는지 알아내고 싶었다. 쥐를 격자모양의 판이 깔린 상자 안에 넣는다. 그리고 날카로운 소리를 들려준다. 20초가 지난 뒤 격자모양의 판에 1초 동안 전류를 흘려보낸다. 손을 댈 수 있을 정도로 미세하고 밀리볼트보다 더 약하지만 불편하게 느껴질 정도의 전류다. 실험이 반복되면서 쥐는 소리가 전류를 예고한다는 것을 학습하게 된다. 쥐들은 코를 킁킁거리며 주변을 배회한다. 소리가 날 때까지. 그러고는 얼어붙는다.

다음으로 카밀라는 실험규칙을 바꿨다. 쥐는 여전히 주변을 배회하고 킁킁거리고 소리가 나면 얼어붙었다. 전기충격을 두려워하는 것이다. 이번에는 전류가 흐르지 않았는데도 말이다.

쥐들이 빠르게, 오랫동안 굳어 있으면 기억력이 좋은 것이다. 자폐증이 있는 쥐는 또다시 놀라움을 가져다줬다. 빠르게 학습하기만 한 것이 아니라 더 커다란 두려움을 가졌고 더 잘 기억했다.

전류 없이 소리만 들려주는 실험을 반복하는 동안 정상 쥐는 더 이상 위험이 없다는 것을 학습했다. 그리고 동요하지 않았다. 그러나 자폐증이 있는 쥐는 더 오랫동안 두려워했고 실험이 진행되는 8분 동안을 얼어붙은 것처럼 꼼짝않고 있기도 했다. 두려움은 더욱 컸다. 그리고 사라지지 않았다.

세상에. 카밀라는 믿을 수가 없었다. 한마디로 모든 것이 강화되었다. 타니아가 관찰한 세포 속의 움직임, 쥐에게 미치는 영향, 학습, 두려움, 기억. 이는 기존의 논문과 책에서 볼 수 있는 마음 이론에 반하는 결과였다. 그리고 카이에게서 볼 수 있는 현상에 정확히 부합했다. 화가 났던 일은 절대 잊어버리지 않는 것, 싫어하는 채소를 먹게 했을 때 어떤 의자에 앉아 있었는지 몇 년 뒤까지 기억하고 있는 것. 이처럼 뭔가 엇나간 경험은 카이의 기억 속에서 지워지지 않았다.

모든 것이 한순간에 의미를 갖게 되었다. 카이에게는 결핍이 있는 게 아니었다. 너무 적게 느끼는 것이 아니라 너무 많이 느끼는 것이었다. 움츠러듦은 장애가 아니라 반응이었다. 매일같이 반복되는 자신만의 9월 11일. 카이에게 도움을 주려 한다면 약점이 아닌 강점을 다뤄야 한다. 그들은 오래된 연구의 한 편에 숨어 있던 메모를 새롭게 조명했다. 자폐인의 예민함은 잘 알려져 있다. 그러나 영화 〈레인 맨〉을 유명하게 만들었던 바로 그 천재성처럼 감동적이지만 부차적인 문제로 치부돼왔다. 하지만 부차적인 문제가 아니었다. 그것은 열쇠였다.

나무

카이는 모든 것이 증폭되었다고 느꼈다.
카이는 믿을 수 없을 만큼
격렬한 세상에 살고 있다.

헨리와 카밀라가 자신들이 발견해낸 것을 얼마나 학계에 알리고 싶어 했는지! 그러나 그들은 들으려 하지 않았다. 지난해의 연구내용이 담긴 카밀라의 박사논문에 대한 반응은 조용했다. 누가 박사논문을 읽겠는가? 그래서 그녀는 논문 하나를 써서 〈사이언스〉와 〈네이처〉에 보냈다. 많은 사람이 읽는 자연과학계의 신성한 저널들이다. 〈사이언스〉는 거절했다. 그들은 자폐증에 관한 연구들이 말하는 모든 사실에 반대되는 내용을 담은 논문을 신뢰하지 않았다. 〈네이처〉는 망설이다 결국 같은 출판사의 다른 뇌과학 전문지로 넘겼다. 일단 그들의 작업에 대한 가치는 인정받았다. 하지만 누가 그 저널을 읽겠는가?

게다가 자신의 논문을 보려고 다운받으려던 카밀라는 구독료가 1,000유로라는 사실을 알게 됐다. 세계적으로 우수한 열다섯 개의 대학 중 하나인 EPFL조차 그만큼을 지불할 여유는 없다. 지난 10년 새 가장 흥미로운 자폐증 연구가 저 멀리 떨어진 보관소에 묻히게 됐다.

아니, 더 이상 이렇게 갈 수는 없다. 카밀라와 헨리는 새로운 논문을 작성할 생각이었다. 전문가를 위한 것이 아닌, 일반인을 위한 논문 말이다. 모두가 자유롭게 읽을 수 있어야 했다. 그들은 출판사를 설립했다. 전 세계의 학자들이 지식을 나눌 수 있는 인터넷 플랫폼이었다. 이를 시작으로 잡지를 출간할 예정이었으며 그들의 쾌거에 대한 논문을 실을 계획이었다. 몇 달 동안 자료를 검토하고, 작성하고, 고치고, 삭제했다. 모두가 이 어려운 글을 개략적으로 이해할 수 있어야 했다. 그들처럼 속수무책인, 하지만 의학을 전공하지 않은 부모들, 뇌과학의 세계에 접근하고자 하는 대학생들, 학습된, 검증된, 반론의 여지가 없는 것들에 얽매이지 않는 생각이 열린 사람들이 말이다.

헨리는 언제가 이렇게 말한 적이 있다. "떠나자." 도심의 불빛과 탁한 공기로부터. 투명하게 보고 자유롭게 숨 쉬자. 글을 쓰는 사람은 삶에 활기를 불어넣기 위해서라도 움직여야 해. "남아프리카공화국으로 가는 건 어때?" 칼라하리. 그의 뿌리로, 어린 시절 살던 곳으로. 헨리는 늘 카밀라에게 그곳을 보여주고 싶었다.

카밀라는 기뻐했다. 헨리는 이미 칼라하리에 대해 모든 것을 이야기해줬다. 농장, 넓은 계단, 화려한 색감에 대해. 여행이 다가올수록 그의 이야기는 더욱 흥미진진해졌다. 산은 더 높아졌고 집은 더 화려해졌으며 사바나는 더 알록달록해졌다.

헨리의 조상은 16세기부터 칼라하리의 너른 평원을 지배했다. 세기와 세대를 지나면서 부는 줄어들었지만 헨리가 어릴 때도 여전히 부유해서 지프차를 타고 한쪽 끝에서 다른 쪽 끝까지 가려면 꼬박 하루가 걸렸다. 할아버지가 돌아가신 뒤 가족들은 땅을 팔았고 새 주인은 그곳에 물소, 검은코뿔소, 검은 갈기가 달린 칼라하리 사자를 위한 보호지를 만들었다. 그렇다. 그들은 그곳으로 가서 헨리의 부모님이 사는 집을 찾아갈 예정이었다. 헨리의 말에 따르면 아마 궁전일 것이다. 그가 카라쿨양들을 숨겨놓던 헛간이 아직 있는지도 볼 것이다. 할아버지가 기르고 도축하던, 부드럽고 곱슬거리는 까만 털을 가진 우리알*. 그리고 사바나를 달려 가시나무 덤불과 해안으로 갈 것이다.

그들은 헨리의 집에서 멀리 떨어진 요하네스버그에서 렌터

카를 타고 떠나 처음으로 이 광활한 땅에 도달했다. 이곳의 역
사를 머릿속에 담고 한눈으로만 동물과 풍경을 감상했다. 그리
고 계속해서 작성할 논문에 대해 이야기를 나눴다. 헨리는 운
전을 하고 카밀라는 지도를 보고. 잡담하느라 시간 가는 줄 모
르고 몇 시간이 지나서야 잘못된 길로 들어섰다는 것을 알았을
때는 다투면서 다시 돌아가기도 했다. 부부들이 으레 그러는
것처럼.

그들은 마침내 칼라하리에 도착했고 헨리 부모님의 궁전으
로 들어갔다. 카밀라는 웃었다. 집은 그저 농가일 뿐이었다. 물
론 헨리가 과장한 것처럼 거대한 농가였지만. 그들은 어린 헨
리가 타이어를 타고 놀던 큰 산으로 갔다. 오래된 트랙터에 붙
어 있던 타이어. 다른 장난감은 필요가 없었다고 그는 말하곤
했다. 몸을 구겨 넣고 토할 때까지 아래로 타고 내려왔던 산
은 그냥 언덕이었다. 카밀라는 또 한 번 웃지 않을 수 없었다.
헨리는 그래도 이건 높은 언덕이라고 말했다. 아이의 눈으로
보는 세상은 어른들의 그것과 다르다. 모든 것이 더 크고, 더 알
록달록하고, 더 시끄럽고, 더 흥미진진하다.

●   아시아 남부에 사는 야생 양. — 옮긴이

카밀라는 이내 헨리의 고향을 좋아하게 됐다. 그곳은 당황스러울 만큼 기막힌 곳이었다. 서구 도시의 세상과는 완전히 달랐다. 정적, 깊고 긴장감 있고 요란한 정적. 모순적이었다. 그곳에는 밤에 동물들이 내는 소리, 벌레의 붕붕거림, 천산갑의 딸랑거림, 새의 지저귐, 개미핥기의 땅 파는 소리가 있었다. 하지만 그 소리는 자연 속으로 스며들어 하나가 됐고 이내 먼 곳으로 사라졌다. 잔디, 붉은 모래, 수풀, 그리고 저 멀리 떨어진 코라나산까지.

풍경은 눈에 부담을 주지 않았다. 그 나름의 짜임새가 있어서다. 이곳에는 가시나무 덤불이, 저곳에는 물과 사막이. 하나의 거대하고 규칙적인 계획에 따라 설계되어 모서리나 이음새가 없는, 그래서 찰흙과 모래로 만든 오두막 모스테스가 팔랑이는 갈대지붕을 얹고 아주 가볍게 어우러져 있는 곳. 무엇보다 그 하늘이라니. 카밀라는 이렇게 많은 별을 본 적이 없었다. 은하수는 손을 넣어 씻고 싶을 정도로 가까이 있었다. 불빛으로 뒤덮이지 않은 세상은 그렇게 보였다. 자동차도, 전등도, 반사광도 없다. 땅은 짙은 검은색으로 덮여서 빛이라곤 별빛이 전부였다. 카밀라는 헨리가 왜 어떤 곳도 자기 집처럼 느끼지 못했는지 이해했다. 왜 이 하늘과 그렇게도 닮아 있는 뉴런의 우주에 20년 동안 사로잡혀 현미경을 들여다보았는지, 왜 첫 아이 리노이를 '자연의 아름다움'이라 불렀는지, 왜 깨달은 것을 글로 정리하기 위해 이곳으로 오자고 했는지. 연구는 마치 공식을 만드는 일처럼 말을 통해서 완성된다. 말을 통해서만이 핵심으로, 의미로, 그리고 전체로 접근할 수 있다.

"여기서 자랄 수 있었던 건 정말 행운이야." 카밀라가 헨리에게 말했다.

그리고 카이가 여기서 자라지 못한 건 또 얼마나 불행한 일인가. 아직 그들이 알지는 못했지만 말이다.

✳✳✳

그들은 차를 타고 오크색 모래를 건너 칼라하리에서 가장 아름다운 곳인 카루로 떠났다. 먼 곳을 보며, 서로 말없이. 이틀 뒤에야 아프리카어로 하그보스라고 불리는 한 그루의 가시나무 옆에 도착했다. 긴 가시가 달린 하그보스는 몇 미터 높이까지 자라서 기린만이 이파리를 따먹을 수 있다. 하지만 그 나무는 사자에게 쫓기는 흑영양이나 몸을 숨길 수 있을 정도로 아직 작은 크기였다. 하그보스가 영양의 뒤와 옆을 막아주고 앞쪽은 영양이 뿔로 무장하는 식이었다. 헨리는 영양을 좋아해서 어릴 때면 그들이 있는 쪽으로 돌을 던지곤 했다. 다치게 하기 위해서는 아니었다. 가볍게 돌을 던지면 영양은 뿔이 마치 크리켓 방망이인 것처럼 돌을 쳐내곤 했다.

"사진 한 장 찍자." 헨리가 말했다. 그들은 카메라를 꺼내 사진을 찍었다. 티셔츠와 청바지를 입은 카밀라는 피부가 검게 탄 채로 그늘 아래서 먼 곳을 응시했다. 그들은 카메라를 내려놓고 같은 곳을 바라봤다. 오크색의 모래언덕, 황록색의 잔디. 사바나가 저녁 햇살 아래서 불타는 것처럼 보였다. 먼 곳에는 웅덩이들이 있었다. 칼라하리는 물이 풍부한 곳이었다. 대신 땅을 파서 깊은 땅속으로부터 물을 길어 와 커다란 웅덩이로 뱉어내는 작은 물레방아가 필요하다. 지평선에 있는 작은 호수는 동물들을 끌어당긴다. 코끼리들, 그리고 하마들.

둘은 한참 뒤 이야기를 시작했다. "정말 엄청나고 강렬한 세계야." 카밀라는 말했다. 색감과 전체적인 인상은 그녀를 압도했다. 지나치다고 생각될 정도였다. 카밀라는 카이를 생각하지 않을 수 없었다. 그리고 말했다. "카이는 이런 기분일 거야. 모든 것이 증폭돼 있잖아. 카이는 정말 상상할 수 없을 정도로 강렬한 세계 속에서 살고 있어."

III

깨달음

카이가 세상을
보는 방식

큰 소리가 난다.
번쩍거린다.
아픔을 맛본다.

아기가 자고 있다.

엄마는 문을 연다.

빛이 요람을 비춘다.

엄마는 아기를 안고 머리를 쓰다듬는다. 두피는 다소 울퉁불퉁하다. 목욕을 했으니까.

엄마는 다정하게 말을 건넨다.

손을 소독하고 기저귀를 간다.

아기는 운다.

당신은 자고 있다.

큰 소리가 난다.

번쩍거린다.

머릿속에는 천둥소리, 눈에는 날카로운 빛.

빛은 혀를 찌른다. 아픔을 맛본다.

쿵쿵 친다. 세상이 흔들린다.

위로 들어 올린다. 머리가 마모되는 듯 아프다.

목소리는 손가락 끝까지 날카로운 소리를 내며 괴롭힌다.

콧속까지 타오르다 머리끝까지 올라간다.

엉덩이가 닳는다.

당신은 운다.

이것이 아기일 때 카이의 삶이었다.

＊＊＊

우리는 모든 것을 본능적으로 흡수하도록 설계됐다. 거부할 수 없는 일이다. 불쾌한 것조차 흡수했다. 부모님이 주의하지 않았다면 더러운 것이나 독성이 있는 풀을 입에 넣었을 것이다. 아니면 물속에 빠지거나 창턱에 올라갔을 것이다. 뭔가를 탐색하고 싶어서가 아니라 그렇게 할 수밖에 없었다. 하지만 독버섯이나 불붙은 초의 경우와는 달리 탐색 과정에서 자폐증이 있는 아이가 어떤 위험에 처하게 될지는 그 부모도 정확히 알지 못한다. 물론 다른 아이들에게도 위험한 일이긴 하겠지만.

부모라고 더 잘 아는 것은 아니다. 때때로 아이에게 뭔가 문제가 있음을 알아차릴 수 있을 뿐이다. 아이는 머리를 빗길 때 운다. 옷을 입힐 때도, 목욕을 시킬 때도 마찬가지다. 아이는 귀를 막고 큰 소리를 내는데 그로 인해 모든 소리가 더 크게 울린다. 말소리, 수도관, 난방기구, 접시, 동물, 자동차, 청소기. 자신의 몸속에서 나는 소리도 있다. 피가 흐르는 소리, 맥박이 뛰는 소리. 그리고 뇌소양증* 환자를 미치게 하는, 그치지 않는 노랫소리. 모두 상상하기 어려운 일이다. 부모들이 무슨 수로 이해할 수 있겠는가?

자폐증이 있는 아이는 일반적인 빛을 동굴 속에서 사막의 햇볕 아래로 나갔을 때와 같이 느낀다. 우리에게는 일시적으로 몰려왔다 지나가는 세계를 아이는 민감하게 마주한다. 예를 들면 오스트레일리아로 가는 비행기의 이코노미석에서 36시간

* 어떤 노래가 뇌리를 떠나지 않고 입속에 맴도는 증상. — 옮긴이

동안 깨어 있는 것처럼.

어린 시절의 카이는 이 중첩된 세계에서 길을 잃었다. 강제된 탐색과 지속적인 시차증후군.

***

그리고 움츠러듦이 시작된 날이 왔다. 멀어지고, 거부하고, 세상에 등을 돌리는 일. 거의 알아차리지 못하는 사이 아주 천천히 일어났다. 아이는 세상으로부터 도망쳐야 했지만 동시에 여전히 그 일부로 남아 있어야 했다.

길거리의 몇몇 사람이 카이에게는 수많은 인파나 다름없었다. 들려오는 모든 소리는 비행기 활주로의 소음 같았다. 사람들을 스쳐 가는 소리가 카이의 머릿속에는 깊숙이 박혔다. 누군가 차에 시동을 걸면 소음과 냄새 때문에 고개를 치켜들었다. 택배기사가 지나가면 펄쩍 뛰며 뒤로 물러났다. 사람들은 카이를 밀어냈다. 카이는 길거리, 소음, 사람을 피해 카페 안으로 들어갈 수도 있었지만, 그곳에서도 종업원은 볼펜으로 주문서를 두드렸고, 불빛은 반짝거렸고, 신경질적인 손님은 발로 바닥을 굴렀다. 상상이 가지 않는 사람이라면 한번쯤 보아야 할 인터넷 영상*에서처럼. 카페는 자폐인에게 숨겨진 지옥이다. 사람들은 시끄럽게 떠들고, 너무 크게 웃고, 너무 크게 홀

짝거린다. 얼음은 쿵쾅 소리를 내며 부서지고 커피는 폭포처럼 내려진다. 환풍기조차 위협적으로 돌아간다. 카이가 스위스에서 그랬던 것처럼 땅바닥으로 몸을 던지고 팔을 머리 위로 올린 채 엎드릴 때까지. 단 하나의 바람인 정적을 기다리면서.

• http://www.interactingwithautism.com/section/understanding/sensory/1

우리가
무슨 짓을
한 거지?

우리는 자폐인에게
공감능력이 결여됐다고 말해왔다.
아니다. 그건 우리에게 결여된 능력이었다.
그들에게 공감하는 능력.

헨리는 울었다. 눈앞의 황무지가 희미해졌다. 찾아 헤매는 데 13년, 진단 이후 7년. 길은 멀고 험난했다. 병원에서 카이의 눈빛, 유치원에서의 침묵, 탈선, 샌프란시스코, 린다. 진단 이후에도 해결책은 오리무중이었고 잘못된 길로 들어서기도 했다. 잘못된 물음은 잘못된 답으로, 무력감으로, 초조함으로 이어졌다. 자신의 아이가 괴로워하고 있는데 도대체 누가 차분하게 행동하겠는가? 탐색은 추격으로 바뀌었고 누구도 헨리에게 옳은 길을 알려주지 않았다. 그와는 반대로, 모든 전문가와 책은 그를 잘못된 길로 인도했다. 그리고 카

밀라가 나타났다. 얼마나 다행스러운 일인지. 헨리와 함께 길을 걷게 된 그녀 역시 처음에는 헤맸지만 이젠 눈에서 장막이 벗겨지듯 모든 것을 이해하게 됐다.

아인슈타인이 말한 바와 같이 "신이 세상을 창조했더라도 우리에게 그것을 이해시키는 일은 신의 주된 관심이 아니었을 것"이다. 연구자는 절대 확신하거나 만족할 수 없다. 일은 천천히 진척될 뿐이며 그는 추측에서 시작해 지식을 향해 기어가다시피 한다. 카이가 헨리보다 더 잘하는 퍼즐 맞추기에서처럼 연구자는 한 조각을 찾고 나서 또 다른 조각을 찾고, 아주 기뻐하고, 조각이 들어맞더라도 전체 그림이 아직 완성되지 않았다면 계속해서 더 찾고, 시도하고, 절대 멈추지 않는다. 하지만 이번에는 달랐다. 헨리는 중요한 조각들이 아직 발견되지 않았음에도 이미 전체 그림을 보고 있었다. 연구자에게는 잊을 수 없는 순간이지만 헨리에게는 더 큰 것을 위해 접어둔 절반의 기쁨일 뿐이었다. 그는 13년 동안 자신의 아이를 이해할 수 있게 되길 갈망했다. 결국 때가 왔다. 카이를 진정으로 처음 만나게 된 때 말이다. 그의 아들이 여기에 있었다면 품에 안았을 것이다. 추격은 끝났고 기쁨이 그를 가득 채웠다.

그들이 거기 앉아 있는 동안 해가 지고 있었다. 헨리의 머릿속에서는 생각이 꼬리에 꼬리를 물었다. 아, 그래서 카이가 이런 행동을 하고 저런 행동을 했구나. 그리고 다른 아이들 역시 이해하기 시작했다. 지인의 딸도 자폐증이 있었다. 샤워를 할 때마다 소동이 일어났다. 아이는 고양이처럼 자신을 방어했다. 할퀴고, 물고, 물난리가 났다. 아빠는 화가 나서 소리쳤다. 너는 샤워도 못 하니! 그냥 샤워일 뿐이잖아! 누구나 샤워를 해. 아픈 척 하지 마! 이건 물일 뿐이야! 아이는 아픈 척한 것이 아니었다. 물방울은 물방울이 아니라 뜨거운 바늘처럼 떨어진다. 고문이다. 그걸 다른 많은 자폐인처럼 입이 아닌 손과 발로 전했던 것이다. 그저 필사적으로 자기 몸을 지키려 했을 뿐인데. 그렇게 이해하기 어려운 일이었던 걸까?

그래, 자폐증이 있는 아이와 그 부모들은 그렇지. 헨리는 생각했다. 그들은 서로 다른 언어를 사용하고 세상을 근본적으로 다르게 경험한다. 이런 생각이 퍼져나가면서 다른 아버지들을 떠올리던 그는 묻기 시작했다. 근데 나는 뭘 했지? 카이에게 무슨 짓을 한 거지?

영화관.

여행.

인도.

죽음의 계곡. 카이가 한 걸음도 나가지 않으려고 해서 몇 킬로미터를 안고 가야만 했던 곳.

하나하나가 모두 너무 버거웠다. 헨리는 더 이상 생각을 진 전시킬 수 없었다. 그는 심한 죄책감을 느꼈다. 그리고 아픔을 느꼈다. 그가 카이에게 주었던 그 아픔을. 헨리의 깨달음은 마지막 남은 한 걸음이었다. 처음에는 그들을 이해하기만 했다. 이제, 공감하기 시작했다.

헨리와 카밀라는 결론이 나왔음을 알았다. 마음 이론은 자폐인이 아니라 사회에 적용해야 했다. 자폐인의 결함이 아닌 사회의 결함에 대해 이야기해야 했다. "우리는 자폐인에게 공감 능력이 결여됐다고 말해왔어. 아니, 그건 우리한테 결여된 능력이었어. 그들에게 공감하는 능력 말이야."

수없이 반복해도 모자란 말이 있다. "우리는 자폐인에게 공감능력이 결여됐다고 말해왔다. 아니다. 그건 우리에게 결여된 능력이었다. 그들에게 공감하는 능력 말이다." 카이가 그들을 용서할 수 있긴 한 걸까?

그들이 이 질문을 하는 동안 또 하나의 무서운 깨달음이 더해졌다. 용서는 할 수 있을지도 모른다. 하지만 잊는 것은 어떨까? 카이는 잊지 못할 것이다. 헨리와 카밀라는 실험실의 동물들이 어떻게 행동하는지 너무 잘 알고 있었다. 감정만 증폭되는 것이 아니라 감각 역시 증대된다. 아니, 절대 잊지 못한다. 모든 트라우마, 모든 고통은 몸속 깊이 새겨진다.

그리고 카이에 대해 계속 생각했다. 다섯 살 때 헨리보다 더 스노보드를 잘 타던, 하지만 몇 번 넘어지고 난 뒤에는 더 이상 보드에 올라타지 않던, 그리고 인도의 비탈길에서 굴러떨어진 이후로 산에 가면 너무나 조심스럽게 움직였던 카이. 두려움은 발걸음을 묶어버렸고 아빠가 데려가고자 했던 모든 곳들로부터 카이를 멀리 떨어뜨려 놓았다. 강렬한 경험은 모두 나쁜 경험이 되었다. 그리고 이제 더 이상 되돌릴 수가 없다.

"우리는 한 가지 생각만 했어요." 헨리는 회상했다. "너무 늦었구나."

***

헨리와 카밀라는 계속해서 남아프리카공화국에 머물렀다. 물론 휴가는 끝이었다. 그들은 논문 속으로 빠져들었고 키보드를 두드리고 글을 썼다. 한 장 한 장, 영어로 그리고 전문용어로, 그들이 알아낸 것을 보강하고 숫자와 표, 참고문헌과 연구를 채워 넣었다. '강렬한 세계. 자폐증에 대한 이론.'

글은 일상용어로 옮기자면 다음과 같이 시작된다.

강렬한 세계 증후군.

이제까지 어떤 이론도 자폐증의 다양성을 해명하지 못했

다. 우리는 세포연구와 행동연구에 바탕을 둔 다음과 같은 이론을 소개하고자 한다.

자폐 스펙트럼은 장애부터 천재성까지 아우른다. 천재성은 예외이며 자폐인은 대부분 기능이 제한되어 있다고 여겨진다. 일반적인 자폐증 약물은 뇌를 자극한다. 우리는 그 반대라고 생각한다. 자폐인의 뇌는 억제되어 있지 않으며 지나치게 성능이 좋다. 뇌는 과하게 네트워크화되어 있고 과도한 정보를 저장한다. 자폐인은 세상을 적대적으로, 고통을 주는 것으로 강렬하게 경험한다.

논문은 여러 장으로 구성되어 있다. 헨리와 카밀라는 그들의 연구방법을 설명했다. 세포와 분자에 대해, 그리고 대뇌피질과 편도체에 대해 글을 썼다. 하지만 카이에 대해서는 쓰지 않았다.

가장 빈번하게 나오는 개념은 '초'와 '과잉'이다. 221회에 걸쳐서 나온다. 자폐인의 뇌 속에서는 아주 많은 것이 과잉되어 있으며 초인간적이다. 자극이 압도하는 방식, 세포가 연결되는 방식, 그리고 뇌가 얼마만큼 변화할 수 있는지까지.

앞서 말한 바와 같이 어린아이는 본능적으로 자극을 찾고 세상을 흡수하도록 설계됐다. 그들은 우유와 정보를 빨아들이고 흡수한다. 살기 위해 필수적인 일이다. 그렇게 해야만 성장하고 발달할 수 있다. 카이는 모든 것을 더 굵은 관을 통해 빨아들였다. 한동안은 잘 진행된다. 아이들이 과도한 부담을 지고 있다는 것은 눈의 변화와 늦은 언어발달을 통해 전문가만 알아차릴 수 있다. 그들은 아이가 통증을 느끼지 못하고 큰 시장에서 머리를 가만히 두지 못한 채 끊임없이 사방을 두리번거릴 때를 주목한다.

카이의 괴로움은 누구도 알지 못했다. 카이는 행복해 보였다. 병원에선 불빛을 쫓아다녔고, 어릴 때는 사람들과의 교류를 즐겼고, 인도의 비탈길에서 굴러떨어졌을 때는 환호했다. 감각의 내구성. 슬로모션으로 굴러가는 바퀴. 자폐증이 있는 아이의 뇌는 아주 빠르게 성장한다. 자극이 많을수록 더 빨리 성장하기 때문이다. 하지만 모든 경영학자, 사회과학자, 생물학자가 아는 바와 같이 급속하게 성장하는 시스템은 실패하기 마련이다. 자폐인의 뇌는 언젠가 다시 무너져 내린다.

뇌 영역들은 '과잉' 앞에서 폭주한다. 어떤 영역은 뜨거워지고 또 어떤 영역은 꺼져버린다. 뇌는 균형을 잃는다. 그리고 헨리가 예전에 배웠던 것처럼, 우리는 그 지점에서부터 자폐인과 다른 세상을 살게 된다. 그들의 세상은 제한되는 동시에 끝없이 뻗어나간다.

자폐인은 세상을 조각조각으로 의식한다. 자극이 넘쳐나기 때문이다. 그들은 이 조각을 과도한 주의력과 무서울 정도의 기억력을 갖고 뒤쫓는다. 이는 특정 영역에서만 천재성을 보이는 결과로 이어지며, 동시에 움츠러듦과 반복행동의 원인이 되기도 한다.

이것이 바로 이 연구의 의의다. 그리고 기존의 많은 연구가 갖고 있는 논리의 오류를 설명한다. 연구자들은 종종 자폐인에게 사람 사진을 보여주고 뇌에서 얼굴 인식에 관련된 영역을 관찰한다. 자폐인은 결함을 갖고 있으므로 뇌의 해당 영역이 작동하지 않는다. 그리고 반응이 없으면 자폐증 판정을 내린다. 따라서 연구목적으로 그 부분을 잘라 내도 잘 살 수 있는지를 알아볼 수 있다. 하지만 헨리는 말한다. 이는 틀렸다고. 자폐인의 뇌는 과도한 부담으로 그 기능이 제한되었기 때문에 못 알아채는 경우가 많을 뿐이다. 자폐증이 있는 아이에게 사람 사진 대신 좋아하는 만화 캐릭터를 보여주면 얼핏 죽은 것 같았던 영역이 살아난다. 우리가 길을 걷다 우연히 잊고 있던 옛사랑을 만났을 때처럼 불꽃을 튀기며 기뻐한다. 반응은 형언할 수 없을 정도로 강렬하다. 이런 식의 흥분이 매우 잦은 아이의 뇌는 자신의 세상에 속하지 않는 얼굴에 관심을 할애할 여유가 없다.

자폐인이 사람과 교류하기 어려워하는 것은 감정이나 신호를 해석하지 못해서가 아니다. 그들은 감정표현 불능증도 아니고 공감능력이 부족하지도 않다. 단지 세상을 너무 고통스럽게 느껴서 눈을 맞추지 않고 움츠러드는 것이다.

풍부한 감정은 오히려 자폐인에게 감정이 결핍된 것처럼 보이게 만든다. 특히 세 개의 뇌 영역이 이와 관련돼 있다. 전두엽, 신피질, 그리고 편도체. 자폐증은 개개인에 따라 전두엽에 더 깊게 자리 잡을 수도 있고 대뇌피질과 더 강하게 연관돼 있을 수도 있다. 어떤 사람은 세포들이 특히나 격렬하게 발화하고 어떤 사람은 조금 더 강할 뿐이기도 하다. 자폐증에 관한 최초의 포괄적 설명에 따르면 완전히 움츠러든 아이들의 뇌가 가장 성능이 좋다. 이는 무척이나 슬픈 일이다. 가장 많이 느끼는 아이들이 가장 적게 표현할 수밖에 없는 것이다.
'초가소성'이란 헨리와 카밀라가 논문에게 사용한 전문용어다. 가소성은 샌프란시스코에 있는 헨리의 동료 마이클 메르체니히의 전공분야다. 그는 뇌가 생각에 의해 변화할 수 있다는 명제로 비웃음을 샀다. 그러나 차후 바다 유목민의 뇌가 어떻게 물 위에서의 삶에 적응하며 변화했는지를 밝혀내면서 사실임을 증명한 바 있다. 가소성은 모든 학습의 토대다. 바다 유목

민과 마찬가지로 자폐인의 뇌 역시 적응한다. 바로 우리들이라
는 시끄러운 세계로부터 위험을 차단하기 위해.

눈을 마주치지 않는 것이 관심 없음을 의미하지는 않는다고
헨리와 카밀라가 밝힌 지 10년 뒤인 2017년, 〈네이처〉에는 보
스턴에 있는 한 뇌 연구소의 논문이 실렸다. 하버드의 파트너
인 이 연구소는 새로운 기술의 도움으로 자폐인이 사람의 눈을
쳐다볼 때 편도체에 어떤 일이 생기는지를 조사했다. 시선이
눈에 가까워질수록 뇌는 과도한 반응을 보였다. 논문은 다음과
같이 기술한다.

> 자폐인은 타인의 눈을 쳐다보는 것이 불편하며 스트레스를
> 준다고 말한다. 심지어 몇몇은 "눈이 화끈거린다"고도 한다.
> 학계의 전통적인 주장은 눈을 마주치지 못하는 것이 취약한
> 사회성을 뜻하며 주변에 대한 무관심이라고 평가한다. 이와는
> 반대로 우리가 얻은 결과는 과잉 감수성을 보여주는 새로운
> 연구의 근거가 돼준다. 이 결과는 임상분야에 영향을 미친다.
> 행동치료를 하는 동안은 눈을 마주치도록 강제하는 것이 비생
> 산적일 수 있다. 두려움을 가중할 뿐이기 때문이다.

기분 좋은, 관심을 표명하는 시선 역시 단 하나의 감정을 일

으킬 뿐이다. 두려움!

***

헨리와 카밀라는 연구에서 카밀라가 대학을 다닐 때부터 좇았던 길을 따랐다. 아니, 귀납법은 아니다. 실험을 하고, 결과를 도출하고, 그로부터 법칙을 만드는 것. 그들은 자신들의 명제를 증명하려고 하지 않았다. 그 대신 현실과 균형을 맞춤으로써 반증하려고 했다. 이를 위해서만 2년이라는 시간을 보냈다. 거듭해서 그들의 이론을 다른 연구와 충돌시켰다. 오류를 만들지 않는 것이 가장 중요했다. 카이와 자신들의 명성에 관한 일이었다. 논문의 내용은 옳아야 했고, 견고해야 했으며, 왜 기존의 연구와 다른 결론에 도달했는지 설명할 수 있어야 했다. 그들은 다른 연구자들을 존중했다. 책을 읽고 강의를 듣던 위대한 학자가 완전히 틀렸다고 상상하기는 어려웠다. 주요 연구의 실험 결과는 그들의 결과와 같아야 했다. 카밀라는 수백 편의 논문을 찾아냈다. 그리고 값은 일치했다. 다만 의미가 달랐다.

헨리와 카밀라의 논문은 혁명적이었다. 자폐증을 정신장애로 분류한 미국심리학회엔 모욕적이기까지 했다. 자폐인은 공감할 수 없다고 말한 마음 이론 지지자들에게도 마찬가지였다. 원숭이에게서 감정중추를 제거한 연구자에게도, 뇌를 자극하는 자폐증 약을 만든 대기업에까지. 하지만 데이터와 수열은 그들의 이론을 반증하지 못했다.

헨리와 카밀라는 자폐인이 사람들과 공감하고 교류하는 일에 어려움을 느끼는 점은 문제 삼지 않았다. 그들은 단지 자폐인이 그런 일에 관심이 없고 편도체의 기능이 떨어지기 때문에 뇌에 자극을 주어야 한다는 결론만을 반박했다. 전혀 아니다. 자폐인은 타인에게 관심을 갖지만 편도체의 활동이 과도하기 때문에 눈길을 주지 못하거나 회로 어딘가에서 스위치가 내려가는 것이다. 뇌는 자극을 받아야 하는 것이 아니라 진정돼야 한다.

기존 학설의 수호자들은 자폐인이 민감하다는 사실을 너무도 잘 알고 있다. 하지만 그들은 그 속에서 증상만을 봤다. 즉, 한 아이가 자폐증이라는 암시를 하나 더 얻었을 뿐 별다른 주의를 기울이지 않았다. 헨리와 카밀라의 논문 이후 몇 년이 지나서야 비로소 더 비중을 두기 시작했다. 의사협회는 민감성을 자폐증의 핵심 표지로 지정했다.

헨리에 따르면 기존 학설의 결정적 오류는 결론에 있는 것이 아니라 시작, 즉 결함이라는 사고에 있었다. 도대체 정신장애라니! 잘못된 곳에서 시작하는 사람은 올바른 길을 가고 있더라도 목표물을 지나쳐 버린다. 카밀라가 철학을 공부하던 시절 배웠던 것이 진실임이 입증되었다. 객관적인 세상은 없다. 기대는 결과에 영향을 미친다.

헨리와 카밀라 역시 잘못된 자리에서 시작했다. 그들 또한 자폐의 세계에 결코 도달하지 못했을지도 모른다. 카이를 통해서야 비로소 길을 찾을 수 있었다. 전부 뒤바뀌었다. 그들은 카이에게 자신들의 세계를 이해시키려 했다. 그러나 마침내 카이가 그들에게 자신의 세계를 열어주었다.

네?
창가 자리가
없다고요?

카이는 항공사로부터
평생 탑승 금지 조치를 받았다.
어쨌든 이해할 수는 있는 일이다.

"사무실에서 전화가 왔어. 다시 로잔으로 가
야 해." 아빠가 말했다. 하루 일찍 떠나야만 했다. 휴가는 끝났
다. 헨리와 카밀라가 결혼한 이후 처음으로 카이는 남아프리카
공화국에 갔다. 그곳은 크고 아름다웠다. 단 한 번도 그렇게 많
은 동물을 본 적이 없었다. 그리고 빛은 이스라엘에서와는 전
혀 다르게 느껴졌다.

그들은 원래 같이 떠날 예정이었지만 헨리가 예약을 변경했
으니 카이는 혼자서 돌아가야 했다. 무섭지는 않았다. 텔아비
브에서 제네바로 가는 비행기를 혼자 탔던 경험이 벌써 여러

번이다. 카이는 열네 살에 이미 단골 고객이었다.

아빠는 카이의 예약도 변경해줬다. 카이도 머릿속에 그려놓은 것보다는 일찍 떠나야 했다. "이건 엄청 큰 도전이야." 아빠는 진지한 표정으로 말했다. "해낼 수 있겠니?" "물론이죠." 카이는 말했다. 그는 더 이상 아기가 아니었다.

공항으로 가는 길에서부터 카이는 불길한 조짐을 느꼈다. 보통 때와는 달리 EL 이스라엘 항공이 아니라 KLM 네덜란드 항공의 비행기를 타야 했다. 그러니까 카이가 미리 주문한 기내식도 나오지 않을 것이다. 그래, 그러면 아무것도 먹지 말아야지. 사무실에서 온 전화 때문에 아빠가 하루 일찍 떠난다고 했을 때도 카이는 화를 참으려 노력했다. 아빠는 항상 카이가 혼자 비행기를 타는 것을 뿌듯해했다. 실망시키고 싶지 않았다.

공항에 도착하자 그들은 차에서 캐리어를 꺼냈고 고모는 카이를 탑승 수속하는 곳으로 데려갔다. 창구 직원은 캐리어에 라벨을 달았고 짐은 곧 컨베이어 벨트 위에서 사라져갔다. 짐을 잃어버리지는 않겠지!

카이는 티켓을 받았다. 고모가 손을 흔들자 카이도 손을 흔들었고, 그는 혼자가 되었다. EL 이스라엘 항공이라면 동승자를 붙여줬을 텐데. 그래도 다 잘될 것이다.

보안검색대. 스캔, 더듬기. 카이는 굳은 채로 뻣뻣하게 서 있었다. 그는 낯선 사람이 자신의 몸에 손을 대는 것을 좋아하지 않았다.

계속해서 통로를 지나 탑승구 쪽으로 갔다. 데스크가 있어야 했다. 안내 스크린을 보았다. 뭐라고? 연착된다고?

카이는 늦는 것을 싫어했다. 발을 까닥거리거나 눈을 굴리는 다른 사람들 정도로 싫어하는 게 아니었다. 뼛속까지 싫어했다. 불안이 자라나고 있었다. 이런 무례함이라니. 그는 제시간에 맞춰 왔는데 말이다. 어제부터 오후 3시에 출발한다고 했으면서. 항공사는 한참 전부터 정각에 출발하기 위해 준비할 세상의 모든 시간을 다 갖고 있었다. 얼마나 많은 사람이 믿고 있었는데.

항공사 직원은 연착이 몇 분에 지나지 않을 거라고 안심시켰다. 몇 분? 몇 분이 얼마큼이야? 5분? 10분? 60분? 그건 차이가 있었다.

카이는 기다릴수록 분노가 차올랐다. 탑승구에 있는 직원에게, 사무실에 있는 아빠에게. 그리고 탑승한다는 소리가 들렸다. "탑승권을 지참해주세요." 마침내 비행기 안으로 들어간다. 이제 카이는 비행을 즐기고 싶었다. 좋아. 그는 혼자 비행기를 탈 것이다. 낯선 항공사에다가 배는 고프고 엉망진창인 날이지만 계속 그렇게 보내고 싶지는 않았다. 속으로 삭였다.

승무원은 그에게 웃어줬다. 카이는 좌석번호를 보았다. "이쪽으로 들어가세요" 하고 그녀는 말했다.

뭐? 창가 자리가 아니라고?

승무원은 계속 안내했다. "죄송합니다. 이 자리도 좋아요. 그리고 혹시……."

"저는 항상 창가에 앉았어요." 카이는 말을 끊었다.

카이는 항상 EL 이스라엘 항공을 타고, 항상 미리 주문한 기내식을 먹고, 항상 미리 정해진 날 비행기를 탔다. 아빠의 명청한 사무실에서 전화가 왔기 때문에 하루 일찍 출발하는 것이 아니라. 카이의 편도체는 이제까지 주로 신피질을 괴롭혀왔던 신호를 보내기 시작했다. 뜨거워지고, 전날부터 부글부글하던 분노는 끓어오르고, 편도체에서는 그 분노를 모든 영역으로 쏘아 보냈다. 이러면 안 되지! 나한테! 빌어먹을 전화! 빌어먹을 아빠! 빌어먹을 항공사! 빌어먹을 식사! 빌어먹을 좌석! 빌어먹을 승무원! 카이는 자제력을 잃었다. 그리고 다시 평정을 찾았을 때는 탑승구에 서 있었다. 캐리어는 비행기 화물칸에서 짐 찾는 곳으로 내려왔다. 평생 탑승 금지. 고모로부터 전화가 왔다. "아……."

헨리는 카이에게도 항공사에도 화가 나지 않았다. 그는 아무 생각 없이 쉽게 로잔으로 향했던 스스로에게 화가 났다. 다시 한번 자폐인의 삶이 얼마나 힘들어질 수 있는지를 과소평가했던 것이다. 얼마나 쉽게 모든 것이 통제불능 상태에 빠지는지. 불쌍한 카이. 헨리는 그가 얼마나 처참한 기분을 느끼고 있을지 알았다. 카이는 발작이 끝난 뒤엔 항상 울면서 말했다. 미안하다고. 그건 내가 아니었다고. "저도 그게 누군지 몰라요. 누군가 다른 사람이었어요. 정말 미안해요. 나쁜 아이이고 싶지 않아요." 모두의 마음이 무너졌다.

　　헨리: 카이는 자책감과 비참함을 느끼고 있어. 어떻게 행동했는지에 대해서, 어떤 식의 폭발까지 가능할지에 대해서. 공황발작을 부끄러워하고 있는 거야.
　　카밀라: 그런 상황에 대해 너무 많은 것을 오랫동안 마음에 품고 있고.
　　헨리: 카이가 성장하는 데 도움을 줄 거야. 성찰 말이야. 깊이 생각할 수 있도록 응원해주자.
　　카밀라: 카이 스스로가 이미 하나의 시험이야. 싸우고, 씨름하고. 이건 그 아이한테 사느냐 죽느냐의 문제인 거야. 그리고 당신에게 큰 스트레스를 주지. 내가 뭘 잘못했지? 뭘 어떻게 달리 할 수 있지? 머릿속을 떠나지 않을 거야. 끊임없이 걱정도 하겠지. 받아들여야 한다는 걸 배울 때까지. 이

건 당신 삶의 일부야. 부모로서 항상 죄책감을 느낄 거야. 내가 뭘 할 수 있었을까? 그때 난 제대로 해내지 못했어! 내 아이와 보내는 시간이 너무 적었어! 나는 틀린 말과 잘못된 행동을 했어! 부모들은 자주 이렇게 생각하지. 하지만 잠시 제쳐놓아 봐. 아이는 아이일 뿐이야. 카이도 그렇고. 좀 더 힘이 들어서 그렇지.

헨리: 그래. 카이는 정말 우리의 한계를 시험하곤 하지.

카밀라: 하지만 다른 한편으론 멋진 일이기도 해. 모든 부모가 알고 있듯이. 아이들이 없었다면 하지 못했을 모든 것, 생각할 수 없었던 모든 것. 그 아이들이 우리의 삶을 얼마나 풍부하게 해줬는지 봐. 카이는 우리를 굉장히 성숙하게 만들어줬어. 모든 것을 변화시켰지. 우리가 세상에 대해 생각하는 것, 우리가 사람에 대해 생각하는 것, 우리가 뇌에 대해 생각하는 것, 그리고 누나들의 삶도 풍부하게 해줬잖아.

헨리: 카이가 가르쳐줬지. 공감하는 법을.

카밀라: 카이는 선물이야. 카이가 왜 그렇게 행동하는지, 어떻게 행동하는지, 카이가 세상을 보는 방법을 통해서 아이들은 배운 거야. 다른 사람을 바라보는 법을. 공감하는 법을. 우리도 부모로서 배웠지. 우리가 낳은 두 아이들 역시 그로부터 얻은 게 있을 거야. 우리는 아이들과 더 잘 공감하도록

노력할 거고. 언젠가 엇나가게 될 때 말이지. 올리비아가 버 릇없이 굴 때나 마음에 들지 않는다는 이유로 아침에 세 번 씩 옷을 갈아입을 때처럼.

헨리: 올리비아는 완벽주의자야. 한번 화가 나면 카이하 고 비슷해. 하지만 자폐증은 아니고.

카밀라: 절대 아니지.

헨리: (웃으며) 보통은 공황발작에 대처하는 방법을 따로 배워야 하잖아. 우리 아이들은 행운인 거지. 경험이 많은 부 모를 가졌으니까.

카밀라: (웃으며) 맞아, 행운아야.

헨리: 처음으로 아빠가 되었을 때 난 스물여섯 살이었어. 그땐 아무것도 몰랐고. 모든 것에 대비하고 수많은 걸 학교 에서 배우지만 아이를 어떻게 키우는지는 아무도 가르쳐주 지 않잖아.

카밀라: 카이가 우리에게 많은 걸 가르쳐줬지.

헨리: 예를 들자면 아이들에게 다정다감함이 얼마나 많이 필요한지 말이야. 우리는 여전히 놀라잖아. 카이가 우리에게 가르쳐준 게 얼마나 많은지. 그 얘기를 자주 하기도 하고.

카밀라: 하지만 그런 지식은 이론일 뿐일 때가 많아. 나는 몇 시간이고 강렬한 세계 이론과 자폐인의 뇌 속에서 벌어

지는 놀라운 일에 대해 떠들 수 있어. 하지만 아이가 아침에 '싫어, 이 양말 안 신을래'라고 말하면 이렇게만 생각하지. 제발 그러지 좀 마. 매일 아침마다 우리는 모든 것을 아주 쉽게 까먹어.

헨리: 잘못을 하지 않는 게 문제가 아니야. 모두가 잘못을 해. 모든 걸 제대로 해내는 사람은 없어. 하지만 잘못한 것에 어떻게 대처해야 하는지는 배울 수 있지. 몰래 도망가서는 안 되고 무엇을 했는지 곰곰이 생각해야 해. 잘못을 알아차리는 사람은 발전해. 그게 바로 열쇠야. 아이는 다양한 층을 가진 존재야. 절대 그 전부를 알지 못할걸. 우리는 우리가 할 수 있다고 생각하지만 전부 그렇지는 않아. 모든 걸 알 수는 없고 옳은 일을 하는 방법만 배울 수도 없어. 하지만 아이에게 보여줄 수는 있지. 스스로를 어떻게 관찰해야 하는지. 자신의 잘못에 어떻게 대처할 수 있는지. 자아를 성찰할 수 있으면 변화시킬 수도 있어. 그렇지 않으면 기회는 없는 거지. 자폐증이 있는 아이에게는 어려운 일이야. 스스로를 제삼자처럼 바라봐야 하니까.

그러나 헨리는 그 시간 내내 동정심에만 사로잡혀 있지는 않았다. 카이가 발작 뒤에 울면서 "그건 내가 아니었어요"라고 말할 때, 헨리 역시 슬펐지만 그 모든 도움 끝에 변화의 열쇠인 성찰능력이 더디게라도 발전했기 때문이다. 그것이 없다면 항상 응급조치를 할 수밖에 없다.

가족들은 각자 카이의 폭발에 대응하기 위한 저 나름의 전략을 찾았다. 카밀라도 큰 소리를 낼 때가 있었다. 도움이 되었다. 카이는 옆에 있는 사람을 통해 다시 원래의 카이로 돌아갔다. 같은 일은 리노이가 울었을 때도 일어났다. 칼리는 카이의 손을 잡고 귓속말로 강박을 날려버렸다. 헨리는 이성적인 어른으로서 카이와 대화를 했다. 그리고 아나트는 가장 어렵고 아름다운 응급조치를 했다.

"정말 도움이 돼요. 다가가서 끌어안아 주는 거요. 바로 이거예요. 카이는 잠시 흐느껴 울다가 진정되기 시작해요. 하지만 가끔 카이가 바보 같은 말을 하면 저도 화가 나거든요. 더 이상 듣고 싶지 않고 보고 싶지도 않죠. 그래서 해서는 안 되는 행동을 해요. 자리를 떠나 문 쪽으로 가는 거예요. 그건 카이를 더 화나게 만들 뿐이에요. 그다음에는 정말 본격적으로 시작되는 거죠. 저는 해결책이 뭔지 알아요. 카이에게 필요한 게 뭔지. 하지만 그것을 항상 줄 수가 없더라고요. 저도 화가 나서 아이 근처에 가고 싶지도 않고 만지거나 쓰다듬고 싶지도 않아져요. 하지만 부모나 가족은 언제나 저 방법을 머릿속에 담고 있어야 해요. 언제나, 언제나, 언제나. 그게 자폐증이 있는 사람에게 필요한 거예요. 안아주는 것. 공감해주는 것. 그들에게는 그런 안정감, 편안함, 따뜻함이 간절해요. 그걸 느껴야 하는 거죠. 저는 자폐증이 있는 아이들의 부모에게 이렇게 조언해요. 진정시키기 위해서는 아이들 곁에 있어주라고. 그리고 그 순간 사랑을 주고 붙잡아주라고. 그들은 그런 행동이 기계적이고 인위적인지 아니면 가슴에서 우러나오는지를 정확히 알아요."

모든
상식에
반하여

아이들에게 미래를 선사하려면
그들의 현재를 느리게 만들어야 한다.

의학을 19세기에서 20세기로 이끈 파울 에
를리히의 경우는 어땠는가? 그는 수많은 사람의 생명을 구할
수 있는 결정을 내렸다. 바로 질병을 치료하는 것이 아니라 예
방하는 것.

자폐증은 헨리와 카밀라가 연구했던 바와 같이 하늘에서 떨
어지는 운명이 아니라 조용히 기어들어 와서 서서히 나타난다.
뭔가 대응책이 있다는 소리다. 하지만 어떤 것일까?

헨리가 지식, 돈, 시간 모두를 가진 이상적인 세계에 산다면
다음과 같이 대응했을 것이다.

첫째, 자폐증과 연관된 200개 이상의 유전자를 이해한다.

둘째, 유발 인자를 규명한다. 망간, 수은, 알코올 등…….

셋째, 응급대책을 찾아낸다. 유발 인자가 유전자에 기반하더라도 방어할 수 있도록. 자폐증이 몇 년 후에 발병하는 경우가 많은 데는 이유가 있다.

이것이 지식, 돈, 시간이 있을 경우 밟을 수 있는 세 단계일 것이다. 그러나 헨리와 카밀라에게는 시간이 없었다. 그들에게는 카이가 있었다. 카이의 유전자와 유발 인자는 바꿀 수 없었다. 그래서 질문을 바꿨다. 자폐증은 어떻게 되돌리고 완화하고 예방할 수 있는가?

***

인간의 발달에는 생후 3년의 기간이 결정적인 역할을 한다. 존재 양식이 형성되는 시기다. 감각, 언어, 정신, 감정, 행동, 박애. 지체된 발달은 만회하기 어려워진다.

인간은 이 기간 동안 '민감한 시기'를 보낸다. 의학자들은 아이가 기본적인 것을 가볍게 배우거나 영원히 잃을 수 있는 이 시기를 '시간의 창'이라 부른다. 이때 말소리를 듣지 못하면 말하는 법을 배울 수 없다.

이 시기에 시냅스가 증가하여 학습이 식은 죽 먹기가 되는 경우도 있다. 하지만 뇌에 영양소와 자극이 부족하면 시냅스는 다시 줄어든다. 부모, 교사, 뇌과학자들은 언제 어떤 창이 열리는지를 알고 싶어 한다. 모든 것에 때가 있는 것처럼 보인다. 언어나 악기를 배우는 것, 또는 자신감과 사회적 역량.

자폐인은 스스로를 보호해야 한다. 그들은 세상을 조각난 상태로 받아들인다. 이는 아이들의 삶을 극적으로 만든다. 자폐증이 있는 아이가 자신을 보호하기 위해 시선을 아래로 떨구고 귀를 막는 것은 배로 슬픈 일이다. 고통과 더불어 삶에 필수적인 자극까지 막아버리기 때문이다. 그래서 발달이 어려워진다. 지금 자신을 구원하기 위해 하는 행동이 미래를 망쳐버린다.

카이는 헨리가 길을 잃었을 수도 있다고 털어놓았을 때나 그래서 여행 도중 계획하지 않았던 호텔에 들어가게 됐을 때, 어떤 갈림길에서 어떤 신발을 신고 서 있었는지 세세하게 기억하고 있다. 사소한 일이지만 카이에게는 트라우마가 됐다. 9월 11일처럼 좀체 잊히지 않는. 사실 카이에겐 매일이 머릿속에서 지울 수 없는 9월 11일이다. 잊을 수 없다는 것은 고문이다. 뇌에는 망각이 쓰레기 수거와 같다. 잊을 수 없는 사람은 과거에 사로잡힌다. 잊을 수 없는 사람의 정신은 질식하고 만다.

보살핌을 받지 못하거나 학대받은 아이들이 자폐인처럼 행동하는 경우가 있다. 그들은 두려움에 얼어붙은 채로 앉아서 눈을 뜨지도, 사람들에게 다가가지도 못한다. 그들 또한 발달이 저해된다. 또는 오래된 괴로움에 사로잡힌다. 의사들이 아이들의 불행은 부모의 책임이라고 여기는 이유가 여기에 있다. 방치하고 괴롭혔기 때문에.

＊＊＊

헨리와 카밀라는 세포와 행동을 위주로 3년을 더 연구했다. 결론은 예방과 응급조치였다. 강렬한 세계 이론과 마찬가지로 기존의 이론에 반대되는 결론이었다.

자폐증은 태아일 때부터 발현할 수 있다. 모든 임신부는 처음부터 조심해야 한다. 약물, 환경호르몬, 알코올. 신경관이 닫히는 시기에 술을 마시면, 즉 태아의 뇌에 알코올이 들어가면, 단 한 잔의 와인으로도 유전적으로 취약한 아이 50명 중 한 명이 자폐증을 갖게 된다.

자폐증이 발견되더라도 정신질환으로 다루어서는 안 된다. 이는 모든 것을 더 악화할 뿐이다. 뇌를 자극하는 일은 자폐증을 촉진한다.

첫 번째 징후가 보이면 예방치료를 시작해야 한다. 이는 아이가 뇌가 발달할 때부터 민감한 시기를 모두 지날 때까지 이루어진다. 그러니까 학교에 가는 여섯 살까지 진행된다. 헨리와 카밀라에 따르면 "위기의 시기는 중대시점"이다. 위기의 시기이더라도 아이가 올바른 환경에 놓여 있다면 발작은 완화되거나 방지될 수도 있다.

자폐증이 있는 아이는 평범한 아이들과는 달리 한 번 더 여과된 세계에서 자라고 보호받아야 한다. 그들의 삶은 조용하고 예측 가능해야 한다. "컴퓨터, 텔레비전, 화려한 색, 그리고 놀라는 일이 없어야 해요. 놀라는 것은 고통스러울 수 있어요. 그런 일은 기억 속에 각인되고, 기억은 삶을 형성하기 때문이에요. 평범한 사람도 이를 해소하는 것은 힘들어요. 자폐인에게는 더더욱 그래요." 그들은 이렇게 설명한다. "뇌는 진정되어야 하고 학습은 천천히 진행되어야 합니다. 과장하자면, 인지적 능력이 축소되어야 해요."

이는 너무 가혹하게 들리기도 한다. 그러나 헨리는 말한다. "부모들에게 이렇게 말해야 해요. 우리는 당신의 아이를 위해 다음과 같은 계획을 갖고 있습니다. 아이의 두뇌와 지능의 발달을 억제할 것입니다. 모든 상식에 반대되는 일이죠. 하지만 그렇게 해야 차후 뇌가 기능할 수 있게 됩니다." 아이들에게 미래를 선사하려면 그들의 현재를 느리게 만들어야 한다.

취학 전까지 감정을 증발시키고 걸러냈다면 가장 큰 위험은 몰아낸 것이다. 뇌의 영역들이 지속적인 과잉반응 상태에 놓이는 것 말이다. 이 6년 동안 아이는 통제권을 갖고 자신에게 어떤 것이 좋은지를 스스로 정해야 한다. "이것은 아주 자연스럽게 일어나고 부드럽게 진행되며 고조되는 일입니다. 부모가 옳다고 생각하는 대로 아이를 지지해주세요. 하지만 천천히요. 속도는 아이가 정합니다. 이렇게 하면 안전하다는 느낌을 가질 수 있을 거예요." 카밀라와 헨리는 설명한다.

행동치료는 아이를 조심스럽게 자극에 노출한다. 스트레스를 받으면 중단할 수 있다. 치료사는 아주 짧게 낯선 것들을 대하도록 해주고 이를 통제한다. 목표는 아이가 자극에 익숙해지도록 해서 민감도를 낮추는 것이다. 몇 년 뒤 자폐인이 타인의 눈을 똑바로 쳐다보지 못하는 이유에 대해 연구를 진행한 보스턴의 학자들이 제안한 해결책도 이와 같다. 조심스럽게 익숙해지기.

약물은 뇌를 자극하지 말아야 한다. 대신 진정시키고, 성능을 제한하고, 학습을 차단하고, 망각을 촉진해야 한다. 약물에 대한 헨리의 불신은 여전히 컸다. "약물을 처방하는 의사들은 그것이 신경세포에 어떤 영향을 끼치는지 몰라요. 어떤 종류의 뇌질환이든 어느 한 부분만 단독으로 치료할 수 있다는 믿음은 환상이에요."

좀 더 성장한 아이들과 성인의 치료에는 비용이 많이 들지만 이 경우에도 고통을 완화하고 증상을 되돌릴 수 있다. 치료 방법은 동일하다. 뇌를 진정시키고, 망각을 촉진하고, 두려움과 스트레스를 줄인다. 즉, 의례를 행하도록 하는 것이다. 보도 블록을 세고, 레고 블록을 쌓고, 퍼즐을 맞추는 것.

카밀라: 의례는 두려움의 결과예요. 아이들은 뭔가를 반복하면서 스스로를 진정시키죠. 우리는 그들에게서 의례를 빼앗았고 그건 해가 됐어요. 우리의 이론에 따르면 우리가 아이의 의례에 참여하고 아이의 세계로 들어가야 하는 거예요. 그러면 언젠가 아이가 우리에게로 오는 거죠.

헨리: 자폐증이 있는 아이들은 커다란 비눗방울 속으로 들어가 버려요. 놀라는 일도 없고 모든 것이 통제된 안전한 곳. 심한 경우에는 그 비눗방울이 아주 단단하죠. 그 안으로 들어가야 해요. 비눗방울 앞에 앉아서 기다려야 하는 거예요. 기존의 치료법과 다른 점이죠. 아이들에게 다가가 재촉해서는 안 돼요. 기다리고 지지해주는 게 전부예요. 굉장히 어렵다는 건 알지만……. (웃음) 유일한 길이죠. 지지해주면 아이들이 주도하게 될 거예요. 그리고 시간이 걸리죠! 절대 해낼 수 없다는 느낌이 들겠지만 아이가 주도하게 되면 그때부터 일이 풀릴 거예요.

***

　너무 적은 감정 대신 너무 많은 감정? 뇌를 자극하는 대신 억제하기? 의례를 같이하는 것? 이는 논쟁으로 이어졌다. 마음 이론의 대변자 중 하나인 사이먼 바론코헨은 트위터에서 다음 과 같이 친절하게 언급했다. "헨리 마크람의 강렬한 세계 이론 에서 볼 수 있는 매력적이고 개인적인 시각." 그리고 헨리의 명 제에 관한 논문 한 편을 링크했다. 이에 반해 역시 유명한, 바론 코헨의 동료이자 인형 샐리를 통한 실험을 진행했던 우타 프리 트는 자신의 동료와 함께 반박 논문을 발표했다.

　　강렬한 세계 이론에 관련해 특히 우려하는 점은 자폐증이 있는 사람들에 대한 공격적인 치료법, 즉 어릴 때 자극을 제 거하는 방법을 제안했다는 사실이다. (⋯)
　　그 이론이 틀렸다면 치료는 해로울 수 있다. 루마니아 고 아들에 대한 연구가 인상적으로 보여준 바에 따르면 부족한 자극은 (⋯) 성장기 아이들의 사회적, 인지적, 정서적 기능을 저해한다.

　마크람 부부가 그들이 얻은 지식을 다소 성급하게 공개했다 는 비판도 이어졌다. 그들은 마크람 부부의 이론이 사람을 대상으로 한 체계적 연구를 통해 확실한 근거를 마련하지 못했으면서 벌써부터 아이들을 치료하는 데 극적인 전환을 촉구하고 있다고 주장했다. 프리트는 다음과 같이 요약했다.

우리는 이 이론이 자폐증에 대한 의식과 치료에 영향을 주기 전에 검증부터 해야 한다. 이렇게 되면 아주 흥미로운 대안을 찾아낼 수도 있다. 하지만 아직은 여전히 걱정스러울 뿐이다.

***

헨리: 우리가 논문을 발표하자마자 지지받지는 못했지.

카밀라: 누군가 우리가 아이들을 블랙박스에 가두려 한다고 했어. 완전히 틀린 해석이야. 우리가 말하는 것과는 반대되는. 우리는 아이들이 자라는 환경이 조용하고 구조화되어야 한다고 했잖아.

헨리: 그건 어떤 아이에게도 해롭지 않아. 그리고 그렇기 때문에 무조건적으로 추천할 수 있는 방법이고.

카밀라: 나는 그게 학문적 논쟁일 뿐이라고 생각해. 우리는 마음 이론뿐 아니라 여러 이론에 반하는 논문을 썼는데 그들은 그 이론으로 경력을 쌓고 유명해졌잖아. 그러니 우리

논문을 읽고 반박을 한 거야. 원래 그런 거지.

  헨리: 이제 우리 이론이 자주 인용이 돼서 사람들은 더 이상 무시할 수가 없을 거야.

  카밀라: 그리고 점점 더 많은 학자들이 우리에게 동의하고 있고. 우리는 그들의 새로운 연구를 보면서 그러잖아. '좋아, 한 명 더!'

  지난해 30편 이상의 논문이 헨리와 카밀라의 명제를 지지했다. 세계적으로 유명한 MIT의 연구자들은 초감수성 및 예측 가능한 세상을 향한 자폐인의 갈망을 다룬 연구에서 마크람 부부를 인용했다. 이에 따르면 "예측할 수 없는 고통은 고문의 핵심 요소이며 인간을 두려움과 움츠러듦으로 이끈다". 그들은 치료가 증상을 멈추는 데 집중하는 것을 비판한다.

  토론토와 클리블랜드의 교수와 소아과의사로 구성된 한 팀은 뇌 연구 분야에 빠르게 확산된 헨리의 명제 '과도한 뇌 활성화'에 대해 연구했다. 이 팀은 자폐증이 있는 아이들을 관찰하고 그들의 뇌가 안정된 상태에서 평범한 아이들의 뇌보다 42퍼센트 더 많은 정보를 처리한다는 결론을 내렸다. 여기에 그들이 움츠러드는 이유가 있다. 한 교수는 논문이 발표된 뒤 헨리에게 이메일을 보냈다. "우리가 논문을 썼을 때는 그것이 교수님이 명제와 얼마나 일치하는지 몰랐습니다. 우리는 도출된 결과를 고전적인 틀 안에서만 해석했습니다. 결론은 '자폐증은 자기 내부로의 움츠러듦이다'로 이어졌죠."

오래된 문제였다. 잘못된 시작점은 잘못된 결과로 이어진다. 그는 계속해서 다음과 같이 적었다. "그러나 보도자료에서는 교수님의 이론이 갖는 가치를 인정했습니다. 마땅히 그래야 하니까요."

헨리: 학문적 논쟁은 나한테 아무런 상관이 없어. 중요한 건 그게 도움이 되는지야. 우리가 하얀 바탕에 까만색으로 적은 것만으로도 도움이 됐어. '자폐증은 결함이 아니다.' 이건 자폐인에게 긍정적으로 작용할 거고 어느 정도 평안함을 가져다줄 거야. 아이들, 성인 자폐인, 그리고 물론 부모들에게까지.

카밀라: 함부르크에 사는 어떤 엄마도 있었지…….

헨리: 그래, 당신은 편지를 읽으면서 울기만 했잖아.

편지

"경이로운 제 아이를 도와주세요."

마크람 씨에게.

맞춤법이 틀렸다면 죄송합니다. 저는 함부르크에 살고 있고 영어에 능숙하지 못합니다. 저는 경이로운 네 살짜리 아이의 엄마입니다. 아들의 이름은 엘리아스*예요. 아이에게는 자폐증이 있습니다. 아이 아버지는 엘리아스를 정신병원에 보내려고 해요. 제가 엘리아스를 병들게 했다고 생각하

---

* 이하 등장하는 이름은 사생활 보호를 위해 가명을 사용했다.

죠. 제 어린 아들을 도와주세요. 그 아이는 정말 경이로워요. 많이 웃죠. 누나가 세 명 있어요. 모두 엘리아스를 사랑해요. 하지만 엘리아스는 그 아이들과 한 방에 오래 있을 수가 없어요. 울기 시작하거든요. 두 명 이상이 모인 공간에는 있기 어려워요. 목소리가 웅성거리면 격앙되니까요. 엘리아스는 소음 때문에 밖으로 나가는 것을 싫어해요. 다른 사람과 놀 수도 없어요. 아이들이 집으로 찾아오면 엄청나게 무서워해요. 매일 똑같은 것만 합니다. 저녁마다 똑같은 음악을 들어요. 노르웨이 작곡가 그리그를 좋아하죠. 시간의 개념을 이해하지 못합니다. 아침식사와 저녁식사의 차이도 몰라요. 비가 오면 날이 '오래'돼서 자러 가야 한다고 생각하기 때문에 울어요. 방에 혼자 있을 수도 없어요. 부탁입니다 마크람 씨. 제 아이를 도와주세요.

자라.

***

제 소개를 하겠습니다. 저는 자폐인이고 자폐증이 있는 아들과 천재성을 지닌 딸이 있어요. 저는 딸에게 훈련을 받도록 했어요. 교사는 조용하고 예측 가능한 환경을 추천했어요. 방은 무난한 색으로 칠하도록 했고요. 그리고 방에는 장난감을 두 개만 놔둔다는 규칙을 정했어요. 나중에는 블록 쌓기도 갖다 놓을 거예요. 아주 천천히요.

저는 이런 환경이 아들과 저에게도 도움이 됐을 거라 확신합니다. 딸은 이제 다섯 살이에요. 천재적인 면이 있고, 어릴 때는 감각적 이상을 보였지만 지금은 없어졌어요. 시간을 내주셔서 감사합니다.

브랜디.

**

저에게는 아스퍼거 증후군이 있어요. 친구들과 같이 강렬한 세계 이론을 읽었죠. 자폐증이 없는 사람들은 드디어 우리 자폐인들이 그동안 보여줬던 (그리고 말했던) 것을 찾아냈어요! 어린 시절에(아주 어렸을 때부터), 청소년기에, 그리고 성인이 된 후까지 사람들은 제게 감정이 부족하거나 결여됐다고 말했고, 감성이나 어떤 인지능력이 없다고 했어요. 기본적으로 저를 '제'가 아니라고 했고 그렇게 취급했지요.

저는 부모님, 선생님, 의사, 치료사들에게 제가 사물을 적게가 아니라 더 많이, 더 강하게 인식한다고 자주 말했어요. 하지만 그건 예의 없거나 갖고 있는 문제를 숨기려 하는 발달장애인의 거짓말로 취급당했어요. 저는 예의가 없다는 이유로 벌을 받았죠.

박사님, 그런 교육과 치료가 건강에 미치는 결과에 대해 여쭤봐도 될까요? 저는 외상후스트레스장애라고 추측합니다. 빈혈을 치료하겠다고 피를 뽑는 것과 같아요. (…)

케이트.

***

안녕하세요. 헨리 씨.

자폐증은 전염되고 부끄러운 병처럼 여겨졌어요. 저는 하루 여덟 시간 동안 일합니다. 전체 자폐인 중 취업한 15퍼센트에 해당하죠. 하지만 저는 일자리에서 이해받기 위해 싸워야 했어요. 관리부서는 저의 요구를 공격이라고 생각했습니다. 2013년에 자폐증을 진단받은 이후 제 삶이 좀 더 편해지겠다고 생각했어요. 아니었습니다. 지난주에 저는 자해하기 시작했어요. 누구도 저를 이해하지 못할 거라고 생각했죠. 저는 헨리 씨가 저를 도와줄 수 있을지의 여부도 몰라요. 하지만 그냥 이메일을 보내야만 했어요. 혹시 제가 헨리 씨에게 도움을 줄 수 있을지도 모르죠. 누가 알겠어요? 이 메일를 쓰는 동안 눈물이 뺨을 타고 흘러내리네요. 제가 웃고 있는 사진 한 장을 첨부합니다. 겉으로 이렇게 보이니 사람들이 저를 제대로 파악하지 못한다고 생각해요. 헨리 씨는 제 상태를 알 수 없을 거예요. 다른 사람들과 똑같이 생겼으니까요. (…)
샌드라.

그리고 이런 식으로 이어졌다…….

저는 언어치료사이고 자폐증이 있는 열 살짜리 아들이 있어요. 교수님의 연구로부터 영향을 많이 받았고 제 아들과 다른 자폐성 아동들도 그렇게 대하고 있어요. (리즈)

저는 〈쥐트도이체차이퉁〉에서 교수님에 대한 기사를 읽었습니다. 교수님 말씀에 공감했습니다. 저는 항상 그렇진 않더라도 강렬한 감정을 갖고 있거든요. (산도르)

제게는 자폐증이 있는 조카가 두 명 있어요. 저는 그 아이들을 위해 돈을 모으려고 마라톤을 뜁니다. 그들에게는 분명히 공감능력이 있어요. (헤더)

저는 마흔 살이고 지금에서야 (자폐증) 판정을 받았습니다.

교수님의 이론은 처음으로 누군가가 저를 이해해준다는 느낌을 갖게 해줬어요. 저는 세상을 너무 빠르게, 너무 시끄럽게, 너무 강렬하게 느낍니다. (파브리지오)

교수님의 아들에 대한 글을 감동적으로 읽었습니다. 그리고 기본 명제에 동의해요. 저 스스로에게 자폐성 증상이 있기 때문에 평범한 세계로부터 받는 과도한 부담을 아주 잘 알고 있어요. 저는 몇몇 증상을 갖고 있고 자폐인을 위한 일종의 사용 설명서를 만들었어요. (다그마어)

수많은 편지와 이메일이 헨리와 카밀라에게 왔다. 아스퍼거에서 자폐증까지, 부모에서 친구까지, 학자에서 직공까지, 의사에서 일반인까지. 그리고 온라인 블로그, 게시판, 댓글을 통해 새로운 이론에 대해 의견을 남겼다. 헨리를 비판했던 우타 프리트도 한 어머니의 댓글을 링크하며 공감을 표했다.

제 삶은 완전히 달라졌습니다. 누군가가 자폐증을 결핍이라고 이야기하지 않는 것을 듣기는 처음이에요. 저는 교수님 부부가 쓴 것을 모두 읽었고 제 남편인 리처드에게도 보여줬습니다. 그리고 우리는 몇 주 동안 매일 밤 그에 관해 대화를 나눴어요. 우리 딸 엠마에게 의미하는 것은 뭔지, 그리고 우리가 엠마와 이야기하고 생활했던 방식을 어떻게 바꿀지에 대해서요. 저는 활기 넘치고 희망찬, 새로운 세계로 들어섰습니다.

우타 프리트의 우려는 진지하게 받아들여야 한다. 헨리와 카밀라는 '불치'라는 판정을 안고 살아가는 자폐인과 그 가족에게 진정으로 새로운 문을 열어줬다. 그들의 지식은 당사자들을 전율케 했고, 희망을 일깨웠으며, 소망하도록 했다. 그리고 마크람 부부에게는 논문을 통해 얻고자 하지 않았던 것을 가져다줬다. 바로 책임감이었다. 돈과 명예 역시 바라던 것은 아니었다. 그들은 논문을 통해 한 푼도 벌지 않았으며, 인터넷에 무료로 배포했고, 약물이나 치료 프로그램을 판매하지도 않았다. 물론 세상 모든 사람을 다 도울 수는 없었지만, 함부르크에 사는 한 엄마, 런던에 사는 케이트, 또는 바젤에 사는 자폐성 아동의 아버지는 도울 수 있었다. 그들은 이메일을 읽고, 귀 기울여 듣고, 답해주고, 용기를 불어넣었다. 그러나 이런 일들에 대해 준비가 돼 있지는 않았다. 원대한 계획을 갖고 시작한 것이 아니라 오직 카이만 생각했기 때문이다. 이제 상황은 바꿀 수 없게 됐고 그들은 바꾸기를 원하지도 않았다. 그들은 책임에 부응하고자 했다. 연구는 계속됐다. 카이를 위해, 모든 자폐인을 위해, 그들의 부모를 위해, 계속해서 입증하고 사람들에게 전파해야 했다. 기대하고 있는 건 프리트만이 아니었다. 편지를 쓴 사람들도 그랬다. 몇몇은 아주 공개적이기도 했다. 케이트는 이메일의 끝부분에 다음과 같이 썼다.

여쭙고 싶은 것이 있습니다. 심리 또는 신경의 손상을 치유하기 위해 진행됐거나 적어도 제안된(교수님이든 다른 학자든지요) 방법이 있긴 한지요. 그 손상이라함은 ① 장애 자체이거나, ② 잘못된 치료에 의한 것입니다.

그들의 연구는 계속될 것이다. 다음번에는 자폐증이 있는 쥐가 어떻게 회복될 수 있는지를 연구할 것이다. 그리고 헨리는 동물실험의 대부분을 불필요하게 만들 프로젝트를 추진하고자 한다. 가장 거대한 학문적 과제로 기대되는, 두뇌 시뮬레이션을 말이다.

뇌를
만들자

제프 베조스나 빌 게이츠와 같이
새로운 세계의 선구자를 탐구하다 보면,
헨리와 비슷한 영혼을 만나게 된다.

우리는 자극적이고 걱정스러운 시대에 살고 있다. 세상은 변혁을 겪고 있다. 새로운 시대가 시작되는 곳에는 항상 기술 혁명이 함께 일어난다. 인류가 경험한 가장 커다란 변혁은 구텐베르크가 활자를 발명하여 사람들에게 지식으로 가는 문을 열어준 것이다. 그들은 읽는 법을 배우고 읽기와 쓰기를 통해 사고를 변화시켰다. 그리고 사고를 통해 연구를 수행했다. 중세 시대에는 과학이 이미지를 가지고 작업했다. 이미지는 한 번에 많은 것을, 그리고 전체를 묘사한다. 반면에 글은 한 번에 하나씩 설명한다. 따라서 과학은 선형적으로,

일단 세부를 본 뒤 전체를 보게 됐다.

150년 전 세상은 또 하나의 변혁을 겪었다. 모든 것이 다시금 기술에 의해 시작되었다. 증기기관과 오토사이클기관, 기차와 자동차. 코닐리어스 밴더빌트, 존 D. 록펠러, 헨리 포드. 경제적 선구자가 곧 산업화 시대를 의미했다. 밴더빌트의 기차, 록펠러의 석유, 포드의 컨베이어 벨트는 세상이 돌아가는 방식을 바꿔놓았다. 손으로 하는 노동은 기계로 대체됐다. 푸른 작업복을 입은 '블루칼라'는 사라졌고, 그들의 아이는 하얀 옷깃의 '화이트칼라'가 됐다. 의학도 같이 변화했다. 로베르트 코흐와 파울 에를리히와 같은 두뇌들은 새로운 시대를 잘 이해했다.

우리 시대는 컴퓨터와 함께 시작됐다. '구텐베르크 시대'라는 이름의 유명한 이론이 있다. 1962년 사회학자 마셜 매클루언이 전파한 이론이다. 그는 시대의 전환을 감지했다. 전기의 시대가 도래한 것이다. 그의 말에 따르면 구텐베르크의 시대, 그리고 산업화 시대는 끝났다.

기업가들은 다시 한번 새로운 시대를 열었다. 막대한 부를 쌓았고 그들의 권력은 무서울 정도가 됐다. 새로운 세계를 이끌고 건설한 사람들의 이름은 스티브 잡스와 빌 게이츠, 래리 페이지와 제프 베조스다.

잡스와 게이츠는 모든 가정, 모든 주머니 안에 컴퓨터가 자리 잡을 세상이 올 것이라 예측했다. 구글과 아마존의 설립자인 래리 페이지와 제프 베조스는 이 두 선구자를 뛰어넘는다. 그들은 인터넷이 우리가 소통하는 방법을 어떻게 바꿀지, 세상이 돌아가는 방식을 어떻게 변화시킬지를 다른 이들보다 빨리 알아챘다. 포드의 컨베이어 벨트 방식을 알고리즘을 통해 강화했고, 우리의 손을 대체한 기계는 이제 생각까지 대신한다. 기계 역시 블루칼라에서 화이트칼라가 된 것이다. 옥스퍼드대학은 2030년까지 기계가 미국의 직업 중 절반을 필요 없는 것으로 만들 것이라 전망했다. 학문 역시 달라질 것이다. 의학도 물론이다.

나는 〈쥐트도이체차이퉁〉의 의뢰로 새로운 세상을 구축한 인물 중 몇 명을 탐구했다. 제프 베조스, 빌 게이츠, 그리고 〈타임〉이 전화를 발명한 알렉산더 그레이엄 벨의 후계자라 칭했던 트위터 설립자 잭 도시. 세 사람 모두 다방면에서 헨리와 닮아 있다. 그들은 괴짜고, 사람들과의 관계에서는 서투르지만 기술에 대한 이해도가 높으며, 대단히 똑똑하다. 그에 더해 진보에 대한 확고한 믿음을 갖고 있으며 세상을 변화시키려 한다.

시애틀에 있는 아마존의 로비에 들어가면 다음과 같은 글이 적힌 간판을 마주하게 된다. "세상에는 아직 발명되지 않은 것이 많다. 새롭게 일어날 일도 많다. 인터넷이 어떤 영향을 미칠

지는 아직 모른다. 오늘이 바로 혁신이 시작되는 날이라는 것도." 이 문장의 주인은 세계에서 가장 부유한 제프 베조스다.

빌 게이츠가 말했다. "제프는 요하네스 구텐베르크와 같은 위치에 있어요."

버락 오마바가 말했다. "아마존이 바로 21세기입니다."

제프 베조스는 아마존을 통해 쇼핑 방식과 물류가 움직이는 방식을 바꾸어놓았을 뿐만 아니라 권력까지 얻었다. 베조스는 누구도 자신을 막을 수 없다고 말한다.

"서점에 일어난 일은 아마존 때문이 아닙니다. 그것은 미래입니다."

사회학자인 콜린 크라우치는 이에 대해 다음과 같이 덧붙인다. "아마존 모델, 즉 데이터를 이용한 거대한 사회 전환이 이제 완성되었음을 알아야 합니다."

데이터와 컴퓨터가 새로운 시대의 관문이었다. 이를 통해 구텐베르크 시대의 업적과 산업화가 결합됐다. 그리고 지식을 보급했다. 역시 기계의 힘을 이용했지만 이번에는 인공지능이라는 정신적인 힘이었다. 파울 에를리히의 시대에 의학이 진보해 이전엔 물리칠 수 없다고 여겼던 질병을 치료한 것처럼 말이다.

나는 얼마 전 실리콘밸리에 있는 세바스찬 트룬을 찾아갔다. 그는 스탠포드대학의 교수로 구글 글래스와 구글 무인 자동차를 고안했으며, 의학자가 아닌 기술자다. 그는 스탠포드의 동료들과 함께 피부암을 진단하는 프로그램을 개발했는데, 숙련된 피부과 의사들보다 더 신뢰할 만하다는 것이 공공연한 사실이다. 컴퓨터의 눈은 더 많은 것을 인식할 수 있고, 컴퓨터의 뇌는 우리의 상상을 뛰어넘는 연산능력을 갖고 있다.

헨리는 일찍부터 기술이 의학에서 큰 역할을 하게 될 거라고 생각해왔다. 그가 공부할 때부터 그토록 싫어했던, 책에 쓰인 엄격한 규칙에 따라 일상적으로 진단을 내리는 단조로운 일은 컴퓨터가 곧 화이트칼라에게 넘겨받을 것이다. 선구자들은 이를 이용해 돈을 벌 수 있다. 그러나 헨리는 인류가 자폐증이든 조현병이든 알츠하이머병이든지 간에 뇌를 하나의 전체로서 바라보지 않으면 장애와 질병을 타파할 수 없다고 생각한다. 그러니까 질병 간에 경계를 세우면 안 된다는 뜻이다.

헨리: 우리는 질병이 함께 작용하는 방식을 알아야 합니다. 자폐증은 다른 질병과 증상을 공유하죠. 자폐인의 30퍼센트는 간질 환자와 마찬가지로 경련을 일으킵니다. 어떤 질병이 자폐증과 가장 공통점이 많을까요? 알츠하이머병? 파킨슨병? 우울증? 정신질환? 편두통? 그것들이 어떻게 서로 연관되어 있는지는 아무도 모릅니다. 아무도. 하지만 전 세

계의 병원은 데이터를 보유하고 있어요. 그 데이터를 네트워크화할 수 있습니다. 어떤 병의 증상이 다른 병에서도 나타날 수 있어요. 개개의 질병치료에서 보인 진전은 모든 질병치료를 촉진합니다. 이것이 우리에게 필요한 가속기예요. 유럽에는 3억 명의 뇌질환 환자가 있습니다. 그들로부터 얻은 유전자, 피 검사나 영상촬영 결과, 질병 이력 등의 데이터가 있고요. 그 데이터들을 연결하면 단번에 지식을 변화시킬 수 있습니다. 물론 정보 보호는 신경 써야겠죠. 저는 이에 대해서 제안한 바 있지만 학계는 들으려 하지도 않았어요. 그들에게는 시급한 일이 아니겠죠. 아프지 않으니까요.

학계는 입증된 방법으로 연구하는 것을 선호한다. 각자 연구하고, 끝나면 데이터를 공개하고, 저자로 명시된 논문을 쓰고, 그것으로 경력을 쌓는다. 논문이 보관소로 사라지더라도 말이다. 헨리의 인터넷 출판사는 해마다 10만여 편의 논문을 발간한다. 절대 다 읽을 수 없는 분량이다. 이 지식을 공유하는 더 나은 방법은 실험이 종료되기 전에 데이터를 데이터베이스에 집어넣는 것이다. 다른 연구자들이 똑같은 작업을 하지 않아도 되도록 말이다.

물론 데이터를 그냥 모으고 짜 맞추는 것만으로는 충분치 않다. 그것은 낡은 선형적 사고이다. 이런 방식으로는 뇌를 재구성하는 데 족히 100년은 걸릴 것이다. 이래서는 안 된다. 컴퓨터는 구텐베르크 시대 이전처럼 이미지로, 즉 총체적으로 사고해야 한다. 컴퓨터는 시뮬레이션을 통해 시험적으로 뇌를 재구성하고 데이터의 도움을 받아 그것을 수정한다. 고난도의 십자말 퍼즐처럼, 개개의 낱말을 단지 모으는 것이 아니라 그것들로 단어를 만들고 다 만들어지면 집어넣는 방식. 전체적인 이미지에서 시작하여 채워 넣고, 추측하고, 수정한 후에야 이 퍼즐을 생전에 다 풀 수 있다. 아이나 손주에게 물려주는 일 없이 말이다.

두뇌 시뮬레이션이 가능하다면, 멀지 않은 미래에 카이는 치유될 수도 있을 것이다.

***

2009년 7월 22일 옥스퍼드에서 TED 콘퍼런스가 열렸다. 전 세계에는 수없이 많은 콘퍼런스가 있다. 중요한 콘퍼런스가 많지만 그중 다보스포럼과 TED 콘퍼런스가 대표적이다. 모두 미국에서 개최되지만 연설 중 일부는 다른 대륙에서 진행되기도 한다.

현재에 관한 것이라면 다보스를 보면 된다. 미래에 관한 것이라면 TED가 척도가 된다. TED는 Technology, Entertainment, Design의 약자다. 참가자는 선구적 인물들이다. 스티브 잡스, 빌 게이츠, 래리 페이지, 2018년에 사망한 물리학자 스티븐 호킹, 노벨의학상 수상자 제임스 왓슨, 마이클 메르체니히 등. 그리고 이번에는 헨리 마크람이었다.

　주최 측은 그를 '경계를 넘나드는 사람'이라고 소개했다. 홀은 가득 찼고, 첫마디부터 웅성거림을 자아냈다.

　우리의 임무는 컴퓨터로 뇌를 재구성하는 것입니다. 왜 이렇게 하느냐고요? 일단은 뇌를 이해해야 하기 때문입니다. 사회에서 서로를 이해할 수 있으려면요. 두 번째로는 언제까지고 동물실험을 할 수는 없기 때문입니다. 세 번째 이유는 지구상에 20억 명의 사람들이 정신질환으로 고통받고 있기 때문입니다. 우리는 그들을 치료할 해결책을 찾을 수 있습니다.

　헨리는 숨을 깊게 들이쉬었다. 그렇다. 그가 안식년 이후 어떻게 변했는지 알 필요가 있다. 개별적인 카이가 아니라 전체로서의 카이를 돕는 것. 2005년 5월, 그는 몇 년 동안의 준비기간이 끝난 뒤 로잔에 있는 EPFL에서 블루브레인프로젝트에 착수했다. 이제 15분 동안 모든 것을 설명할 차례가 왔다. 120만 명의 사람들이 인터넷을 통해 지켜보고 있다.

그는 대뇌피질의 신피질에 관해, 즉 뇌에서부터 시작했다.

우주가 뇌를 만드는 데는 110억 년이 걸렸습니다. 정말 거
대한 진보는 신피질을 통해 이루어졌죠. 신피질은 또 하나의
새로운 뇌입니다. 포유동물은 후손을 낳기 위해, 다른 개체
와 소통하기 위해, 그리고 관계를 만들기 위해 신피질이 필
요합니다. 또한 어려운 정신적 문제를 해결하기 위해서도 그
렇고요. 신피질은 마지막 열쇠입니다. 그리고 아주 빠른 속
도로 진화했죠.

뇌는 두개골 속에 더 이상 남은 자리가 없었기 때문에 접히
고 복잡해졌습니다. 피질기둥 속에서요. 신피질은 100만 개
의 건반이 달린 그랜드 피아노라고 상상하시면 됩니다. 각각
의 기둥은 하나의 건반입니다. 건반을 자극하면 신피질은 교
향곡을 연주합니다. 이것이 바로 우리의 현실세계죠.

강렬한 세계 이론이라는 것이 있습니다. 이 이론에 따르면
자폐증의 뇌 속 기둥은 '초피질기둥'이라 부를 수 있습니다.
자폐인은 우리에게는 없는 학습능력을 갖고 있습니다. 하지
만 이 기둥 중 하나에 질병이 있으면 음을 잘못 연주합니다.
현실이 조작되는 것이죠.

헨리는 계속했다. 뇌과학의 '성배'는 이 기둥을 이해하는 것이다. 우리의, 그리고 자폐인이 경험하는 현실의 실체에 대한 수수께끼를 푸는 것.

2007년 블루브레인프로젝트는 중간 목표를 달성했다. 쥐의 뇌 속에 있는 기둥을 시뮬레이션한 것이다. 헨리와 그의 팀은 이 시뮬레이션을 위해 신경세포를 재구성했다. 이 과정에서 수학, 즉 두 명의 노벨상 수상자가 고안한 방정식을 적용했고, 초당 1,000억 개의 연산을 수행할 수 있는 컴퓨터를 사용했다. 신경세포 한 개를 연산하는 데 하나의 노트북이 쓰였다. 전체적으로 보면 1만 개의 노트북이 필요하다. 기둥 하나당 슈퍼컴퓨터 하나인 셈이다.

헨리는 하나씩 뉴런을 업로드했다. 그리고 무슨 일이 일어나는지 관찰했다. 아주 놀라웠다. 아무런 일을 하지 않아도 신경세포들은 서로 조화를 이뤘고 이쪽저쪽으로 신호를 보냈다. 이리저리 움직이는 새 떼처럼.

헨리는 발표문을 TED 무대에 오르기 몇 시간 전에 작성했다. 그리고 배우 카메론 디아즈가 관객석으로 들어오는 것을 보고 조금 긴장했다. 헨리는 시선을 아래로 떨궜다. 이마에는 땀이 흘렀다. 그는 이 프로젝트가 얼마나 더 흥미진진하게 발전할 것인지 모르고 있었다. 4년이 지난 뒤 EU는 헨리의 프로

젝트를 등대 프로젝트로 선정했다. 2013년에는 그로부터 '휴
먼브레인프로젝트'가 생겨났다. 10억 유로 이상이 지원될 예
정이었다. 10년 뒤에는 두뇌 시뮬레이션에 성공했다는 뉴스가
들려올 것이다.

동료와의
갈등

"그건 이기적으로 보이겠죠.
하지만 내 아이에게 도움이 되는 것은
다른 아이에게도 도움이 될 거예요."

로잔의 어느 프랑스 식당에 한 커플이 앉아 있다. 남자는 마른 몸에, 머리카락은 숱이 많은 갈색이었으며, 눈은 작았고, 목소리는 부드럽고 낮았다. 남자가 하는 말을 이해하기 위해 여자가 머리를 그쪽으로 숙여야 할 정도였다. 여자의 눈은 아주 동그랬는데 그 때문에 얼굴이 거의 소녀처럼 보였다. 눈은 밝고 맑았으며, 목소리는 꽉 차고 다소 거칠었다. 그녀는 눈짓과 손짓으로 종업원을 불렀다.

헨리는 타바스코가 곁들여진 굴요리와 스테이크를 주문했다. 카밀라는 생선요리와 백포도주 한 잔을 시켰다. 오늘은 정말 긴 하루였다. 카이는 이스라엘에 있고 베이비시터가 올리비아와 샬로테를 돌보고 있다. 대화하며 긴장을 풀 수 있는 시간이었다. 다행히도 카밀라는 제시간에 도착했다.

헨리: 우리 사이에 가장 큰 싸움의 원인이 이거야. 나에게는 자폐성 기질이 많아. 내 강박 중 하나는 시간관념이지. 카밀라는 시간관념이 없어요. 그런 면에서 보면 스페인 사람 같다니까요.

카밀라: 난 2년 동안 멕시코에서 살기도 했는걸.

헨리: 10시에 온다고 하면 11시에 오잖아. 내 뇌는 다르다고. 당신은 스페인식 뇌를 갖고 있어.

카밀라: 멕시코식이지, 여보. 스페인식이 아니라.

헨리: 시간관념만으로 보면 당신이 독일에서 자랐다는 걸 아무도 모를 거야. 내가 오후 7시라고 하면 그건 오후 7시야. 1분도 늦지 않은. 난 1분 늦은 것도 용납할 수가 없어.

카밀라: 우리가 뭔가 계획이 있으면 헨리는 24시간 전부터 이미 긴장을 해요. 제가 늦을 걸 아니까요. 이 사람은 카이하고 똑같아요. '어떻게 카밀라를 정각에 도착하도록 만들 수 있을까?'라는 질문에 몰두해 있어요. (웃음)

헨리: 카밀라는 오늘 아침 8시에 병원 예약이 있었어요. 저

는 이 사람이 절대로 제시간에 오지 않을 거라는 걸 알았죠. 그런데 도대체 왜 병원 예약을 8시에 잡은 걸까? 저는 6시 30분에 불을 켰어요. 샤워를 하고 카밀라가 일어나도록 최대한 시끄럽게 했죠. 그런데도 너무 늦었어요. 이건 우리가 끝까지 싸워야 할 문제예요.

카밀라: 그건 당신이 가진 자폐성 기질이야. 우리가 처음 만났을 때 헨리는 수줍어했어요. 아직도 그렇고요. 이건 유전이에요.

헨리: 난 시간문제에서는 카이보다 더 엄격하다고.

카밀라: 그리고 보통 두 사람이 만난 지 어느 정도 되면 뭘 하던가요? 같이 다른 사람들을 만나잖아요. 그런데 우린 아주 오랫동안 둘만 만났어요.

헨리: 사람들하고 같이 있었잖아.

카밀라: 부모님이나 친구들과 만나긴 했어요. 그런데 헨리는 어땠는지 아세요? 앉아서 한마디도 안 했어요.

헨리: 나중에는 했잖아. 내가 더 이상 말을 못 하게 하려고 테이블 밑에서 발을 밟은 적도 있으면서.

카밀라: 평상시에는 아주 다정해요. 잘 들어주고. 하지만 학문적으로 가면……. 콘퍼런스에서 헨리는 아주 기분 좋아 보이죠. 그래서 같이 말이라도 시작하면 이건 거의 독백 수

준이에요.

헨리: 일을 할 때는 감수성이 별로 필요가 없잖아. 그러면 난 불도저처럼 돼버려. 얻고자 하는 것에만 신경을 쓰고 모두가 길을 비켜야 하지. 그건 정말 감성적이지 못해. 거의 건방진 수준이지. '그건 틀렸어요, 그건 틀렸어요, 그건 틀렸어요' 이런 식이니까.

카밀라: 하지만 의식적으로 그러는 건 아니잖아. 좀 서툰 거지.

헨리: 아니, 난 알면서 그러는 거야.

카밀라: 비즈니스 미팅은 절대 그렇게 해서는…….

헨리: 그건 내가 배워야 해. 휴먼브레인프로젝트에 관한 중요한 미팅이 있었어요. 앉자마자 말했죠. '좋아요, 우리의 주제는…… 자, 시작합니다.' '잘 지내셨어요?'도 없고, '여기까지 오는 길은 어땠나요?'도 없이. 전 머릿속에 아무것도 없었어요. 다른 사람에 대해 대화하기 위해서가 아니라 일에 대해서 논의하려고 간 자리였으니까요. 하지만 스위스에서는 일단 10분 정도 사람들과 가벼운 이야기를 나눠야 해요. 카밀라에게 자리에 앉아 긴장을 풀고 질문을 하고 가벼운 이야기를 나누는 방법을 배워야죠.

(둘 다 웃음)

헨리: 이건 나와 카이의 공통점이기도 해. 나는 이제라도 배웠지만 카이는 아직 그럴 상황이 아니지. 말을 하기 시작하면 절대 멈추지 않아.

카밀라: 카이가 당신한테 잘 지내는지 요즘 무슨 일을 하는지 물어보긴 하잖아. 하지만 금세 자기 얘기를 시작하지. 당신이 잠들든 말든 상관없이.

헨리: 카이처럼 나도 수없이 많은 틱이 있어. 학교 다닐 때는 읽기와 맞춤법에 약했어. 철자를 뒤죽박죽으로 만들었지. 그리고 지금도 가끔 내가 적은 것을 알아볼 수가 없어. 하지만 내 나름의 전략을 세웠어. 그게 걸림돌이 되진 않을 거야.

카이는 아버지의 이런 능력 혹은 행운을 갖진 못했다. 헨리의 경우는 '칼라하리 치료'를 받아서 그럴 수 있었을지도 모른다. 그들의 연구 결과에 상응하는 환경 말이다. 텔레비전도, 컴퓨터도, 원색도, 시끄러운 거리도, 소음도, 영화관도, 인파도 없고, 정적과 사바나의 광막함, 예측 가능하고 자연스러운 흐름만이 존재하는 곳. 태양과 소 떼가 주기를 알려주는.

헨리가 열 살이 되었을 때에야, 즉 '위기의 시기'가 지나고서야 삶에 움직임이란 것이 생겼다. 언덕에서 굴리고 놀던 타이어, 운전석에 앉혀주던 삼촌, 다반에 있는 학교로 태워다주던 경비행기 조종사. 그때는 알지 못했다. 부모님과 할아버지가 올바른 환경을 조성해주셨다는 것을. 그들은 헨리를 지나치게 시끄럽고 빠른 세계로부터 보호했고, 헨리에게 질서를 가져다 줬으며 한발 물러나 있을 수 있는 기회를 마련해줬다.

예전에는 자폐성 기질이 있거나 다른 심리적 문제가 있는 사람들이 헨리가 그랬던 것처럼 남아프리카의 사바나나 바이에른 지역의 평야에서 자라는 행운을 누렸다. 강렬한 세계 이론이 추천한 바를 충족해주는 세계 말이다. 그러나 오늘날에는 수많은 사람이 카이처럼 불운하다. 시끄럽고 빠른 세상에서 태어났고, 그런 세상을 주머니 속에도 넣고 다닐 수 있기 때문이다. 평범한 사람이라면 풍요로움을 느낄 수 있겠지만 차단기가 내려갈 때까지 모든 것을 빨아들이는 자폐성 기질이 있는 아이에게는 비극적인 일이다.

그 밖에 학자들은 왜 우리 시대에 이렇게 많은 자폐증, 우울증이 있고 그 밖에 다른 정신적 고통을 받는 사람들이 많은지 궁금해한다. 그 원인 중 하나는 진단기술의 발전에 있다. 그리고 또 다른 원인은, 예전이라면 "정서불안이에요"라고 말했을 증상도 과도하게 살펴보고서 ADHD 판정을 내리는 데 있다. 그러나 환자 수가 증가하는 정도를 설명하기에는 여전히 부족하다. 어쩌면 이젠 휴식을 통해 자연스럽게 치유되는 아이들이 너무 적기 때문은 아닐까.

✳✳✳

린다는 카이를 검진할 때 그 가족도 면밀히 살폈다. 헨리에 대해서는 다음과 같이 적었다. "사냥꾼의 마음, 추적하는 정신." 그녀는 아스퍼거를 이렇게 불렀다. 또 하나의 특성은 지나치게 주의력이 높다는 점이었다.

헨리의 행운은 어린 시절에만 국한된 것이 아니었다. 성장해서 무장을 마치고 바깥으로 나가려 했을 때 부모님과 할아버지는 여전히 의식하지 못한 치유의 과정을 이어갔다. 그들은 헨리를 격려하고 지원해줬다. 자폐증은 장점으로 바뀌었다. 초피질기둥은 그를 학계에서 상부의 위치로 쏘아 올렸다. 헨리에게 자폐증이 없었다면 그는 MIT와 같은 유수의 대학과 EPFL 사이에서 마음껏 선택할 수 없었을 것이다. 그뿐만 아니라 강렬한 세계 이론을 만들어내지도 못했을 것이며 TED 무대에 오르지도 못했을 것이다. 그리고 휴먼브레인프로젝트의 수장이 되지도 못했을 것이다.

TED 측이 헨리를 경계를 넘나드는 사람이라고 소개한 이유는 헨리가 의학과 컴퓨터공학을 결합했기 때문이다. 그런데 헨리는 또 다른 의미에서도 경계를 넘나드는 사람이다. 바로 자폐증의 세계와 우리의 세계 사이다. 이는 사실 헨리의 숨겨진 결함이기도 하다. 린다는 차트에 헨리가 참을성이 없으며 그것이 가족에게 어떤 의미인지를 적어놓았다. 헨리는 아이들의 공부를 도와줄 때면 너무 느리기 때문에 답답함을 느꼈다. 그래서 카이를 독촉했다. 그는 카이를 데려가지 않고 잃어버린 것이다. 휴먼브레인프로젝트의 수장이 됐을 때에도 바로 이런 식으로 동료들을 잃어야 했다. 최고책임자도 간혹 아버지처럼 행동하고 다독여줘야 한다.

새로운 것은 언제나 저항과 반감을 불러온다. 휴먼브레인프로젝트도 마찬가지였다. 85개의 대학과 수백 명의 학자가 참여했다. 그리고 두 가지 입장이 서로 대립했다. 한편은 헨리를 위시한 사람들이었다. 다른 편은 전통주의자들이었다. 그들은 기존의 생물학자들처럼 연구하고, 뇌파를 측정하고, 뇌전류를 분석하고, 작은 결과들을 모아서 법칙을 이끌어내고자 했다. 그들은 헨리의 계획을 허상이라고 평가했다. 의학에 컴퓨터공학이 과도하게 쓰이는 것을 반대했다. "한 사람의 열정적인 탐구를 위해 유럽이 10억 유로나 지원해야 하나?"라고 〈네이처〉에서 비판하기도 했다. 그런데 그가 틀렸다면?

이런 두려움은 정당했다. 선구자들은 사실상 성공보다 실패를 더 많이 한다. 그러나 반대자들은 중요한 지점을 고려하지 않고 있다. EU는 모험을 지원하기 위해 이 등대 프로젝트를 만든 것이다. 그들은 지원자들에게 분명히 '비전을 담은 시도와 높은 위험부담'을 요구했다. 전통주의자들의 시각으로 만든 프로젝트라면 지원금을 받지도 못했을 것이다.

"마크람이 돈을 끌어온 것에 고마워하는 사람들이 많았어요. 하지만 그들은 자신들의 뜻대로 프로젝트에 영향을 줄 수 있을 거라고도 생각했죠." 한 연구자는 차후 〈노이에취르허차이퉁〉에 밝힌 바 있다. 이 전략가들은 헨리를 잘 알지 못했다. 그들은 헨리를 저지하기 위한 이메일을 보냈고 무뚝뚝한 답변을 받았다. 분노가 타올랐다. "그건 IT 프로젝트예요"라고 한 반대자는 불평했다.

"당연하죠"라고 헨리는 말한다. 그는 이 문장이 터무니없다고 생각한다. 그렇게 여기는 학자가 19세기 말에 있었다면 파울 에를리히에게 다음과 같이 말했을 것이다. "그건 화학 프로젝트잖아요." 그런 식으로 생각하는 이들은 새로운 시대를 이해하지 못한다.

아마존은 IT 프로젝트다. 그리고 유통을 바꾸어놓았다.

페이스북은 IT 프로젝트다. 그리고 우리의 소통방식을 바꾸어놓았다.

에어비앤비는 IT 프로젝트다. 그리고 여행문화를 바꾸어놓

왔다.

구글 무인 자동차는 IT 프로젝트다. 그리고 자동차회사가 이를 두려워하고 있다.

고전적인 뇌 연구는 100년 전부터 있었다. 이것도 물론 중요하다. 향후 100년은 더 갈 것이다. 그러나 이제 새로운 것이 필요하다. 새로운 시대에는 생화학이 아니라 IT 프로젝트가 의학을 이끌 것이다. '이것이냐 저것이냐'의 문제가 아니라 '어떻게'에 관한 문제가 될 것이다. 전통주의자들은 이에 관해 생각해 볼 필요가 있다. 선구자들은 불도저처럼 움직이는 특성이 있다. 물론 장기적으로 사회에 도움이 되는 것이 단기적으로는 피해를 줄 수도 있다. 포드와 밴더빌트는 환경보호와 노동 조건에 관심을 갖진 않았다. 그러기 위해선 노동조합과 정치가 필요했다.

새로운 강자 역시 가차 없이 움직인다. 에어비앤비는 주거 공간을 축소했다. 아마존의 직원들은 그들이 얼마나 힘든지를 알렸다. 페이스북이 우리의 데이터를 다루는 방법은 충격적이었다. 구글은 경쟁사들 때문에 수십 억의 벌금을 내야 했다. 그리고 디지털화된 의학은 사생활 침해 위험성이 있다. 환자의 데이터를 어떻게 보호할 것인가? 특히 이미 낙인이 찍힌 정신질환자의 경우는 어떻게 할 것인가? 어떻게 익명성을 보장하고 병원 데이터를 통합할 것인가? 진보와 기회만을 보고 위험성을 생각하지 않는 선구자들과 컴퓨터공학자들에게 어떤 식으로 윤리적인 질문을 던져야 할까? 해답을 찾아야 할 문제다.

***

수백 명의 학자들은 공개서한을 내며 헨리를 공격했다. 그의 목표는 망상이며 태도는 권위적이라고 지적했다. 그들은 헨리가 통솔력이 없다고 비판하기도 했다. 이 비판들은 맞기도 하고 틀리기도 하다. 헨리는 권위적이었으며 통솔력이 좋다고 할 수 없었다. 대화를 더 많이 할 수도 있었고, 의심스러운 눈초리에 대해 좀 더 이해심을 보여줄 수도 있었으며, 타협을 더 많이 할 수도 있었다. 하지만 그런다고 무슨 효과가 있었을까? 프로젝트에서 급진성과 위험부담은 제거하겠지만 동시에 그 의의, 즉 가치를 훼손할 것이었다. 물론 실패할 가능성이 높았다. 하지만 성공이 가져다주는 것은 헤아릴 수 없을 정도였다.

헨리의 머릿속엔 실패라는 것이 없었다. 그는 실리콘밸리의 선구자들처럼 생각하고 움직였다. 그들은 실수도 많이 했지만 한 가지만은 명확히 이해하고 있었다. 불가능을 현실로 만드는 것.

나는 몇 년 전 〈쥐트도이체차이퉁〉에서 실리콘밸리의 전설인 벤 호로비츠와 대담을 나눈 적이 있다. 이 투자가는 자신이 설립한 회사를 16억 달러에 매각했다. 그의 블로그는 구독자가 1,000만 명이나 된다. 그의 비즈니스 파트너는 인터넷 선구자 중 한 명으로서 새로운 시대의 대표자이자 넷스케이프의 설립자인 마크 안드레센이다. 이 둘은 수십 억을 주무르며 스카이프, 페이스북, 핀터레스트, 에어비앤비, 트위터 등 요컨대 실리콘밸리에서 이름 있는 거의 모든 기업을 소유하고 있다. 스카이프만 해도 1억 달러를 벌어들였다.

호로비츠는 말한다. 실패는 실리콘밸리에서 일상이라고. 90퍼센트의 회사가 도산하지만 10퍼센트는 도약한다. 그리고 부자가 된다. 그들은 위험부담을 찾아다닌다.

독일에서는 이러한 일을 상상할 수 없다. 이곳에서는 투자자들이 안정적인 사업을 약속하는 회사에 자금을 넣어둔다.

기존의 투자자들은 이미 얻은 것, 즉 소득을 본다. 실리콘밸리의 투자자들은 미래, 즉 소득의 기회를 본다. 한 스타트업이 차후 1,000억을 벌어들일 가능성이 1퍼센트라고 하면, 이는 당연히 10억을 투자할 가치가 있다.

그렇다면 휴먼브레인프로젝트가 약속하는 것은 무엇인가? 돈이 아니다. 그보다 더 큰 것이다.

"저는 최대 속도로 가길 바랐습니다. 시간이 오래 걸리는 해결책은 좋지 않아요. 훌륭한 해결책이라고 해도 말이지요. 제가 카이에게 도움을 주려고만 한다고 비판할 수도 있어요. 그건 이기적으로 보이겠죠. 하지만 내 아이에게 도움이 되는 것은 다른 아이에게도 도움이 될 거예요. 저를 미치게 만드는 것은 아주 유명하고 영향력 있는 노벨상 수상자 같은 사람들이에요. 그들은 언젠가는, 아마도 손주들은 뇌를 이해할 것이라고 말하죠. 그런 사람들을 뇌과학자라고 불러요. 그냥 그만두라고 하세요."

그렇게 헨리는 잡스나 베조스처럼 거친 이메일과 분노한 사람들을 불러 모으는 길을 걸었다. 그러나 결정적인 것을 간과하고 있었다. 베조스와 같은 사람은 투자자의 요구를 받아들였을 것이다. 동료들 역시 그렇게 하길 바란다. 위험부담이 클수록 회사지분으로 부자가 될 가능성도 높아지기 때문이다. 하지만 단체와 교수와 정치가들의 세계가 위험부담을 꺼렸다면 헨리는 기회를 얻지 못했을 것이다. 그는 책임자의 자리에서 물러났다. 프로젝트는 현재까지 착실하게 연구를 진행하고 있다. 헨리가 그토록 바랐던 것은 얻어내지 못하겠지만.

어쨌든 첫걸음을 가능하게 했던 그의 기업가 정신은 뇌과학 분야에도 일정 정도의 성과를 올렸다. 중국과 미국이 비슷한 방향으로 연구를 진행하겠다고 한 것이다. 그들은 유사한 프로젝트를 시작했고 유럽과 성과를 나누지는 않을 것이다. 뇌과학은 새로운 시대를 향해 서둘러 가고 있는 중이다.

헨리를 TED 콘퍼런스로 이끌었던 블루브레인프로젝트는 헨리가 계속 주도한다. 그는 일단 동물실험으로 두뇌 시뮬레이션을 시도하고자 한다. 그다음은? "저는 성공할 겁니다."

모니카의
눈물

우리는 완치법을 찾으려고 하죠.
그건 잘못된 방향이에요.

타니아는 자신의 길을 걸었고 교수가 됐다.
모니카 파브레가 팀에 합류했다. 이 젊은 박사과정생은 미국의
유명한 학교인 듀크대학에서 공부했다. 지도교수는 헨리의 연
구를 수업계획에 포함했고 모니카는 그 세미나를 좋아했다. 그
녀는 행동연구학자였으며 이에 몰두해 있었다. 생화학에서 분
자와 전달물질이 우리의 행동을 이끄는 것처럼. 모니카는 스위
스에 갔을 때 마크람 부부를 방문했다. 그들은 대화를 나눴고
서로에게 호감을 가졌다. "여기서 박사과정을 하세요." 카밀라
가 말하자 모니카는 모든 것을 그대로 둔 채 바로 연구를 시작

했다.

"헨리와 카밀라에게는 정말 무궁무진한 가능성이 있어요." 그녀는 말한다. "이곳에서 작업하는 일은 정말 굉장해요. 젊은 학자들을 놀라울 정도로 잘 지원해주죠. 본인이 한계를 두지 않고 작업할 준비가 돼 있다면요." 그 모든 장비와 자금, 그리고 동료들이라니.

모니카는 모든 것이 잘될 것이라고 생각했다. 나중에, 모든 것이 실패로 돌아가기 직전에, 헨리와 카밀라 앞에서 눈물을 흘리게 될 것이라고는 조금도 짐작하지 못했다.

***

모니카는 자폐증이 있는 쥐의 증상을 완화해서 다시 이전의 삶으로 돌려놓고자 했다. 그들의 치료방법이 가져오는 효과는 세포와 행동 모두에서 증명되어야 했다. 실험을 준비하는 데만 1년을 훌쩍 넘겼다. 어떤 동물을 대상으로 어떤 약물을 사용할 것인가? 어떤 실험방식을 적용할 것인가? 모든 것은 엄격하게 학문적인 규칙을 따라야 했다.

실험 아이디어는 다음과 같다. 자폐증이 있는 쥐를 두 개의 철장에 나누어 넣은 뒤 자극이 있는 환경에서 기른다. 우리가 사는 세상처럼 자극이 존재한다. 한 철장에는 예측 가능한 자극이 주어지고 다른 한 철장에는 자극이 급작스럽게 주어진다. 쥐들은 어떻게 될까?

오랜 준비기간 끝에 모니카는 작업에 착수했다. 일단은 쥐를 길러야 했다. 타니아가 했던 것처럼 임신 초기에 주사를 놓는다. 차이점이라면 쥐가 자폐증을 갖고 태어나지 않았다는 것이다. 모니카는 매일 '놀라운 가능성'으로 무장된 자신의 '놀라운' 실험실에 앉아서 그리 놀랍지 않은 것들을 이루어냈다. 그러니까 그녀는 아무것도 이루어내지 못했다. 타니아가 했던 것처럼 정확히 계획에 따라서 주사를 놓았지만 아무 일도 일어나지 않았다. 마치 쥐가 약물에 면역을 갖게 된 것처럼. 몇 달을 그렇게 하루 열세 시간씩 작업했지만 연구의 가설을 만드는 것조차 성공하지 못했다.

헨리, 카밀라와 모니카는 매주 미팅을 했다. 모니카는 아주 기뻤다. 세계적인 교수로부터 매주 지도를 받다니. 박사과정생이 무엇을 더 바라겠는가? 하지만 시간이 지날수록 분위기는 악화했고 미팅은 고문이 됐다. "그리고? 새로운 것이 있나요?" 헨리는 매번 물었다. 모니카는 앉아서 시선을 떨궜다. 그녀의 풍성한 곱슬머리조차 풀이 죽어 아래로 처진 것처럼 보였다. "저는 악순환에 빠졌어요. 더 이상 말할 것도, 보여줄 것도 없었죠. 데이터도 없고, 분석도 없고, 아무것도 없었어요. 미팅에는 갔지만 내놓을 것이라곤 하나도 없었던 거죠."

헨리는 모니카를 그냥 내버려 뒀다. 그는 처음부터 그녀가
우수한 학생임을 알고 있었다. 그녀의 잘못이 아니었다. "당신
이 경험한 건 우리 모두가 이미 경험한 거예요. 발견은 거저 주
어지는 것이 아니죠. 계획은 빨리 세울 수 있지만 그걸 현실화
하는 데에는 시간이 걸려요." 헨리는 말했다. 그는 모니카에게
이런저런 조언을 해줬다. 그녀가 임신한 쥐에게 다른 약물을
주사했기 때문일까? 원래 쓰던 약물은 더 이상 구할 수 없었다.
혹은 쥐들이 바뀐 것일까? 쥐들은 서로 다른 유전자 구조를 갖
고 있다. 이런 변동사항은 실험과정에 영향을 미친다. 쥐들이
자폐증을 갖게 하기 위해서는 정확한 순간에 정확한 양을 주사
해야 한다. 그리고 쥐가 정확히 얼마나 유전적인 영향을 받았
는지도 역시 큰 역할을 한다.

모니카는 고마워하며 헨리를 쳐다봤다. "예, 그게 설득력 있
게 들리네요. 그렇게 해볼게요." 모니카는 쉽게 포기하고 싶지
않았다. 그녀 역시 힘든 시간을 보낸 뒤 결국은 보상을 받은 적
이 있다.

매일매일 다시 작업을 했지만 저주받은 것만 같았다. 그녀는
모든 것을 시도해봤다. 조금 일찍 주사를 놓고, 조금 늦게 주사
를 놓고. 더 많이, 더 적게. 그리고 기다렸다. 쥐가 세상에 나올

때까지. 하지만 쥐에게서 자폐증이라는 징후는 보이지 않았다.

어느 정도 시간이 흐르자 헨리와 카밀라도 초조해졌다. 카밀라는 더 많이 개입했지만 그녀의 도움도 소용이 없었다. 그리고 실험 일정조차 시작되지 못한 채 또 1년이 지났다. 그들의 머릿속에 떠오르는 생각은 하나밖에 없었다. 수의사가 쥐를 검진해야 했다. 그리고 수의사는 쥐가 기생충에 감염되었다는 결론을 내렸다. 그거였다. 기생충 감염이 쥐의 행동과 충동과 두려움을 바꾸어놓은 것이다.

대참사였다고 헨리는 토로했다. "우리는 처음부터 다시 시작해야 했죠." 쥐가 살던 곳을 비우고 여섯 달 이상 소독했으며 그 뒤 새로운 쥐를 샀다. 3년이 지나가 버렸다. 모니카는 그저 울고만 싶었다. 이러려고 모든 걸 포기한 건가? "저는 한계에 다다랐죠. 그리고 묻기 시작했어요. 이럴 만한 가치가 있나? 하루 열세 시간을 일하면서 개인 시간도 포기했는데. 학문이란 것 자체가 이미 어려운 건데. 그러다 어느 시점에 가서는 그렇게 말하게 되더라고요. '의무감으로 해야 하는 건 아니야.' 그리고 스스로와 약속을 했죠. 아무런 결과가 나오지 않더라도 계속한다. 박사논문이 끝나지 않아도 괜찮아."

이런 생각이 분명해지고 스스로에게 확신이 생기자 모니카는 압박감 없이 다시 작업을 진행시켰다. 그때까지 엄두를 내

지 못했던 몇몇 일, 분자생물학 분야의 새로운 기술을 시도해
봤다. 그리고 이제 철장 두 개를 가지고 하는 실험이 남았다. 그
녀는 시작하고자 했다. 하지만 이번엔 임신을 하게 됐다.

＊＊＊

　출산과 출산휴가를 마친 뒤 모니카는 시간을 새롭게 분배했
다. 오래전부터 잡혀 있었던 박사시험 일정이 4개월 앞으로 다
가왔지만 여전히 보여줄 수 있는 것은 없었다. 하지만 모니카
는 낙담하지 않았다. 그녀는 자신이 할 수 있는 일을 했고 카밀
라와 헨리는 계속해서 용기를 줬다.

　그리고 그날이 왔다. 서로 다른 철장 안에 있는 쥐와 수치와
세포가 헨리와 카밀라가 5년 전 기록해놓았던 가설을 실현시
키는 날. 모니카는 믿을 수가 없었다. 그녀는 어머니에게 전화
를 해서 실험에, 데이터와 분자에 집중할 수 있도록 몇 주 동안
만 손녀를 봐주러 와달라고 부탁했다. 그녀는 씻지도 않고 하
루 종일 실험실이나 부엌에 앉아 있었다. 일어나면 잠옷을 입은
채로 일하러 갔다. 퍼즐은 맞춰지기 시작했고 드디어 전환점에
도달했다. 1년이 더 필요했다. 모든 시험을 통과하고 강렬한 세
계 이론을 증명할 증거를 가져다줄 하나의 수식을 정립하기 위
해서. 그들은 이 힘든 몇 달 동안 매주 미팅을 했다. 모니카에게

미팅은 다시 즐거운 일이 됐다. 헨리가 말했듯이 발견은 저절로 이뤄지는 것이 아니다. 그리고 헨리와 카밀라는 모니카만큼이나 흥분한 상태였다. 아직까지도 헨리는 2015년의 그날들에 대해 이야기할 때면 목소리를 높인다.

카밀라: 모니카는 엄청난 과제를 해냈어요.

헨리: 두 개의 철장을 만든 착상은 훌륭했죠.

카밀라: 우리는 쥐들이 성장하고 서로 놀고 상호작용을 할 수 있는 철장 두 개를 마련했어요. 별다른 일이 일어나지 않는 고전적인 실험실 환경보다 더 많은 자극을 줄 수 있었어요.

헨리: 쥐들은 아주 사회적이에요. 촘촘히 짜인 망을 철장 안에 있는 두 쥐 사이에 놓으면 쥐들은 금세 서로에게 다가가 망을 사이에 두고 찍찍거리기 시작해요. 하지만 자폐증이 있는 쥐는 찍찍거리지 않고 다른 쥐들을 피해요. 그보다는 통나무에서 놀기를 선호하죠. 좀 높은 곳에 올려놓으면 무서워하면서 더 이상 움직이지 않아요. 다른 쥐들은 통나무 이곳저곳을 오르내리죠. 고소공포증이 없거든요.

카밀라: 자폐증이 있는 쥐는 변화를 좋아하지 않아요. 하지만 두 개의 철장 속에서는 냄새와 먹이 등 변화가 주어지

죠. 첫 번째 철장에서는 일정하고 예측 가능한…….

헨리: ……그리고 두 번째 철장에서는 급작스러운.

카밀라: 실제 삶에서처럼 말이죠.

헨리: 우리는 간단하게 바꿔치기할 수 있는 공을 갖고 실험했어요. 다른 색, 다른 크기, 다른 재질. 쥐들은 다음번에 어떤 공이 나타날지 예측할 수가 없죠.

카밀라: 그리고 다른 철장도 같은 방식으로 세팅했어요. 다만 변화는 예측 가능해요. 일정한 규칙하에 일어나니까요.

헨리: 우리는 규칙을 엄격하게 지켜야 했어요. 금요일에는 새로운 공이 주어지고 토요일에는 새로운 냄새, 일요일은 철장 벽이 다른 식이었죠. 결과는 아주 드라마틱했어요. 자폐증이 있는 쥐의 두려움, 감정적 혼란이 완전히 사라졌거든요. 그 쥐들은 다른 쥐들을 더 이상 피하지 않았어요. 통나무에서 놀지 않고 다른 쥐들을 탐색했죠. 그리고 지능 검사에서 대단히 좋은 성적을 보였어요. 이를테면 소리를 알아듣고 구분하는 것 말이죠. 이전보다 훨씬 나아졌어요.

카밀라: 몇몇 기억력 검사에서도요.

헨리: 그 쥐들의 강점이 이제야 드러났죠. 두려움, 의례 등의 약점이 사라질수록 지능은 더 높아졌어요.

카밀라: 핵심은 자폐성 증상을 되돌릴 수 있었다는 거예요.

헨리: 그리고 자폐증의 심화를 막는 거죠. 모니카의 작업
은 우리의 이론을 더 굳건하게 만들었어요.

＊

그리고 이제는? 2018년에는 어떻게 될까? 헨리와 카밀라에
게는 다시 결정을 내려야 하는 순간이 왔다. 그들의 이론은 여
전히 많은 주목을 받으며 연구 또한 계속됐지만 이제는 한계에
부딪혔다. 임상실험으로 논문을 쓰기에는 시간이 부족했다. 그
들의 회사인 출판사 프론티어스에는 할 일이 많았다. 올리비아
와 샬로테도 돌봐야 했다. 다른 학자들이 연구를 보강하고, 세
밀화하고, 진척시켰다. 하버드대학의 연구팀은 퓰리처상 수상
자인 론 서스킨드와 함께 자폐인에게 예측 가능성이 얼마나 중
요한지를 연구했다. 서스킨드의 아들 오웬은 두 살 때부터 말
을 하지 않았고 디즈니 영화에만 관심을 보였다. 4년이 지난
뒤 오웬은 입을 열었다. 동생이 생일에 울었을 때 이렇게 말한
것이다. "월터는 크기 싫대. 모글리나 피터팬처럼." 그러고는 다
시 침묵했다.

서스킨드는 영화가 오웬에게는 세상으로 향하는 길이라고
생각했다. 그는 오웬의 방으로 들어가 〈알라딘〉에 나오는 앵무
새 손가락 인형을 끼고 역할놀이를 시작했다. 오웬은 다시 말

을 하기 시작했다. 서스킨드는 이에 대해 글을 썼고, 마크람 부부에게 찾아가 아버지로서 본능적으로 잘한 것이 무엇인지를 설명해달라고 부탁했다. 그는 이제 교수들 앞에서 강의를 하고, 그의 아들과 함께 자폐인에 대한 고정관념을 깨기 위해 노력하고 있다. 그와 자주 연락하는 마크람 부부는 방금 전 서스킨드로부터 이메일을 받았다.

경애하는 마크람 부부에게.

제가 사는 도시에는 기쁨이 넘쳐나고 있습니다. 교황은 우리를 '신경다양성을 위한 운동의 선구자'라고 표현했지요. 이는 우리 시대의 시민권 투쟁입니다. 교황과 만난 뒤로 오웬은 교황청 메달을 목에 걸고 있어요.

이건 우리의 운동입니다. 우리는 선두에 서 있어요. 그리고 점점 더 많은 추종자가 생길 겁니다.

서스킨드는 MIT와 하버드의 학자들이 새로운 실험을 시작했다고 밝혔다. 인공지능을 통해 자폐증에 접근하는 방법을 찾고자 하는 실험이었다.

하버드와 서스킨드, 즉 학문과 당사자는 손을 잡고 더 큰 목소리를 냈다. 마크람 부부는 양자 모두를 아울렀다. 그들은 헨리의 메시지를 전 세계에 알리고 있는 서스킨드가 말한 것처럼 선두에 서 있다. 그 메시지는 단순해 보이지만 모든 것을 바꿔 놓을 수 있다. "자폐인은 공감능력이 떨어지는 것이 아닙니다. 문제는 우리의 공감능력입니다." 이는 많은 뇌질환과 장애에 적용될 수 있는 메시지다.

모니카는 말한다. "저는 헨리 교수님에게서 많은 것을 배웠어요. 실제의 삶이라는 다른 관점이 있다는 걸 말이죠. 실험실에서는 그걸 쉽게 잊어버려요. 자폐인들이 유튜브나 블로그에서 하는 말을 보고 있으면, 또는 유명한 자폐인 템플 그랜딘의 말을 듣고 있으면, 그들은 자폐증이 완치되기를 바라진 않는다는 걸 알 수 있어요. 그런데 바로 그 지점이 우리 학자들의 1차 목표예요. 우리는 완치법을 찾으려고 하죠. 그러나 그건 잘못된 방향이에요. 저에게는 헨리와 카이가 전환점이었어요. 실험실에서의 1차 목표는 자폐증의 완치가 아니라 해로운 점의 생물학적 원인을 찾아내는 걸로 바뀌었죠. 예를 들면 두려움 같은 거 말이에요. 원인을 밝혀내고, 그것이 사람에게 해를 끼치는지의 여부를 판단하고, 극복하는 방법을 찾아내는 거죠. 그리고 더 나아가 자폐인이 그 자신일 수 있도록 하는 거예요. 그들의 뇌는 달라요. 하지만 우리는 모든 사람의 뇌가 똑같길 바라진 않잖아요. 그저 그들이 건강하고 행복하며 독립적으로 살길 바랄 뿐입니다."

스파이와
천재로부터

우리의 세상을 지금처럼 만든 것은
'정상'이 아니다.
그것은 '다른' 것들이었다.

우리는 어떻게 지금의 우리가 됐는가?

이 질문에 대한 답이 하나 있다. 노벨상을 받은 뒤 진화에 관심을 기울이게 된 위대한 화학자 만프레트 아이겐이 연구한 내용이다. 헨리가 학생일 때 사로잡혀 있었던 아이겐의 견해는 언뜻 복잡해 보이지만 이는 유전자와 분자로 생명, 즉 살아 있는 구조물을 만드는 방법에 관한 것이다. 학문적으로 말하자면 원시수프primordial soup에서 단세포로, 원숭이에서 인간으로 가는 길에 관한 것이다. 답은 단순하지만 놀라울 정도의 힘을 갖는다. 그리고 자폐인에 대한 시선을 변화시킨다.

인간은 살아 있는 구조물이다. 그리고 천천히 변화한다. 이를 위해 인간은 전체 구조를 새로운 방향으로 이끄는 내부의 개혁가, 즉 스파이를 요구한다. 이 개혁가에게는 듣기에 거슬리는 학문적 명칭이 있다. 바로 돌연변이다. 돌연변이는 스스로 변화하며, 정상과는 다르다. 그래서 시스템에 문제를 일으킨다. 들어맞지 않는 것이다. 그러나 장기적 관점에서 보면 생존을 보장한다. 돌연변이는 대안이며 미지의 세계로 들어가는 스파이다. 진화 과정에서 돌연변이는 거의 살아남지 못한다. 그러나 그중 몇몇은 새롭고 더 나은 길을 보여준다. 구조물을 더 강하게 만들고 계속 발전시킨다. 돌연변이가 없었다면 깃털과 물갈퀴도, 직립보행도, 정신적 활동도 없었을 것이다.

사회 또한 살아 있는 구조물이라고 할 수 있다. 그리고 변칙에 의해 발전한다. 헨리 포드가 자동차를 개발한 것은 사람들이 여전히 마차를 꿈꾸고 있을 때였다. 아웃사이더인 콘라트 추제와 또 다른 치밀한 사람들이 컴퓨터를 발명했을 때 IBM의 수장은 겨우 다섯 개의 샘플만으로 세계시장을 내다봤다. 모든 것이 그저 정상이기만 했다면 우리는 여전히 원시수프였을 테고, 돌연변이의 위력이 없었다면 우리는 여전히 사냥꾼이나 농부 혹은 선로공이었을 것이다. 물론 자동차도 없고 인터넷도 없이 정체되어 있었을 것이다. 우리의 세상을 지금처럼 만든 것은 '정상'이 아니다. 그것은 '다른' 것들이었다.

카이는 다르다. 자폐인들은 다르다. 그들은 시스템, 즉 사회에 있어 하나의 기회다.

타니아는 얼마 전 미국에서 온 전화를 받았다. 그녀와 헨리의 연구에 관심이 있는 한 작가가 대화를 나누고 싶어 했다. 주제는 천재였다. 전화를 건 이유는 조앤 루트사츠 교수의 연구 때문이었다. 심리학자인 그녀는 천재와 자폐인이 1번 염색체에 유전자 변이를 공유하고 있다는 결론을 내렸다. 그 변이된 유전자를 지닌 사람에게는 자폐증의 가능성이 있는 것이다. 또한 천재가 될 가능성도.

2012년에 진행된 또 다른 연구에서는 천재의 절반에게 친지 가운데 자폐인이 있다고 지적했다.

천재와 자폐인은 얼마나 많은 것을 공유할까. 그들은 놀라운 기억력과 세부적인 것에 대한 무서울 정도의 지각력, 그리고 그치지 않는 열정을 갖고 있다. 루트사츠는 〈허핑턴포스트〉와의 인터뷰에서 이렇게 말했다. "그건 재미있는 일이에요. 자폐인에게는 이런 면이 약점이거든요. 하지만 천재의 경우는 강점이죠."

그녀는 자폐증에 관해 뭔가 알아내기 위해 천재를 연구하자고 학계에 제안했다. 어떻게 모차르트, 아인슈타인, 혹은 다빈치 같은 사람이 존재할 수 있었느냐는 물음에 대한 답을 찾아낸다면 자폐증에 대해서도 많은 것을 알게 될 것이다.

빠른 속도로 퍼져나가는 이 변칙성이 장기적 관점에서 봤을 때 사회를 변화시킬지 여부를 궁금해할 수 있다. 이것은 거대한 물음이다. 원시수프는 단세포를 상상할 수 없었을 것이며, 원숭이 또한 네안데르탈인을, 네안데르탈인은 호모 사피엔스를, 구텐베르크 시대의 사람들은 2미터까지 자라고 100세까지 사는 인간을 상상할 수 없었을 것이다. 우리는 항상 우리 세대가 진화의 마지막일 거라고 생각한다. 육체와 정신 모두 완성됐으며 뇌 역시 모든 가능성을 다 보여줬다고 말이다. 그러나 뇌는 계속해서 연결되고 주름이 생긴다. 지금은 심지어 육체를 떠나서도 그렇다. 즉, 컴퓨터에서 말이다. 컴퓨터는 현재 사고하는 방식을 배우고 있다.

자폐인은 다르게 생각하고 다르게 느끼는 세상의 전위부대일지도 모른다. 혹은 예외로 남을 수도 있다. 단지 아주 조금 다를 뿐, 우리와 같은 100명의 사람들 중 하나로.

***

헨리는 말한다. "여러분이 갖고 있는 가능성으로 어떻게 사회에 기여할 수 있을까요! 생애 초기에 여과된 세상에서 자라났다면 천재가 될 수 있었을 것입니다."

이러한 생각은 반발을 자아냈다. 우타 프리트는 헨리의 연구를 다룬 그녀의 논문에서 정확히 이 대목을 비판했다. 이는 부모들에게 압박감을 줄 것이며 아이를 천재로 만들어야 한다는 비이성적 기대와 불안감을 불러일으킬 것이라고. 프리트는 한 지지자 커뮤니티 회장의 말을 인용했다. "자폐인의 가치를 특별한 재능을 가졌는지의 여부에서 찾아서는 안 된다."

헨리는 그런 말이 필요 없는 사람이다. 그의 옆에는 천재성을 갖지 않은 아이가 하나 있다. 그렇지만 아나트와 카밀라와 헨리에게는 세상에서 가장 소중한 사람이다. 모든 아이가 부모에게 그런 것처럼.

큰 기대

전 알고 있었어요.
이건 희대의 대참사로 끝나리라는 걸.
저는 그걸 알고…….

카이는 제대로 잠을 자지 못했다. 뒷목이 아
팠다. 10분마다 하품을 했고 콧물을 훌쩍였다. 카이는 기분이
좋지 않았다. 눈 밑에서는 레만호가 반짝였고 수평선 위로는
알프스가 위엄을 뽐내고 있었다. 로잔의 봄날이었다.

카밀라와 헨리는 카이를 공항에서 데려왔다. 어떻게 될까?
카이에 대해서라면 알 수가 없다. 좋을 수도, 재미있을 수도 있
지만 시끄러운 눈물바다가 될 수도 있다. 한 가지는 확실했다.
지루하지는 않을 것이라는 사실.

카밀라: 크리스마스 아직 기억해?

헨리: 아, 그럼.

카밀라: 카이는 크리스마스를 좋아하지.

헨리: 노래를 부르는 전통을 만들었잖아. 일곱 살인가 여덟 살 때.

카밀라: 〈징글벨〉.

헨리: 〈울면 안 돼〉는 모두가 합창해야 했어.

카밀라: 〈고요한 밤 거룩한 밤〉은 식사 후에. 카이가 선창해야 했죠. 다른 사람은 안 돼요. 아니면 크리스마스는 끝난 거예요.

헨리: 그래, 그러면 크리스마스는 끝장난 거지. (웃음)

카밀라: 딸아이들은 그냥 넋 놓고 보기만 했어. 너무 웃겼지.

헨리: 그리고 카이는 매년 산타클로스를 연기했어요. 한번은 크리스마스이브에 방에서 산타클로스 옷을 입고 있었는데 뭔가 이상했어요. 카이에게 무슨 일이냐고 물었는데 카이는 뭐라고 말해야 할지를 몰랐죠. 바지를 이스라엘에 두고 온 거예요. 아주 심각한 상황이었어요. 우리는 바지를 사러 가서는 전체 코스튬을 다 사버렸어요. 간신히 위기를 넘긴 거예요.

카밀라: 카이는 항상 선물을 나눠주곤 했었죠.

헨리: 그리고 카이는 선물을 받기 전에 항상 무서워했어요. 지난해에는 카이에게 아주 특별한 선물을 주기로 했죠. 오큘러스 리프트라고. 쓰면 영화가 보이고 자기가 마치 영화의 일부인 것처럼 느껴지는 가상현실 안경이에요. 안경을 쓰고 아래를 보면 땅과 숲과 초원을 내려다보며 패러글라이딩하는 기분을 느낄 수 있죠. 아주 재미있어요.

카밀라: 헨리는 카이에게 항상 새로운 잡동사니를 사 줘야 한다고 생각해요.

헨리: 저는 항상 같은 덫에 걸려요. 가장 멋진 선물을 사려고 하는데 실패하곤 하죠. 지난해에는 이렇게 말했어요. '무선조종 비행기를 사 주자.'

카밀라: 지난해가 아니라 몇 년 전이야. 여러 가지 대참사 중 첫 번째였지.

헨리: 멋진 헬리콥터였어요. 아주 큰.

카밀라: 드론처럼요.

헨리: 아니야, 드론은 가볍게 날잖아. 그 헬리콥터는 아니었어. 우린 밖으로 나가서…….

카밀라: ……배터리와 조종방법 때문에 우왕좌왕하다가 겨우 날렸는데.

헨리: ……헬리콥터가 숲속으로 들어가 버렸죠.

카밀라: 그냥 사라졌어요. 딱 10초 뒤에 말이에요.

헨리: 그리고 찾을 수가 없었어요.

카밀라: 카이는 실망해서 하루 종일 그랬어요. '엄마 아빠 책임이야. 엄마 아빠는 바보야.'

헨리: '항상 나한테 바보 같은 선물을 사 줘.'

카밀라: 그 뒤로는 제가 선물을 준비해요.

헨리: 하지만 그 안경은 제가 결정한 거예요. 고급 중의 고급으로. 상자가 아주 컸죠.

카밀라: 카이는 항상 가장 큰 선물을 받아요.

헨리: 물론 이러죠. '뭐야? 나 뭘 받는 거야?' 그리고 저는 항상 같은 실수를 해요. '절대 모를 거야.' 그러면 카이는 '아니야!'라고 하죠. 그다음에는 맞추기 시작하는 거예요. 정말 오랫동안. 하지만 맞출 수는 없었죠. 오큘러스 리프트라니. 카이의 목록에는 없었던 거죠.

카밀라: 아는 건 다 말했잖아. 닌텐도 위, 플레이스테이션……

헨리: ……엑스박스, 전부 다. 항상 크리스마스트리 아래 놓인 상자 중 제일 커다란 상자가 카이의 것이었지만 그 생각은 하지 못했어요. 그리고 카이는 과호흡 상태가 됐죠.

카밀라: 전 알고 있었어요. 이건 희대의 대참사로 끝나리

나는 걸. 저는 그걸 알고 …….

헨리: 사실 상자 안에 뭐가 들어 있는지는 상관없었어요. 항상 기대가 더 컸으니까.

카밀라: 매년 아이폰을 사 주면 어떨까도 이야기했죠. 아이폰은 카이의 예상을 넘어서는 것이었어요. 그때까지 가장 최고의 선물이었죠. 매년 아이폰 선물. 그러면 다 잘됐을 텐데.

헨리: 실용성도 있고. 카이는 화가 나면 물건을 벽에 집어 던지거든요.

카밀라: 그런 식으로 벌써 아이폰 몇 개를 부쉈어요. 하지만 올해는 사 주지 않을 거예요. 지난번 것도 벽으로 날아갔으니 벌을 받아야죠. 우리는 내년에나 사 주자고 합의했어요.

헨리: 어쨌든 안경은 많이 까다로웠어요. 뛰어다녀야 했으니까.

카밀라: 24시간 동안의 마라톤 수술이었죠.

헨리: 그것도 크리스마스이브에. 두 딸도 같이 있는데. 할 일이 너무나 많았어요. 오큘러스 리프트는 바로 착용할 수가 없어요. 일단 컴퓨터에 프로그램을 깔아야 했는데 맥에는 깔수 없다는 걸 알았죠. 그래서 사무실로 가서 데스크톱을 가져왔어요. 최신기종의 좋은 그래픽카드가 들어 있었으니까 모든 걸 다 갖춘 셈이었어요.

카밀라: 드라이버가 없을 뿐이었지.

헨리: 네 시간이 지나서야 그걸 알았죠.

카밀라: 카이는 내내 당신 뒤에 서 있었어. '돼? 이제 돼?' 그리고 당신은 그랬지. '응, 카이 이제 될 거야.'

헨리: 그러고 나서 솔직히 말해야 했어요. 못 하겠다고. 크리스마스까지는 더더욱. 그리고 문제를 해결할 개발자 한 명을 불렀어요. 다행스럽게도 휴대폰이 벽으로 날아가는 일은 없었죠. 기적이었어요.

카밀라: '기대관리'라고 하지. 카이의 기대감을 다룰 줄 알아야 해.

헨리: 자폐증 자체를 바꾸지는 못하지만 모두에게 중요한 문제예요. 일상적인 전략이죠. 앞서 생각해서 자폐인의 기대에 맞춰가야 해요. 자폐인이 기대한 바를 충족하지 못하거나 갑자기 뭔가 다른 일을 하면 그건 엄청난 트라우마로 남게 돼요. 저녁 7시에 볼링장에 간다고 하면 카이는 4시부터 기다리기 시작하거든요. 세 시간 동안 기대가 커지는 거죠. 그런데 7시 대신 7시 5분에 갈 수도 있다고 하게 되면 문제가 생기는 거예요. 폭발이 일어나죠. 그러니까 이건 결국 기대관리의 문제예요.

카밀라: 쉬운 것처럼 들리지만 가장 어려운 일이죠. 우리

가 평소에 하던 것과는 반대되는 일이거든요.

　헨리: 평범한 뇌는 적응할 수 있어요. 신발을 못 찾겠다? 그러면 5분 정도 늦게 가겠네 하고 생각하죠. 하지만 그들에겐 그렇지 않아요. 카이가 볼 때는 신발을 찾을 시간이 4시부터 7시까지 세 시간이나 있었던 거예요. 변명의 여지가 없죠.

　카밀라: 그리고 다르게 생각하기 때문에 항상 같은 실수를 해요. 기대감을 키우는 건 바보 같은 짓이죠.

＊＊＊

　그들은 지난여름 베니스에 머물렀다. 카이는 떠나기 며칠 전부터 들떠 있었다. 가장 좋아하는 음식인 피자와 볼로네제 스파게티의 나라 이탈리아. 카이는 그 생각만 했다. 그리고 카밀라와 헨리는 확신에 차 말했다. "카이, 베니스에서 최고의 피자를 사줄게. 최고의 볼로네제 스파게티도. 맛있을 거야. 그리고 신날 거야."

　당연히 신나는 일이 되어야 했다. 그들은 친구들과 함께 여행을 떠났다. 오랫동안 자동차로 달린 끝에 호텔에 도착했다. "식당이 어디 있죠?"라고 호텔 프론트에 문의했다. 카이는 하루 종일 아무것도 먹지 않았다. 그 전날부터 스파게티를 고대하고 있었다. 스무 시간의 기대로 채워진 다이너마이트가 된 것이다. 심지가 타고 있었다.

몇 분 뒤 그들은 하얀 식탁보로 덮이고 은색 포크와 나이프가 놓인 테이블에 앉아 있었다. 주위에는 우아한 용모의 사람들, 사업가들, 예술적 감각이 있는 비엔날레 관람객이 있었다. 샘물은 찰랑거렸고, 음악은 속삭였고, 대화는 찰랑이는 동시에 속삭였다. 베니스 최고의 5성급 호텔. 메뉴판을 보기도 전에 "볼로네제 스파게티 하나 주세요"라고 헨리가 말했다. 그는 종업원이 볼 수 없는 것을 보았다. 카이의 심지가 타고 있었다. "아, 그런데" 하고 고급스러운 하얀 셔츠를 입은 종업원이 말했다. "이곳은 채식 식당입니다."

"세상에." 헨리는 저도 모르게 말을 내뱉었다. 카밀라는 입을 다물지 못했다. 그리고 친구들은 서로를 쳐다봤다. 마치 종업원이 모두 체포되었다고 하기라도 한 듯.

"채식이요?" 헨리가 물었다.

"예, 베니스의 유일한 5성급 채식 식당입니다." 종업원은 자랑스럽게 답했다.

"그러니까……." 헨리는 읊조렸다. 카이가 쳐다보고 있었다. 아직까지는 상황을 알아채지 못했다. 카이는 이미 머릿속에서 맛있는 소스로 덮인 면을 포크로 돌돌 말고 있었다. 이미 먹어

본 적이 있는, 그것도 아주 많이. 심지어 세상에서 볼로네제 스파게티를 가장 많이 먹어봤다고도 할 수 있을 정도였다.

예외로 해줄 수 있을까? 카이는 며칠 전부터…….

"이 식당에는 최고의 구운 채소가 있습니다. 놀라실 거예요. 손님들은 전 세계에서 우리 요리를 맛보기 위해 오시죠."

"예, 그렇겠죠. 하지만 아이들은……."

종업원은 좀 놀란 듯한 눈으로 코밑에 솜털이 나고 휴대폰을 손에 쥔 카이를 쳐다봤다.

"……그러니까 아이들은 자기만의 음식이 있잖아요. 예외로 해주실 수는 없을까요? 다른 사람들은 당연히 맛있는 구운 채소를 먹을 거고요."

"아, 안타깝지만 그건 정말 불가능합니다. 재료가 없어요. 스파게티도 없는 걸요. 그리고 지금은 저녁이라……."

헨리는 종업원을 옆으로 오게 하고 카밀라는 카이의 행동에 대비하기 시작했다. 종업원의 말을 들은 뒤 그들은 다양한 이유로 표정관리가 되지 않았다. 헨리는 종업원에게 그와 다른 손님들 모두가 쉽사리 잊을 수 없는 경험을 하지 않으려면 피자라도 가져다 달라고 호소했다.

그리고 마지막 순간에 정말로 피자가 나왔다. 마르게리타 피자. 카밀라와 헨리는 그 위에 토핑을 얹듯 달래는 말을 덧붙였다. 이건 가장 유명한 최고의 피자라고. 카이는 내일, 정말이지 바로 내일은 사랑하는 볼로네제를 먹을 것이고, 그건 최고의 볼로네제일 것이라고. 카이는 시선을 떨어뜨린 채 앉아 있었다. 손가락을 불안한 듯 움직였고 이를 악물었다. 그리고 기적이 일어났다. 카이는 폭주하지 않았다. 그저 조그맣게 중얼거렸을 뿐이었다. "좋아요, 하지만 지금은 먹지 않을 거예요. 여기 앉아서 아무것도 먹지 않을 거예요."

"놀라운 일이었어요." 카밀라는 회상한다. "뭔가를 기대하기 시작한 지 스무 시간 뒤라면 저라도 자제력을 잃었을 거예요."

그들은 자랑스러웠다. 그리고 안전한 식사를 했다.

다음 날 그들은 바포레토를 타고 흔들거리며 비엔날레로 향했다. 바람은 불어오고, 태양은 웃고, 베니스는 언제나처럼 좋은 향기를 풍겼다. 기분이 좋은 카이는 보트에서 멀어졌다가 다시 다가오는 오래된 집들을 보고 있었다. 비엔날레에는 관심이 없었다. 카이는 다른 기대로 들떠 있었다. 카이에게는 걸어가서 바로 다음번에 보이는 식당이 최고의 선택지였을 것이다. 하지만 좋다. 아빠와 카밀라는 오래전부터 비엔날레 입장권을 사두었고 어차피 그곳에서 식사를 할 것이다. 넓은 땅 위에 자리한 전시관 옆으로 식당이 줄지어 서 있는 곳 말이다.

그런데 문제가 생겼다. 또 볼로네제 스파게티가 없었던 것이다. 샌드위치, 카레, 샐러드까지 모든 음식이 있었지만 볼로네제는 없었다. 결국 카이는 이성을 잃었다. 그래, 이걸로 끝이야. 비엔날레는 끝났다. 그들은 다음 보트를 타고 시내로 돌아와서 가장 중요한 일로 다시 돌아갔다. 보도 블록을 밟고 걸어가 다리 몇 개를 지나고서야 도착한 교회 뒤편의 식당은 아주 좋았다. 메뉴판만 보더라도 말이다. 볼로네제, 피자. 이제 안심이다. 카이는 둘 다 주문했다. 음식이 나오자 카이는 냄새를 맡고 두 가지 음식을 한꺼번에 먹어치웠다. 세 사람 모두 긴장이 풀렸다.

＊＊＊

아, 저기 카이가 온다. 그들은 창문을 통해 카이를 보았다. 평퍼짐한 티셔츠, 파란 치노바지, 하얀 운동화, 구슬 팔찌 네 개, 커다란 은색 시계. 귀에는 이어폰을 꽂고, 머리에는 젤을 바르고, 향수도 뿌렸다. 평범하고 아주 멋진 청년이었다. 못마땅한 듯이 쳐다보는 눈길도 있었다. 좀 과하다고 여길지도 모른다. 하지만 그들이 뭘 알겠는가.

카이는 재질이 고급이어서, 말하자면 부드러워서 그 옷을 입는다. 다른 옷감은 견디기 힘들어한다. 마치 까끌까끌한 모직 팬티를 입는 것처럼. 그리고 칼리가 선물한, 필리핀에서 온 팔찌를 좋아한다. 목걸이는 여자친구와 반쪽을 나누어 걸고 다닌다. 두 개를 합치면 '절친'이라는 단어가 생긴다. 시계는 아빠가 줬기 때문에 좋아한다. 약간의 허세가 있긴 하다. 불쌍한 헨리는 이미 긴장하고 있다. 카밀라는 6개월에 한 번씩 카이를 부른다. "우리 오늘 쇼핑 갈까?" 그러면 카이의 손에 이끌려 이 가게 저 가게를 돌아다녀야 한다. 적어도 200개의 시계를 보고, 가게 주인의 일장 연설을 200번은 견뎌내야 한다. 헨리가 자포자기 상태가 되고 카이가 이렇게 말할 때까지. "예, 이걸로 할게요."

카이가 시계든 향수든 또 한 번 바라는 것을 얻을 때면 "카이는 세상에서 제일 까다로운 아이야" 하고 아나트는 헨리와 함께 흉을 보곤 했다. 하지만 이번 향수는 레몬향이 날 뿐만 아니라 평가도 좋지 않았다. 카이는 처음으로 우리와 같은 바람을 갖고 있다. 사람들 마음에 들기 위해서 잘생겨 보이고 싶어 하며 좋은 향기를 풍기고 싶어 한다. 물론 카이에게는 좀 더 심도 있는 이유가 있다. 그가 잘생겨 보이거나 좋은 향을 풍기고 싶어 하는 이유는 초사회적이기 때문이다. 전문가들의 의견에 따르자면 말이다. 카이는 누구보다 더 사람들과의 교류를 좋아한다. 그리고 하필 그런 그에게서 사람들은 다르다는 이유로 등을 돌린다. 하지만 잘생기고 좋은 향기를 풍기면 사람들이 좋아하지 않을까. 카이는 그렇게 생각한다.

카이는 얼굴이 좁고, 솜털이 있으며, 머리카락은 검고, 눈은 밤색이며, 코는 마치 소년처럼 둥글다. 그는 이제 스물세 살의 청년이다. 기질과 감정과 생각은 나이보다 열 살쯤 더 어리다. 얼마 전에는 이스라엘에서 아빠에게 전화를 걸었다.

"아빠?"

"응?"

"귀걸이가 하고 싶어요."

"엄마는 뭐래?"

"아빠한테 물어보라고 했어요."

헨리는 입을 다물었다. 아주 중요한 순간이다. 실수를 해서는 안 된다. 깊이 생각해야 했다. 안 된다고 말할 수는 없었다. 하지만 된다고 할 수도 없었다.

결국 그는 입을 열었다. "카이, 귀걸이를 할 수도 있어. 하지만 나는 네가 좀 더 많이 생각했으면 해. 남들이 하기 때문에 하고 싶은 게 아니었으면 좋겠어. 귀걸이의 좋은 점이 뭔지, 그리고 나쁜 점은 뭔지 생각해봐. 그리고 일주일 뒤에 다시 전화해서 그때 결정하도록 하자."

적절한 대응이었다고 헨리는 생각했다. 물론 다 틀렸다. 그 주는 카이, 아나트, 칼리에게 악몽이었다. 일주일 내내 카이는 앉아서 생각하고 전화를 기다리는 것 외에는 아무 일도 하지 못했다.

"카이, 같이 밥 먹을래?"

"아니요. 생각해야 돼요."

"카이, 같이 장 보러 갈래?"

"아니요. 생각해야 돼요."

그리고 드디어 결정을 했을 때.

"엄마, 6일 뒤에 귀걸이 할게요."

"엄마, 5일 뒤에 귀걸이 할게요."

가족 모두가 귀걸이라는 말을 더 이상 듣지 않도록 날짜를 앞으로 당기거나 적어도 며칠간 잠에 빠졌으면 좋겠다고 생각할 정도로 카이는 자주 카운트다운을 했다.

"데드라인을 정하지 말아야 해요" 하고 헨리는 회상하며 말한다.

카이는 귀걸이를 갖게 됐다.

얼마 뒤 카이는 다시 아빠에게 전화를 했다. "얘기할 게 있어요. 귀걸이에 대해서 생각해본 건 좋았어요. 하지만 충분히 깊게 생각하진 못했어요."

재미있는 전화 통화였다. 그리고 헨리에게 용기를 줬다. 자폐인은 강박에 거의 무력하다. 스스로의 행동을 바꾸거나 조절하기란 아주 어렵다. 피나는 노력으로 배워야만 한다. 그러기 위한 전제는 강박을 인식하는 것이다. 또한 다른 사람처럼 그들의 강점이자 약점을 돌보는 것이다.

카이가 스스로의 행동을 평가하는 순간은 중요하다. 그리고 자신을 제삼자의 입장에서 바라보지 않는 것도. 헬리콥터가 추락했을 때나 스파게티가 없었을 때처럼 자신에게 아무런 영향도 끼칠 수 없는 제삼자 말이다.

그들은 공항에서 집으로 왔다. 멋진 저녁이었다. 대화도 좀더 나눴다. 하지만 카밀라는 카이에게 쉽게 다가갈 수 없었다. 그는 얼마 전부터 약물을 중단했고 카밀라는 그것을 느낄 수 있었다.

도움을 주는

> 카이는 도움을 받는 것이 아니라 도움을 준다.
> 사회는 그에게 품위를 돌려줬다.
> 그리고 그로써 가장 큰 호의를 베풀었다.

다음 날 카이는 카밀라와 헨리의 회사 프론티어스 앞 공터에 앉아 있었다. 햇볕은 따스했고 꽃가루가 날렸으며 도시는 속삭이고 있었다. 사람들은 웃고 재잘거리며 언덕진 길을 돌아다녔고, 카이 역시 기분이 좋았다. 회사 직원들은 카이를 오랜 친구처럼 반겼고, 두 마리의 개가 그의 주변을 맴돌았다. 카이는 이곳을 좋아해서 자주 들렀다.

회사는 로잔의 국제올림픽위원회 근처에 자리하고 있다. 2층짜리 건물에, 앉을 자리가 있고 부엌 하나가 딸린, 레만호가 내려다보이는 큰 사무실이었다. 카밀라가 자신의 박사논문을 다운받으려다 비싼 가격에 화가 났던 경험이 인터넷 출판사 설립으로 이어졌다. 전문용어로는 개가식이라고 한다. 지식에 대한 접근성을 높이자는 아이디어가 근간이다. 전문가뿐만 아니라 일반인도 대상으로 한다. 이를테면 자폐증이 있는 아이를 둔 일반인도 홈페이지에서 세계적으로 어떤 연구가 진행되는지를 알 수 있다. 카밀라는 이 작업으로 상을 받았다.

프론티어스는 잡지, 논문, 그리고 8만 명의 학자 명단과 30만 건의 글을 출판한다. 유명한 학자들이 여기서 출간을 한다. 연구 자료로 이용하는 사람도 많다. 이곳의 간행물은 뇌과학과 심리학에 대한 연구에서 어떤 경쟁사보다 자주 인용되고 있다. 이를테면 유명한 시장조사기관인 클래리베이트 애널리틱스와 같은. 프론티어스는 저자와 학자들에게 제일가는 자료 보관소다. 프론티어스는 400명의 직원을 보유하고 있으며, 시애틀, 런던, 마드리드에 사무실이 있고, 학자와 프로그래머를 계속해서 고용하고 있다. 리노이도 이곳에서 근무한다.

리노이는 이날 오후도 여기에서 일했고, 카밀라는 컴퓨터 앞에 얼굴이 벌겋게 달아오른 채로 앉아 있었다. 할 일이 너무 많았다. 그래서 카이는 혼자였다. 손에는 휴대폰을 들고 머릿속에는 하루 계획을 담은 채였다. 오늘 저녁에는 볼링을 치러 간다. 카이는 이스라엘에서 매일 오후 7시에 볼링장에 갔다고 말했다. 말하지 않은 것은 그가 팀에서 제일 잘하는 축에 속한다는 사실이다. 지역의 가장 우수한 리그에서 뛴다는 것도.

카이와 대화를 나누는 일은 쉽다. 그는 웃고 눈을 맞춘다. 그렇게 하고 싶어 한다. 카이가 일하는 모습을 상상하는 것은 어렵지 않다. 그는 법정에서 경호원으로 일한다. 전문가들은 장애가 있는 사람들이 다른 사람에게 무의식적으로 영향을 미친다고 말한다. 그들을 만나는 사람은 부드러워지고, 긴장이 풀어지며, 좀 더 조심스러워진다. 장애인은 무언가를 하지 않아도 어떤 장소의 분위기를 다르게 만든다. 그리고 법정이라면 더더욱 이런 능력이 황금과도 같은 가치를 지닌다. 그들은 분개하며 싸우는 사람들에게 다가가 진정시킨다. 더 이상 잘할 수 없을 정도의 직업이다. 카이는 도움을 받는 것이 아니라 도움을 준다. 사회는 그에게 품위를 돌려줬다. 그리고 그로써 가장 큰 호의를 베풀었다.

이는 자폐인이 다른 장애인과 마찬가지로 우리 사회에서 눈총을 받고, 낙인이 찍히고, 배제되는 것을 더욱 슬프게 한다. 비인간적이며 이성에 반하는 일이 아닐 수 없다. 우리는 스스로에게 해를 끼치고 있는 셈이다. 그들은 자신에게 맞는 일자리를 얻기 위해 특출난 능력을 가지지 않아도 된다.

"법정에서 일자리를 얻기 전에는" 하고 카이가 말한다. "집에 앉아서 빈둥거렸어요. 아침 8시 30분에 일어나서 뭔가를 좀 먹고 텔레비전을 봤죠. 매일이 그랬어요. 어떤 날에는 다음 날 아침 6시나 7시까지 텔레비전을 봤어요. 할 일이 없었거든요. 정말 안 좋았죠. 법정으로 오고 나서는 모든 것이 달라졌어요. 모든 것이 다시 좋아졌죠. 이제 전보다 더 즐거워요. 동료도 많아요. 그리고 저를 좋아해요. 정말 좋아해요. 제가 가면 반가워하거든요."

가장 곤란했던 경우는 20분 지각했을 때였다. 용서할 수 없는 일이었다. 그 뒤 몇 주간은 알람을 더 일찍 맞춰놨다. 5시에 일어나서 출근하면 문제가 없었다. 하지만 어느 순간 너무 피곤해서 직장에서 졸게 됐다.

이제 어떻게 하지?

카이는 생각했다. "그건 제가 3분 뒤에 도착하느냐, 5분 뒤에 도착하느냐에 달렸어요. 가던 길을 가느냐, 지름길을 택하느냐의 문제죠." 카이는 두 가지 길을 묘사하기 시작했다. 마트에서 꺾어지고, 어떤 문으로 들어가고⋯⋯.

카이는 가벼운 대화를 모른다. 가볍게 시작하면 그걸 유지하기가 더 어려워진다. 느릿느릿 말하고, 긴장으로 자음과 모음을 빼먹고, 손가락으로 열쇠뭉치를 만지작거리기 시작한다. 노력이야 하지만 결국은 낯선 일이니까. 게다가 사람들이 등을 돌리고 그에게서 관심이 멀어지는 경험을 너무 자주 했다. 하지만 카이는 흥미로운 이야깃거리를 갖고 있기도 하다.

이를테면 이웃집 여성에 관해서 그렇다. 그녀는 손을 누군가의 팔에 얹으면 그 사람의 상태가 어떤지를 안다. 그러면 카이는 마음이 아주 편안해진다.

볼링에 관해서는 어떨까? 카이는 파란색, 노란색, 주황색이 섞인 14파운드짜리 볼링공을 갖고 있다. 그리고 볼링을 할 때 손을 어떻게 해야 하는지, 팔을 어떻게 머리 위로 휘두르는지를 이야기할 수 있다. 가장 중요한 것은 주변 사람들을 신경 쓰지 않고 집중해야 한다는 점이다. "어떤 소리도 듣지 말고 자기 자신과 게임을 하는 거예요."

할머니에 대해서도 이야기할 수 있다. 할머니는 카이가 어렸을 때 세상을 떠났다. "제 생일 때 항상 유치원으로 오셨어요." 할머니는 카이를 한 번도 다르게 대하지 않았다.

그가 세상을 어떻게 보는지에 대해서는 어떨까? "저는 다르게 느껴요." 하지만 어떻게 다른지는 설명하지 못한다.

탈선에 대해서. "저는 나쁜 아이였어요. 때리고 침을 뱉었죠. 저는 뭘 해야 할지를 몰라서 화가 난 상태였어요. 하지만 이제는 성인이죠."

자신을 밀쳤던 이웃집 아이에 대해서. "저는 말했어요. '난

널 용서해. 하지만 잊지는 못할 거야.'"

전학 갔던 학교에 대해서. 학급은 소규모였고 친구들은 친절했다. 하지만 그곳에서도 카이를 따돌리는 아이는 있었다. 카이는 계속 학교에 다니면서 그 아이를 쳐다보지도 않았다. "선생님이 그걸 알아차리셨어요. 제게 오셔서 말씀하셨죠. '나는 정말 네가 자랑스럽다.' 저는 학교에 가는 일이 즐거웠어요. 하지만 수업은 그렇지 않았어요."

음악에 대해서. "음악은 저를 편안하게 해줘요. 특히 기분이 나쁠 때요."

지하실에 있던 비밀의 방에 대해서. 카이는 그곳에 숨어서 노래를 만들었다. 사랑 노래를.

꿈에 대해서. 카이는 가수가 되고 싶어 한다. 또는 그림을 그리는 사람이. 그는 그림을 잘 그린다.

금요일에 대해서. 엄마와 칼리를 위해 요리를 한다. 스파게티나 스테이크. 생선요리는 절대 안 한다. 고구마도.

인생 최고의 순간에 대해서. 크리스마스에 올리비아와 샬로테와 함께 노래를 부를 때였다. "제가 시작해요. '울면 안 돼. 울면 안 돼. 산타할아버지가 우리 마을에 오늘 밤에 다녀가신대.' 그러면 샬로테가, 그다음으로는 올리비아가 불러요. 그러고 나서 다시 제가 부르죠. 모두 좋아해요."

카밀라와 있을 때 도로 연석 위에서 중심잡기 놀이를 한 이유에 대해서. 약 올리려고 그랬나? "아니요. 저는 카밀라가 와서 저를 잡아주길 바랐어요."

그가 누구보다 사랑하는 누나들에 대해서. 카이는 누나들을 부러워한다. 그가 갖고 있지 않은 것을 가졌기 때문이다. "누나들은 모두 남동생 한 명이 있어요. 저 말이에요. 하지만 저는 남동생이 없어요. 있으면 좋겠는데."

그가 어렸을 때 아빠가 이혼한 일에 대해서. "저는 슬펐어요. 하지만 항상 알고 있었죠. 엄마와 아빠는 서로 최고의 친구라는 걸. 제 친구들은 이렇게 말해요. '어떻게 그럴 수가 있어? 왜 아직도 서로 얘기를 해? 이혼했잖아!' 저는 제 부모님이 자랑스러워요. 최고의 친구죠. 그리고 엄마는 카밀라를 좋아해요."

아빠에 대해서. "저는 예전에 엄마쟁이였어요. 이제는 아빠가 더 필요해요. 우리는 트래킹을 함께 가요. 아빠는 완벽한 아빠예요. 저는 기도할 때면 아빠를 주셔서 감사하다고 해요."

한참 뒤에 헨리가 온다. 그들은 여행에 대해서 이야기한다. 한번은 달밤 트래킹을 갔었다. 스위스를 가로질러 3일 동안 75킬로미터를 걸었다. 그러던 중 새벽 3시에 작은 마을에 도착했다. 호텔은 전부 문을 닫았다. 예상치 못했던 일이었다. "풀밭에서 잤죠." 헨리가 말했다. 카이는 무서웠다. 비가 오고 있었다. 그들은 한 술집으로 들어가 방이 있는지 물었다. 그때 어느 호텔 직원이 다가와서 도움을 주었다. 이런 행운이라니.

"오늘 볼링 치러 갈까?" 하고 헨리가 묻는다.

카이는 고개를 끄덕였다. 그들은 스트라이크에 대해서, 스페어에 대해서 이야기했다. "300점이 만점이에요. 만점은 불가능하더라고요"라고 헨리가 말했다.

"네 기록은 어때?"

"스페어 하나, 스트라이크 두 개, 스페어 하나와 스트라이크 다섯 번, 그리고……."

"……망쳤네."

카이는 웃어 보였다. "아니에요. 마지막에는 스페어 두 개였으니까 245점이에요."

"카이는 한참 전부터 저를 이겼어요" 하고 헨리는 말한다. "언제부터 날 이겼니?"

카이는 다시 웃었다.

헨리는 말했다. "널 이기는 방법을 알지. 소음을 일으키면 되잖아. 주의를 흐트러뜨리고."

카이는 더 크게 웃었다. "오, 그러시군요."

"너는 정말 많은 것에 예민하잖니."

***

오후 5시. 직원들이 부엌에 모인다. 주말이 코앞이다. 서로 수다를 떨고, 웃고, 코르크 마개가 튀고, 식탁 위에는 칩, 초콜 릿, 샐러리와 소스가 놓여 있다. 카이는 몇 분 전부터 바 주위에 서 있다. 그 위에 놓인 작은 스피커를 휴대폰과 연결할 것이다. 그는 디제이가 되어 이스라엘 팝과 자작곡 세 곡을 틀려고 한 다. 음악이 시작되더라도 누구도 놀라지 않는다. 직원들은 카 이를 알고 있으며 하고 싶은 대로 놔둔다. 누구도 과도하게 관 심을 갖지 않는다. 그건 카이에게 좋은 일이다. 진지하게 받아 들여진다는 느낌을 주기 때문이다. 디제잉은 원래 진지한 일이 고 그게 없다면 즐거운 퇴근시간을 만들기 어렵다. 한 미국인 직원은 가방을 열어 색소폰을 꺼낸다. 그는 입가를 촉촉하게 적시고 음악 속으로 스며들어 카이의 곡을 같이 연주하기 시작 한다. 사람들은 카이가 우쭐해하는 것을 볼 수 있다.

"사람들과 함께 있을 때 카이는 저보다 더 즉흥적이에요." 카 밀라는 말한다. 그녀는 지금 초콜릿을 여기저기 묻힌 샬로테에 게서 초콜릿바를 뺏고 있다. 샬로테는 초콜릿바를 금덩어리 다 루듯 한다. 카이는 다시 색소폰 소리를 듣는다. 젊은 직원 한 명 이 다가와서 바를 북처럼 두드리기 시작한다. 세 사람은 같이 몸을 흔들며 춤을 춘다. 카이가 곡을 소개하면 곧 다른 사람이

끼어들고, 이내 카이는 히브리어로 노래를 부르기 시작한다. 그는 다른 사람의 노래에 이어 아빠와 볼링을 치는 것에 대한 노래도 부른다. 사람들은 계속해서 대화를 나눈다. 음악은 풍성해지고, 노래가 끝나면 세 사람은 박수를 치고, 직원들은 환호성을 지른다. 헨리는 그 옆에 가만히 서서 엄지손가락을 치켜든다. 카밀라는 눈웃음을 보낸다. 그리고 카이는 한층 더 우쭐해하며 아빠에게 다가간다. 아빠는 랩을 하지 않고 발라드만 부른다며 카이를 놀리고, 카이는 그 앞에 서서 부끄러운 듯 웃으며 헨리의 셔츠 단추로 장난을 친다. 너무 기뻐서 가만히 있을 수가 없다. 이런 멋진 하루라니.

볼링 시간이 다가온다. 늦어서는 안 된다. 카이는 너무 기분이 좋아서 샬로테에게 뒷좌석을 양보했다. 샬로테의 코를 가볍게 잡고 배를 간지럽히자 샬로테는 볼을 부풀렸다. 바보들의 모임 같았다. 카밀라는 이렇게 말한다. "아이들은 카이를 좋아해요. 카이는 아이들의 삶에 활력을 불어넣었어요. 카이가 여기 오면 아이들은 카이를 껴안고 뽀뽀하고 매달려요. 하지만 폭주도 경험했죠. 이상한 행동들 말이에요."

"아이들은 좀 무서워하기도 해요. 하지만 사람들이 묻는다면 카이가 어딘가 잘못됐다고 말하지는 않을 것 같아요." 헨리가 말했다.

"가족이니까요." 카밀라의 답이다.

볼링장은 시내에 있다. 다른 사람들이 신발을 신을 동안 카이는 이미 공을 잡고 레인 앞에 서 있다. 카밀라는 샬로테를 꼭 껴안고 있다. 샬로테는 시끄러운 음악과 옆 레인에서 들려오는 함성소리를 싫어한다. 카이는 마치 태엽장치처럼 공을 굴린다. 스트라이크 뒤에 또 스트라이크. 올리비아 차례가 되면 카이는 마치 용처럼 생긴 미끄럼틀을 가져온다. 그 위에서 아이가 공을 힘껏 들어 올려 오빠가 가리키는 방향으로 굴릴 수 있도록 준비한 것이다. "절대 공을 쳐다봐서는 안 돼." 카이가 설명해 준다. 항상 바닥에 있는 점들, 발밑에 있는 점들과 레인의 화살표를 보라고. 프로 선수들이 가르쳐주는 대로다. 두 라운드가 지나갔을 뿐인데 카밀라가 부탁을 했다. 그래서 카이가 헨리와 올리비아의 공까지 넘겨받는다. 그는 자기 자신과 게임을 하지만, 그럼에도 옆 사람에게 방해를 받는다고 느낄 때는 하얀색 이어폰을 귀에 꽂고 자기 안으로 숨는다. "어떤 소리도 듣지 마라. 나 자신과의 게임이다"라는 모토에 충실하게.

카이가 자기 자신을 이긴 뒤에야 다음 단계로 넘어간다. 터키 식당에서의 저녁 식사다. 카이는 진작부터 사과향 물담배를 기대했다. 하지만 이 순간만큼은 로잔의 불빛이 마크람 가족에게 등을 돌렸다. 사과향이 나고 촛불이 파란 밤을 우아하게 밝히는 바깥 자리는 모두 만석이다. 안에서는 물담배가 금지돼 있다. 공기는 탁하고, 그릇이 부딪치고, 포크는 덜거덕거리고, 사람들은 시끄럽게 이야기하고, 카이의 얼굴은 일그러진다. 이런 것을 상상했던 건 아니었다. 테이블 하나에 앉아보고, 그다음 테이블에 또 앉아보고. 결국 "가자" 하고 카밀라가 불안한 눈빛으로 말한다. "이탈리아 식당에서 피자를 먹자."

아이들은 카이와 팔짱을 낀다. 카이의 얼굴은 굳어 있다. 하지만 긴장이 조금 풀어지긴 했다. 다섯이서 손을 잡고 길을 올라간다. 200미터만 가면 야외에 자리가 있는 이탈리아 식당이 나온다. 카이를 제외하고 모두가 즐거워한다. "나는 피자 안 먹을래요"라고 그가 말한다. 그리고 아이스크림을 주문해서 조용히 포켓몬스터 게임을 하며 먹는다. 가끔 고개를 들고 무언가를 말한다. 부글부글 끓어오르는 듯한 낮은 목소리로.

"계산서 주세요." 한 시간이 지난 뒤 헨리가 말한다.

그리고 집으로 간다. 다시 손에 손을 잡고.

카이는 이날 두 번째로 자신을 이겼다. 볼링에서보다 더 중요한 승리였다. 귀에 이어폰을 꽂지 않고도 이룬 승리.

사랑하는
카이

누군가를 바꾸려 해서는 안 된다.

카이가 학교에서 알게 된 한 소녀가 있었다.

그 아이는 자폐증이 있지는 않았지만 좀 달랐다. 조용했고 수줍음이 많았다. 소녀가 카이를 바라보면 카이의 마음은 따뜻해졌다.

학교를 떠났어도 그 소녀는 카이의 마음속에 남아 있었다. 3년이 지난 뒤 그들은 길에서 우연히 만났다. 그녀는 그를 알아보았고 그는 그녀에게 다가갔다. "어떻게 지내?"

그녀는 파랗게 든 멍을 보여줬다. 남자친구가 그랬다고 한다.

그때부터 카이는 그녀를 마주칠 때마다 물었다. 어떻게 지내냐고. 어느 순간 그 소녀에게서 남자친구도, 파란 멍도 없어졌다. 그리고 새로운 남자친구가 생겼다. 바로 카이였다.

카이를 사랑하는 일은 그녀에게도 어렵지 않았다.

카이에게 그녀가 어떻게 생겼는지 묻자 카이가 답한다.

"조금 통통해요. 하지만 전 그 아이를 사랑해요. 있는 그대로를. 저는 말하죠. '너는 누구도 바꾸려 해선 안 돼. 나는 너를 사랑해. 있는 그대로의 너를.' 처음에 그녀는……." 그는 놀라는 몸짓을 했다. "지금은 이해해요. 그 아이는 그대로 있는 것만으로 충분해요. 그리고 그 아이도 저를 사랑해요. 있는 그대로의 저를."

헨리: 아주 까다로운 상황이야. 분명한 건 그 아이들이 아직 준비되지 않았다는 거지. 카이는 어떤 면에서 보면 아직 어려. 정신적으로는 열다섯 살쯤이라고 할 수 있지.

카밀라: 많아야 열세 살이지. 카이는 어린아이 같아. 물론 여러 가지 면에서 성숙해지긴 했지만. 좀 더 차분해졌고, 예전보다 자신을 잘 통제할 수 있고. 더 이상 그렇게 자주 폭발하지는 않잖아. 정말 노력하고 있는 거지. 당신이 '카이, 숨을 크게 들이쉬어. 진정해'라고 하면 카이는 뒤로 물러서서 스스로를 다스려. 하지만 카이의 감정과 정신은 스물세 살이

아니야. 사춘기가 다가오고 다른 여러 문제를 안고 있지. 카이는 자폐증이 있는 사람일 뿐만 아니라 그냥 보통 사람이기도 해. 가끔 당신은 그걸 잊곤 해. 카이는 다른 사람처럼 좋은 특성과 나쁜 특성을 갖고 있어. 나쁜 특성은 잘 다스려야지. 그리고 당신은 가끔 부주의한 면이 있어. 카이에게 자폐증이 있는 걸 알면서도 그렇게 대하질 않거든.

아나트: 나는 엄마로서 카이에게 뭔가 과하지 않도록 조심해. 카이한테는 어려운 일이지. 머릿속을 시끄럽게 만드는 것들을 견뎌내야 하니까. 스스로는 그걸 몰라. 혹은 알려고도 하지 않고. 카이는 그 아이에게 사랑을 보여주고 싶어 해. 하지만 나는 그 마음 상태를 조정해주는 위치에 있어. 카이, 너는 휴식이 필요해. 그리고 그 아이에게는 말하지. '앞으로 네 시간 동안만 전화하지 말아줄래?' 그러면 카이가 다시 긴장을 푸는 걸 볼 수 있어. 나는 카이가 무언가 너무 과할 때 스스로 알아차렸으면 좋겠어. 그걸 알면 상처를 받지 않을 텐데 말이야. 그 아이도.

***

첫 여자친구라니! 카이는 반박할 것이다. 이미 여자친구가 여럿 있었다고 할 것이다. 그와 대화를 나눴던 아이들. 그중 한 명과는 약속도 했었다. 그 아이는 금발이었다. 카이는 항상 금발 여자친구를 원했다. 아나트는 그 아이를 좋아했다. "그 아이는 카이에게 지적인 면으로도 좋은 영향을 줄 수 있었을 거야." 카이가 새 여자친구를 데려왔을 때 아나트는 엄마들이 으레 하는 것처럼 물었다. 정말 확실하냐고. 금발 여자친구를 원한 게 아니었냐고. "카이가 저를 쳐다보고 말했어요. '음, 내면을 봐야 해요. 외모가 아니라.'"

카이는 금발 소녀에게서 편안함을 느끼지 못했다. 그때는 이유를 몰랐지만 이제는 안다. 새 여자친구와 비교를 할 수 있기 때문이다. 그때는 그녀가 차갑게 느껴졌다. "카이는 저에게 말했어요. '이런 감정은 처음이에요.' 카이는 따스함을 느꼈죠. 그 아이는 따뜻한 사람이었어요."

그들은 일요일이면 말없이 앉아 있곤 한다. 소녀는 카이를 내내 안고 있다. 카이는 소녀를 즐겁게 해주고 그 역시 내내 안아준다.

"저는 그 아이를 위해 노래를 불러줘요." 카이는 말한다. "이야기를 들려주기도 해요. 저는 그 아이를 사랑해요. 매일같이 사랑한다고 말하죠."

헨리와 카이는 최근 볼링을 치면서 그 이야기를 나눴다. 남자들끼리의 대화다. 카이는 헨리에게 말했다. 여자친구가 돈을

많이 쓰지 말라며 경고할 수도 있다고. 그들은 집을 구하기 위
해 절약해야 한다. 카이는 아주 진지하고 다부진 표정으로 헨
리를 쳐다봤다.

"그래, 항상 미래를 생각해야지." 헨리는 대답했다.

그리고 품에 안았다. 사랑하는 나의 카이.

감사의 말

고마움을 전합니다.

세상을 다른 눈으로 보게 해준 카이에게.

현명한 생각을 공유해주고 그들의 삶에 발을 들이게 해준 헨리와 카밀라에게.

카이와 자신들에 대해서 너무나 많은 것을 이야기해준 아나트와 칼리, 그리고 리노이에게.

그들은 정말 멋진 가족입니다.

고마움을 전합니다.

열린 마음으로 학문적인 내용을 쉽게 설명해준 린다 톰슨, 모니카 파브레, 그리고 타니아 리날디에게.

고마움을 전합니다.

유럽 출판사와 제 에이전트 마르코 야코프에게. 그들이 없었다면 이 책도 나오지 못했을 것입니다.

신뢰를 보여준 크리스티안 스트라서에게.

책을 쓰는 몇 달간 함께해준 율리아 크루크치크그라프에게.

친절하게 감수해준 하이케 그로네마이어에게.

고마움을 전합니다.

저에게 용기를 주는 수잔나 베닝어에게.

세상에서 가장 아름다운 정원에 집필할 자리를 마련해준 빌리와 헬가 베닝어에게.

사랑하는 부모님, 그리고 원고를 가장 처음 읽어준 ("문장을 만들어야지!") 비르키트와 호르스트 바그너에게.

차분하고 사려 깊은 레오니에게.

그리고 사랑하는 프란치스카에게.